文藝春秋

おとこ川をんな川

唯川恵
Kei Yuikawa

おとこ川をんな川　目次

装幀　中川真吾
装画　藤巻佐有梨

おとこ川をんな川

おとこ川をんな川

元号が大正から昭和に代わり初めて迎えた正月。

金沢・ひがしの花街は雪に覆われていた。

朱鷺《とき》はそっと布団を抜けだした。朝九時前。簡素な部屋は障子や襖《ふすま》から隙間風《すきまかぜ》が入り込み、火の気もなくて凍えるほどに寒い。震えながら寝巻から藍染絣《あいぞめかすり》に着替え、ビロードの冬足袋《ふゆたび》を履いて帯に根付鈴《ねつけすず》を挟む。その上に厚い綿入り半纏《はんてん》を羽織り、毛糸のショールを手にした。

昨夜の大晦日は三つの座敷に呼ばれ、『梅ふく』に戻った時は午前一時を過ぎていた。帰ってから化粧を落とし、簪《かんざし》や櫛《くし》を片付け、着物や帯を衣桁《いこう》に掛けて、床に就いた頃には午前三時を回っていた。それでも早い方だった。お姐《ねえ》さん芸妓衆は朝まで年越しのどんちゃん騒ぎに付き合ったはずである。

「どうしたが、こんなに早く」

隣の布団から、トンボがくぐもった声で尋ねた。

「起こしてかんにん。ちょっと初詣に行こうと思って」

トンボとは、朱鷺がここに貰われて来た時からずっと一緒に暮らしてきた。同い年のせいもあって、心許せる双子の姉妹のような存在である。

「ほんなら、あたしも行く」

起き上がろうとするトンボを、朱鷺は押し留めた。

「いいの、トンボは寝とって。ちょっとお参りしてくるだけやさけ」

「ふうん、なんやそういうことか。それならあたしは遠慮しとくわ」

トンボは訳知り顔で布団の中に潜り込んだ。どうやら何もかもお見通しのようである。

帳場《ちょうば》の前を通る時、女将《おかみ》のおかあさんとばんばの姿がなくてほっとした。お正月は女紅場《にょこうば》も休みなので、誰もがのんびり過ごしていた。

頭からすっぽりショールをかぶり、勝手口から通りに出ると、陽ざしの眩しさに思わず目を細めた。この時期、空は金沢特有の冬の分厚い雲が垂れこめるが、今朝はまるで新年を祝うかのようにすがすがしく晴れ渡っている。その分気温も下がって雪が凍り付き、油断すると冬下駄でも足を取られそうになった。朱鷺は転ばぬよう気をつけながら、久保市乙剣宮《くぼいちおとつるぎぐう》へと急いだ。

喧噪《けんそう》溢れる夜と違い、通りに人の気配はない。紅殻格子《べんがらごうし》戸《ど》も固く閉じられている。しばらく歩くと下駄の歯の間に雪が挟まりダンゴになった。立ち止まって、かんかんと下駄の爪先を雪道に打ち付けて落としておく。

浅野川大橋まで来たところで、朱鷺はふと足を止めた。

橋の下で浅野川がさらさらと澄んだ音をたてている。顔を上げると、左手には雪に覆われた卯辰山《うたつやま》が朝日に輝き、そのまま上流に目を向けると、梅ノ橋、天神橋、常盤橋《ときわばし》と続き、そのずっと先に望まれるのは雪に覆われた医王山《いおうぜん》だ。

朱鷺はしばらくその風景に見入った。

能登《のと》の海辺の田舎町から置屋・梅ふくに売られて来たのは七歳の時だった。家族と離れ、知らぬ土地に連れて来られた緊張で、身を硬くするばかりの朱鷺に、女将の時江《ときえ》が口にした言葉が思い出された。

「きれいな川やろう。浅野川っていうが。金沢には金沢城を真ん中に南に犀川《さいがわ》、北にこの浅野川が流れとってな、犀川はおとこ川、この浅野川はをんな川と呼ばれとるんや」

朱鷺は流れに目をやった。

「ふたつの川は一度も相容れぬまま海に流れ着くんが。無常というかせんないというか、まさに男と女そのものややろ……」

そこでハッとしたかのように、女将は言い繕った。

「あらあら、あたしったらダラなこと言ってしもたね。なあんも気にせんでいいが、いつかあんたもわかる日が来るさけ」

あれから十三年。朱鷺はもうすぐ二十歳になる。

橋を渡り、主計町《かずえまち》の通りを過ぎてゆく。帯に挟んだ根付鈴がちりちり鳴っている。暗がり坂の先にお宮があり、近づくにつれ初詣の人が多くなった。朱鷺はショールをそっと顔の前でかき合わせた。いつもの華やかな芸妓姿とは違い、粗末な普段着の朱鷺に気づく人はいないと思うが、それでも知っている誰かと顔を合わせたくなかった。

——元旦の朝九時、拝殿の裏で待っとる。

浩介《こうすけ》から手紙が届いたのは年末だった。

——大事な話があるんや。朱鷺が来るまでずっと待っとるさけ。

浩介はひとつ歳上で、建具職人として働いている。父親は浩介が生まれた時には行方知れず、母親も幼い頃に流行り病《やまい》で逝ったという、天涯孤独の身の上である。その後、丁稚奉公として建具屋の親方に引き取られて今に至っている。不運な身の上であるにもかかわらず、投げやりになることもなく、真面目で心根の優しい男だ。

出会いは三年前に遡る。浩介が親方のお供で座敷に連れられてきたのが始まりだった。緊張した面持ちで浩介は隅っこの方に座っていた。親方から酒を勧められ、断れぬまま杯を重ね、すっかり悪酔いしてしまった浩介に、水を運んだり濡れた手拭いを当ててやったりと介抱したのが朱鷺だった。それは新米芸妓の役割でしかなかったのだが、浩介にとってはいたく胸に響いた出来事だったらしい。

翌日、浩介が梅ふくに現れた。昨夜の醜態《しゅうたい》を詫び、「これを」と、根付鈴を差し出した。

「こんなもんで恥ずかしいんやけど、どうしてもお礼がしたくて」

と、恥じ入るように頬を紅潮《こうちょう》させた。

「そんなん、気にしんでもよかったがに」

とはいえ、朱鷺はその愛らしい贈り物を手にして胸が弾んだ。時折、客から高価な簪や帯留めを貰ったりもするが、そこには必ず下心が見える。何の思惑もない浩介の気持ちが素直に嬉しかった。

それから時々ふたりで会うようになった。会うといっても、せいぜいひと月に一度、ほんの一時間ほど他愛ない話をするだけだ。勉強熱心な浩介は、金沢にゆかりの深い犀星《さいせい》や秋聲《しゅうせい》、鏡《きょう》花《か》の本をよく読んでいた。また親方の家に配達される新聞も隅から隅まで目を通していて、そんな浩介からいろんな話を聞くのが楽しみだった。それは花街しか知らない朱鷺にとって、違う世界に触れられる唯一のとば口でもあった。同時に、浩介と過ごす時間は、芸妓から普通の娘に戻れるかけがえのないひと時でもあった。

しかし、惹かれたのはそればかりではない。年端《としは》もいかぬ頃、家族との縁を断たねばならなかった境遇は、ふたりに共通する寄《よ》る辺《べ》なさでもあった。心を寄せ合うようになったのは自然の成り行きだったろう。

大事な話って何やろ。

暗がり坂を登り切り、初詣客で賑わう参道から逸れて拝殿の裏手に回ると、大きな松の木の下で浩介が肩をすぼめて立っていた。朱鷺は小走りに近づいた。

「待たせてかんにん」

浩介がぱっと表情を輝かせ、照れ臭そうに笑う。

「いや、僕も今来たとこや。こんなに早くから悪かったな。昨夜も遅かったんやろ」

「大晦日やさけ」

「わかってたんやけど、どうしても今日話しておきたくて。やっぱり一年の始まりやし」

「話ってなに？」

「あのな……」

しばらく、浩介はためらうように言葉を濁らせた。

「あたし、十時までには戻らんといかんの」

置屋の朝食は十時と決まっている。いつもなら少しぐらい遅れても構わないが、今日は元旦である。おかあさんの時江をはじめ、ばんばの稲《いね》、お姐さんたちや、見習いのたあぼたちも揃ってお雑煮をいただくのが毎年の習わしだ。

「そやな。うん、あのな、あの、驚かんでほしいんやけど」

そこで浩介は大きく息を吸った。

「僕の嫁さんになってくれんか」

「え……」

すぐには意味がわからず、朱鷺はまばたきした。

「朱鷺は今年で年季明けやろ。これでようやく自由の身になれる。だからって貧乏暮らしの僕のところに嫁に来てくれなんて言えるはずもないんやけど、やっぱり思い切って言うことにした。どうやろ、僕の嫁さんになってくれんやろか」

胸が高鳴り、頬が上気した。

「そやけど、あたしは……」

それでも朱鷺は目を伏せた。堅気《かたぎ》の娘とは訳が違う。所詮《しょせん》は花街に身を置く女である。それがどういう意味を持つか、浩介はわかっているのだろうか。

戸惑う朱鷺に、浩介は一歩近づいた。

「やっぱり僕みたいな者は駄目か」

「そうやないが、そうやなくて……。あんまり急なもんやからびっくりして」

朱鷺は微妙に言葉をすり替えた。

「とにかく、考えるだけ考えてみてくれんか。僕には朱鷺しかおらん。一生、大事にするさけ」

浩介がまっすぐに朱鷺を見つめる。その愚直《ぐちょく》な眼差しに、朱鷺は熱く胸が震えるばかりだった。


「あけましておめでとさん。みんな今年も身体に気い付けて、しっかりお稽古に励んで、たくさんお客さまに可愛がってもらえるよう頑張ってたいま」

梅ふくの女将であり、おかあさんと呼ばれる時江の言葉を、いつもと違ってみな神妙な顔つきで聞いていた。やはり元旦は特別だ。

今、梅ふくには芸妓四人と振袖《ふりそで》芸者、そして見習いのたあぼがふたりいる。

いちばんの古株は君香《きみか》で年は三十二。三味線の腕に定評があり、若い妓とは違う色香が人気の売れっ子芸妓である。ただ、すでに長い付き合いの旦那がいて、花街にほど近いところに一軒家を持ち、旦那との間にできた六歳の娘と、田舎から呼び寄せた母親と暮らし、通い芸妓となっている。

二十六歳の桃丸《ももまる》は横笛の名手としての誉が高く、愛嬌もあって人気はあるが、酒好きなのと男に惚れっぽいところが玉に瑕《きず》で、しょっちゅう揉め事を起こしている。ふたりは年季が明けた後も花街で働くことを選んだ芸妓である。そこに朱鷺とトンボが加わる。

芸妓になる前の振袖さんと呼ばれる琴菊《ことぎく》は十四歳。お使いや芸妓たちの身の回りの手伝いをしつつ見習いをする「たあぼ」は、十一歳の留子《とめこ》と九歳の美弥《みや》である。

そこに置屋の運営や芸妓たちの管理をする「ばんば」の稲。稲はかつて女将の時江の実家に奉公していた縁で梅ふくに身を置いている。芸妓たちの行儀や言葉遣いにことに厳しく、いわば口うるさい祖母のような存在だ。そして通い女中のフミ。総勢十人の所帯である。

京都祇園《ぎおん》がたおやかな公家文化を、江戸花街が粋な町人文化の流れを汲んでいるとすれば、金沢は質実剛健《しつじつごうけん》な武家文化を踏襲している。実際、女将の時江は旧藩士の家柄出身だ。

士族の娘を芸妓にする許可が下りたのは明治十二年。没落したとはいえ、時江の武士の娘としての気概は失せることなく、礼儀に厳しく一本気《いっぽんぎ》な気質である。置屋によっては芸妓の他に身体を売る娼妓を置いたりもするのだが、それを断固受け入れず、芸妓は芸でしのぎを削るという信念を貫いている。

元旦の膳には、普段使いとは違った器が並べられていた。金蒔絵《きんまきえ》が施された輪島塗の重箱と、華やかな文様が施された九谷焼《くたにやき》の銘々皿だ。塗り椀によそわれた雑煮は、昆布出汁《だし》が利いたすまし仕立てで餅は角餅、そこに加賀芹《せり》とかまぼこが載っている。あとは黒豆、きんとん、なます、鰤《ぶり》。

いつもの一汁一菜とは大違いの豪華さで、幼いたあぼたちは目を輝かせて口に運んでいる。前の通りを加賀獅子舞《かがじしまい》が、賑やかな声を上げながら練り歩いてゆくのもお正月ならではだ。

「このべろべろ、おいしいなぁ」

トンボが声を上げた。

べろべろというのは溶き卵を寒天で固めた郷土料理で、えびすとも呼ばれ、金沢の祝いの席には欠かせない一品である。

「トンボ、そんな大きな口を開けたらだちゃかんやろ」

早速稲に叱られて、トンボがぺろりと舌を出す。こんなやり取りは日常茶飯事だ。

トンボはひがしの花街では変わり者で通っている。踊りや三味線といった芸事はすべて身に付けているのだが、芸妓姿にはならず、いつも男仕立ての着物を纏《まと》い、髪も結わずに後ろで高くひとつに束ねた姿で座敷に出ている。

それを許していることに、他の置屋の女将たちは眉を顰めているのだが、おかあさんは気にしていない。実際、そんなトンボを珍しがってお座敷の声はよくかかっていた。

トンボは五尺六寸と背が高く、肌が透けるように白く、栗色の髪と鳶《とび》色の目を持っている。異国の血が入っているのだ。それをとやかく言われても、おかあさん同様、トンボも気にしていない。「これでお呼びがかかるんやさけ得しとるわ」と、あっけらかんとしている。

賑やかな食事の後は湯屋に向かった。帰りに髪結いに寄り、梅ふくに戻って化粧を済ませ、座敷用の着物に着替える。着付けは力仕事なので、それ専門の男衆《おとこし》がいる。

今日着る正装の五つ紋黒留袖《くろとめそで》は、元旦ということでいつにも増して華やかだ。金糸銀糸の刺繍が入った松竹梅の加賀友禅《ゆうぜん》に、裾《すそ》はお引きずり、そこに金襴緞子《きんらんどんす》の丸帯をだらりに締める。髪には稲穂《いなほ》に白鳩の付いた簪をさすのがしきたりとなっている。支度を終えると、そこにはもうよれよれの藍染絣を着た朱鷺の姿などどこにもない。

夕方になって、正月最初の客、門倉利光《かどくらとしみつ》が待つ料亭『香《か》月楼《げつろう》』に向かった。玄関をくぐってまずは帳場に顔を出す。

「女将さん、あけましておめでとさんでございます。今年もよろしゅうお願い申し上げます」

「ああ、朱鷺ちゃん、おめでとさん。今年もよろしくたのんわ」

と、正月の挨拶を交わしてから、控えの間に向かった。そこで化粧を直し、雪に濡れた足袋を替えていると、顔見知りのお姐さんがふらふらした足取りで入って来た。どうやら昨夜の酔いがまだ残っているようである。

「お姐さん、おめでとさんでございます。今年もよろしゅうお願い申し上げます」

朱鷺が挨拶をすると、お姐さんは「あらぁ」と頓狂な声を上げた。

「梅ふくんとこの朱鷺やない。今朝はいいもん、見させてもらったわ」

「え……」

はっとした。

「久保市乙剣宮の境内《けいだい》や」

「朝帰りのついでに初詣に寄ったが、元旦から逢引きなんてやるやないの」

「いやや、お姐さん、人間違いやないですか。朝から悪い冗談ばっかし」

朱鷺は笑ってはぐらかした。すぐ控えの間を出て、朱鷺は臍《ほぞ》を噛む。細心の注意を払っていたつもりだが、やはり隠すのは難しい。

小さくため息をつきながら襟元を直し、座敷に向かった。

「朱鷺でございます」

襖を開けると、紅白の鏡餅《かがみもち》が飾られた床の間の前で、門倉が仲居相手に盃《さかずき》を傾けていた。門倉は目を細めて朱鷺を見やった。

「おう朱鷺、来たか」

門倉の隣に進んで、朱鷺は改めて畳に指を突く。

「あけましておめでとさんでございます。今年もよろしゅうお頼み申します」

「ああ、こちらこそよろしゅうな」

門倉は金沢で大きな材木問屋を営んでいる。年は五十半ば。髪の半分は白く、恰幅《かっぷく》がいい。元旦に門倉からお座敷の声が掛かった時はほっとした。というのも、年末にはいつも何度も呼ばれるのに、どういうわけか今回はまったく予約が入らなかったからだ。口さがない芸妓たちが「どうやら朱鷺は門倉さんに見限られたらしい」と噂しているのも知っていた。

門倉の隣に座ると、仲居が硯《すずり》と細筆を差し出した。まずは簪の嶋に目を入れてもらう。それが習わしである。門倉が細筆を持ち、慣れた手つきで墨を入れた。

「あんやとうございます」

この簪の嶋に目を入れるのは旦那の役目である。旦那、つまり門倉は朱鷺の十五の時の水揚《みずあ》げの相手であり、以来、さまざまな後ろ盾となってくれている存在だった。

「さ、まずは年明けの一献を」

朱鷺が酌をし、門倉が受ける。もう付き合いも五年になった。

時江から水揚げの話を聞かされた時、それがどういうことを意味するのか、朱鷺はほとんど理解していなかった。君香や桃丸から聞かされて、ようやく認識したものの、今度は驚きと不安が募っていった。そんなこと、自分にできるだろうか。

「無理強いするつもりはないが」と、あの時、時江は言った。

「あんたの気持ちがいちばん大事なんやさけ」

しかし十五とはいえ、朱鷺は自分の立場をわかっていた。芸妓として一本立ちするには費用がかかる。一本立ち後も着物や帯、お稽古代に日用品まで、何につけてもお金がかかる。早く借金を返して自由の身になりたい。田舎にも仕送りしたい。親身になってくれる時江にも負担をかけたくない。信頼できる旦那を持つための水揚げは、芸妓として通らなければならない道でもあった。

相手は誰なのか、おずおずと尋ねる朱鷺に、時江は門倉の名を口にした。

門倉には振袖芸者の頃から可愛がってもらっていた。金沢で指折りの資産家だが、誰に対してもえらぶらず、お座敷での振る舞いがこなれている。お金でねじ伏せようとする客の多い中、芸妓との接し方に鯔背《いなせ》が感じられた。その人柄から芸妓衆の評判も上々で、すでに何人かを水揚げしている実績があると聞いている。門倉なら安心して身を任せられそうに思えた。

「どうやろか」

「はい、よろしゅうお願いします」

それで決まりだった。

初めての夜、緊張に身を硬くする朱鷺に門倉はあくまで優しかった。無理を通したり身勝手な振る舞いなどまったくなく、むしろ労わるように接してくれ、朱鷺はどんなに安堵しただろう。門倉に頼んだことは間違いではなかったと、五年たった今も心から思っている。

しばらくするとトンボや他の芸妓たちもやって来て、座は一気に華やいだ。

トンボは男仕立ての黒留袖に、特別に誂《あつら》えた金茶の半幅帯《はんはばおび》を変わり結びにしている。また髪は鮮やかな朱色の帯締めで飾られている。

「門倉さん、おめでとさんでございます。今年もよろしゅうお願い申します」

「こちらこそ、よろしゅうな」

「早速ですけど、お年玉はいつでも受け付けておりますさけ」

相変わらずトンボは物怖じしない。

「おいおいトンボ、いきなりそれか」

門倉も慣れたものだ。

「遠慮しないで、豪快にポンっと」

「トンボはもうちょっと遠慮しろ」

そう言いながらも門倉はすでに用意していて、ひとりひとりにポチ袋に入ったご祝儀を手渡した。そういう気前のよいところもまた、花街での評判の高さに繋がっている。

杯を重ね、ほろ酔いになった頃、門倉が言った。

「そろそろ舞いを披露してもらおうやないか」

「何を踊りましょう」

「トンボもいることやし『おとこ川をんな川』がいいな」

「承知いたしました」

一度も相容れぬまま流れゆく川。いわば悲恋を描く舞いだが、金沢の町を支えるふたつの川ということもあり、慶事《けいじ》の意味合いも持つ。

おとこ川
をんな川

朱鷺はトンボと並んで、扇子《せんす》を前に置き、一礼した。

お姐さんたちの三味線と鼓《つづみ》が始まり、ふたりは構える。をんな舞いの朱鷺は嫋《たお》やかに楚々として、おとこ舞いのトンボは力強くそれでいて哀しみを漂わせつつ、ふたりは舞い始める。そしてあてどない男と女になってゆく。

ふと、浩介の言葉が蘇った。

「僕の嫁さんになってくれんか」

年季明けは、芸妓にとって身の振り方を考える大きな区切りである。こんな自分がまっとうな所帯を持つなど夢の話だと思っていた。しかし、選びさえすれば自分もそんな生き方ができるのだ。胸の高鳴りと共に、それは朱鷺に確かな夢をもたらしていた。


その夜、門倉と床を共にした。

水揚げから五年。生娘《きむすめ》だった朱鷺も大人になった。最初の頃は痛さや怖さで身を竦《すく》めるばかりだったが、それが拭い去られた今、床の中で自分が何をすべきかよくわかっている。門倉は文句の付けようのない旦那である。しかし、もちろん愛や恋とは違う。これが務めであるという思いは常に感じている。

やがて身体を離し、門倉が腹ばいになった。部屋の隅に小さな明かりが灯されていて、門倉の横顔を縁取っている。少し疲れているように見える。

「年末、お忙しかったんですか。年忘れのお座敷に呼んでくださらなかったさけ、お身体でもお悪くされたんやないかって気を揉んでいました」

「ああ、ちょっといろいろあってな」

「お仕事ですか？」

「いや、内々の話や」

それ以上聞くのは分を超えると思い、朱鷺は黙った。

「ほら、うちは子供がおらんやろう」と、門倉が話し始めた。

「いずれは長く仕えてくれてる番頭《ばんとう》に跡を任せるつもりでいたんやけど、家内が赤の他人じゃやっぱり信用できんなんて言い出してな」

「それは大変でございました」

「いい年をして、世間知らずというかお嬢さん育ちというか、家内には困ったもんや。これからどうしたもんやら、まったく頭が痛いわ」

会ったことはないが、名古屋の大店《おおだな》から嫁いで来たという門倉の妻は、とても気が強いと聞いている。噂では、商売が苦しい時に妻の実家の援助を受けたせいもあって、門倉は頭が上がらないらしい。

「ああ、もうこんな時間や」

門倉が枕元の時計に目をやった。

「そろそろ帰るとするか」

床を出て、帰り支度を始める門倉を朱鷺は手伝った。どんなに夜が更《ふ》けようと、門倉が泊まることはない。それが妻への義理立てなのだろう。

「また近いうちに呼んでくださいませ。首をなごうしてお待ちしております」

「ああ、そうしよう」

門倉が部屋を出てゆく。その姿を見送って、朱鷺はようやく一日が終わったことにほっと息をついた。


年季明け後の身の振り方は芸妓によってさまざまだ。梅ふくの君香や桃丸のように芸妓を続ける者もいれば、田舎に帰る者、そのまま旦那の妾《めかけ》になる者、商売を始める者たちがいる。しかしそれは幸運な方で、親が新たに借金をし、娼妓や女郎に売り飛ばされていくという道筋を辿る者もいる。所帯を持ち、平穏な暮らしを手に納められる者などごくわずかである。

自分はどうだろう。酔客《すいきやく》相手の仕事は時にうんざりするが、芸事は好きだ。舞いはもっと巧くなりたいという欲があり、特にトンボとのふたり舞いは、客のためというより、自分の楽しみに近いものがある。だからといってこのまま芸をまっとうする覚悟があるかというと、そこまでの強い意志もない。

「何かあったが？」

トンボの声に朱鷺は我に返った。湯屋の湯船の中である。もうもうと湯気が立ち込め、檜《ひのき》の香りが鼻をくすぐる。いつも混んでいるが、今朝はめずらしくふたりしかいない。

「何で？」

「昨日の踊りはあんまし身が入っとらんかったし、間の取り方もちょっとずれて朱鷺らしくなかった。何かあるなら言って、水臭いやろ」

いずれトンボにも話すつもりだった。

「あのな……実は浩介さんから、年季が明けたら所帯をもたんかって言われたが」

「えっ」

トンボは大きな目をさらに見開いた。

「それで、朱鷺はどう答えたが？」

「答えるも何も、いきなりやったさけ、びっくりするばっかしで」

「浩介さんはいい人や」

トンボが口調を改めた。トンボは何度か浩介と会っていて、その人柄もよく知っている。

「仕事は真面目やし誠実やし、亭主にするなら文句なしやと思う。まあ、お金がないところが玉に瑕やけど」

「お金はいいが」

「いいわけない、あった方がいいに決まっとる」

あっけらかんとトンボは言う。それが嫌味に聞こえないから不思議である。

「で、朱鷺はどうするつもりなが？」

「どうしたもんやろかって……」

「浩介さんのこと、好きなんやろ」

「そうやけど……」

浩介は梅ふくに来て初めて心惹かれた男だ。いわば初恋の相手である。

「だったら何を迷っとるが」

「そやかて、年季が明けたからってすぐには芸妓を辞められるわけやない。お礼奉公もせんといかんし」

「よその置屋はうるさいけど、うちのおかあさんはそんなこと言わんと思うけど」

「おかあさんにはお世話になったさけ、そこはちゃんとお返ししたいと思っとるが。けどそれだけやない、実家の弟と妹の面倒ももうしばらくみんといかんし」

漁業を生業《なりわい》とする両親は、相変わらずお金に困っている。たとえ田舎に帰っても自分に何が出来るだろう。親戚や近所の人たちにどんな目で見られるかも想像がつく。弟はまだ高等小学校三年生だ。勉強が好きで成績もいいと聞いているから、何とか卒業させてやりたい。妹は去年から洋裁を習い始めた。それも続けさせてやりたい。できたらミシンも買ってやりたい。ふたりが自分の力で生きていけるようになるまで、面倒をみるのが姉の務めと思っている。

「そうか、あたしと違って朱鷺には実家があるさけな」

「だから、まだ仕送りが欠かせんの」

「まあ、あたしに唯一得なところがあるとしたら、借金がないのと仕送りせんでもいいとこかもしれんな」

確かにトンボにそれはない。それはトンボが梅ノ橋の下に棄てられた子で、拾ったおかあさんの養女になったからである。

「お金のことを考えんでいいっていうのは羨ましいわ」

「それもどうなんやろ」と、トンボが湯屋の天井を仰いだ。

「あたしを拾ってくれたおかあさんには、感謝してもしきれんくらいの恩義がある。それはわかっとるんやけど、だからこそ一生この町から抜けられんと思うと、それもちょっとしんどいっていうか」

「トンボったら、そんなこと考えとったが」

朱鷺の言葉に、トンボが肩を竦める。

「いいがいいが、今はあたしの話やない、朱鷺がどうするかってことや。それで、どうするつもりなが？」

「どうもこうも、たとえ所帯を持つとしても、もっと先の話になるわけやし」

「先って、どれくらい」

「そうやな、早くて二年、もしかしたらもう少し先になるかもしれん」

トンボはふぅと息を吐く。

「そうか、難しいところやな。けど浩介さんなら待ってくれるんやないか」

「そうやといいけど……」

「だって恋ってそういうもんやろ。恋しい人のためなら何でもできる」

恋。トンボの言葉に朱鷺は胸がきゅっと締め付けられる。この胸の高鳴り、切ない思い。これが恋というものなのか。男女の交わりは知っていても、恋を知るのは初めてだった。

「なぁ、朱鷺」

トンボに顔を覗き込まれて、朱鷺は我に返った。

「なに？」

「本音を言うよ。あたしは朱鷺とこれからもずっと一緒にいたい。そしてずっと一緒に踊っていたい。朱鷺としか踊れん舞いがいっぱいあるんやもん。朱鷺とお座敷に出るのが楽しいんや。

けど、これがあたしの我儘《わがまま》やってこともわかっとる。朱鷺の人生なんやから、朱鷺の好きな道を選べばいい」

「トンボ……」

「何にしても、これだけは忘れんといて、あたしはいつだって朱鷺の味方やさけ」

最後は早口で言って、トンボはばしゃばしゃと顔に湯をかけた。


慌ただしく一月が過ぎ、久保市乙剣宮の拝殿裏で浩介と再び顔を合わせた時には、すでに二月に入っていた。いちばん寒さが厳しい時期である。冷気が肌を刺すように痛い。

「今日は返事がもらえるやろか」

浩介がためらいがちに尋ねた。このひと月あまり、真面目な浩介はきっと思い詰めていたに違いない。

「それなんやけど」

「うん」

浩介が頬を引き締めた。

「浩介さんの気持ちは嬉しい。本当や。あたしもできるならあんたのお嫁さんになりたい」

「ほんとか」

浩介が顔を輝かせる。

「でも田舎の家族のことを考えると、年季が明けたからって、すぐ辞めるわけにはいかんの。お礼奉公もあるし、もうしばらく芸妓を続けて家計を助けんといかん。勝手な言い分やけど、それまで待ってもらえんやろうか」

「待つって、どれくらい待てばいいんや？」

「二年か、もしかしたら、もう少し」

「そんなにか……」

浩介が唇を嚙む。朱鷺は目を伏せる。

「やっぱり無理やろうか」

慌てて浩介は首を振った。

「違うんや、自分の甲斐性《かいしょう》のなさに腹がたっただけや。必要なお金を僕が出せればいいんやけど、それができん自分が情けない」

「何言うが、そんな迷惑、浩介さんにかけられるはずがないやないの」

「迷惑なんてあるわけないやろ。朱鷺の家族は僕の家族でもあるんや。本当は僕が面倒をみるべきなんに、かんにんな、朱鷺」

浩介がうなだれる。

「謝らんといて、その気持ちだけで十分」

「僕は待つ。朱鷺と夫婦になれるんなら、何年でも待つさけ」

浩介が近づいたかと思うと、その胸へと引き寄せられた。帯に挟んだ根付鈴がちりんと鳴る。浩介の温もり、浩介の匂い。初めて感じる生身の浩介に、朱鷺は経験したことのない心の震えを感じていた。

近頃、座敷に出ると、綺麗になったと言われる。何かいいことでもあったんか、と問われるたび、なんもありません、と笑って誤魔化《ごまか》している。

自分でも不思議なのだが、肌がふっくら張りを持ち、艶が出ているように思う。これが恋のなせる業《わざ》なのだろうか。

二月下旬、兼六園《けんろくえん》の梅林が満開になったと聞き、門倉に連れられて見物に出掛けた。

園内の到る所にまだ雪が残っているが、咲き誇る紅梅白梅が春の兆しを感じさせてくれる。金沢の人々が殊更《ことさら》梅を愛《め》でるのは、加賀藩を築いた前田利家《まえだとしいえ》公の家紋が加賀梅鉢《うめばち》だからだ。置屋の名が梅ふくであるのも同様の理由である。

門倉は上機嫌だ。というのも、先日話していた後継者問題が解決したからだという。

「回り道になったが、ようやく落ち着くところに落ち着いてくれた。今思うと最初からこうしておけばよかったんや。けど家内の気持ちを考えると無理を通すことができなくてな。ただ今回の件で、私も長年抱えていた胸のつかえが取れてほっとしたのも確かや」

詳しい経緯はわからないが、どうあれ丸く収まったのだと聞いて朱鷺は安堵《あんど》した。

「じきに後継者として正式に迎えることになる。その時は祝いの席を設けるさけ、朱鷺にも踊ってもらわんとな」

「はい、喜んで舞わせていただきます」

その夜、門倉に抱かれながら、朱鷺は無意識のうちに拒もうとしている自分に気づいた。好きな男が出来ると、他の男を受け入れられなくなるのか。門倉には気づかれなかったと思うが、朱鷺は女の心と身体の不思議を思った。

まだ芸妓は続けるが、年季が明けた時には門倉にいとまをもらうつもりでいる。後ろ盾を失えば、月々のお手当てがなくなり、座敷に呼ばれることも、春と秋に催される演舞場での踊りの会の援助も失ってしまう。

それも覚悟の上だった。それが待ってくれる浩介への誠意だと思った。残りの時間、贅沢をせず、芸に打ち込み、仕送りのために一生懸命働こう。そして芸妓生活に幕を引き、晴れて浩介と所帯を持つのだ。

花街はいつも何かしら揉め事が起こるものだが、この日は、桃丸の旦那の妻が梅ふくに乗り込んで来るという事件が起こった。

「泥棒猫の桃丸を出せ」と、玄関先で騒ぐ妻に、桃丸姐さんは部屋に籠って耳を塞《ふさ》いでいる。幼いたあぼたちは台所の隅で身体を小さくしている。対応に出た時江は、背筋を伸ばし、あくまで冷静だ。

「奥さま、ご主人さまにはいつも御贔屓《ごひいき》にしていただき、心より感謝申し上げます。奥さまにはいろいろとお心を煩わすこともあるかと存じますが、花街には花街のしきたりがございます。私らは私らなりの筋を通して生きておりますし、芸妓としての分もきちんとわきまえておりますので、奥さまが頓着なさるようなことは何ひとつございません。さあ、どうぞお引き取りくださいませ。ご主人さまの体面もございます。花街では、噂に面白可笑《おか》しく尾ひれが付いて、あっという間に金沢中に知れ渡ります」

妻はそれでも気が収まらず、散々罵詈《ばり》雑言《ぞうごん》を並べ立てた。時江はそれを凛《りん》として受けている。

そんな様子に業《ごう》を煮やしたのか、妻は最後に「身体を売っとる女が偉そうなこと言いませんな！」と、捨て台詞《ぜりふ》を吐いて帰って行った。

成り行きを朱鷺は階段上で聞いていた。こんな時、花街に生きる因果を痛感する。華やかな世界に身を置きながらも、結局は見下されて生きるしかないのである。

そして、改めて朱鷺は誓うのだ。自由の身になれたら必ず浩介と所帯を持とう。いつか子供を産んでおかあちゃんになろう。浩介と子供らのためにごはんを作り、繕《つくろ》い物をして、貧しくても家の中に笑い声を絶やさず、夜は布団を並べて家族一緒に眠ろう。慎しくも賑やかな暮らしこそ、七つの年から置屋で生きて来た朱鷺にとって何ものにも代えがたい、地に足の着いた幸福に感じられるのだ。

それからしばらくして、トンボとふたり、女紅場の帰りに浅野川沿いを歩いていると不意に浩介が現れた。

「えっ、どうしたが？」

こんなことは初めてだ。

「あたし、先に帰っとるさけ」

トンボが気を利かせて離れて行った。

「突然すまん、どうしても話したいことがあって」

その表情は張り詰めている。誰かに見られたら困る。ふたりで河原に下り、まだ蕾《つぼみ》の固い桜の木の陰に入った。

「いったい何があったが？」

「正直言って、僕もまだ頭が混乱してるんや。驚かんで欲しい、あのな、僕に父親がおった」

「えっ……」

朱鷺はまじろいだ。

「父親は僕の生まれる前に行方知れずになったと聞いていたんやけど、そうやなかった。親方から聞かされた時は、ただもうびっくりするばっかしで」

「それで、どうなったが？」

「この間、父親っていう人と会ったんや」

朱鷺は浩介を見つめるばかりだ。

「その時は腹が立つばっかしやった。今更、どの面下げて現れたんやって。死んだおかあちゃんがどんなに苦労したか、わかっとるんかって。けど、よくよく話を聞いてみたら、見捨てたばっかしやなくて、建具職人の親方に預けられたのも、その人の口利きがあったからやった。その上、僕に申し訳なかったと頭を下げてくれた」

「でも、どうして今頃になって」

「それなんやけど、本妻さんに子供ができんかったそうや。血の繋がる子供は僕だけやから、家業を継いでくれんかと言われた」

朱鷺の胸に不穏な予感が広がっていく。

「それで、承諾したが？」

「迷った、すごく迷った。どんな事情があったにしろ、おかあちゃんと僕を捨てたのは間違いない。己の都合で人の人生を弄《もてあそ》ぶようなことをしておいて、そんな簡単に許せるかって。でも、二日三日と時間がたつにつれ、自分でも不思議なんやけど、気持ちが変わっていったんや」

朱鷺は黙って聞くしかない。

「だってそうやろ、今のままじゃ先が見えとる。けど、その人の跡継ぎになれば大きな仕事ができる。自分に何ができるんか、試してみたいという思いが湧いてきたんや」

それは男として当然かもしれない。

「けれど理由はそれだけやない。跡継ぎになれば、今みたいな貧乏暮らしじゃなくなる。もう朱鷺を働かせなくてもいい。朱鷺の田舎の家族だって援助できる。そうすれば二年も我慢する必要はない。だから言ったんや、僕には夫婦になる約束をしとる人がおる。その人と所帯を持つのを許してくれるんなら、その話を受けてもいいって」

「あたしのこと、話したが？」

呼吸が浅くなった。

「いや、それはまだ言ってない。世の中にはいろんな考えの人がおるやろ。もしかしたら、芸妓と聞いただけで偏った見方をされるかもしれん。だから朱鷺のことを話すのは、一緒になるのを了承してもらってからにしようと思っとる」

浩介の表情は輝いている。未来が拓けると確信しているのだろう。

「朱鷺は何も心配せんでいい。必ず承諾させてやるさけ、みんな僕に任せといてくれ」

しかしその前に、朱鷺にはどうしても聞いておかねばならないことがあった。

「あのな、あの、そのおとうさんって方、ご商売何なさっとるが？」

尋ねる声が掠《かす》れていた。そんなはずはない、そんな偶然などあるはずがないと、朱鷺は自分に言い聞かす。

「材木商や。『門倉木材』っていうんやけど、朱鷺、知っとるか？」

周りから色彩が消えていった。

どうやって梅ふくまで帰って来たのか、よく覚えていない。朱鷺はことの成り行きに、ただ呆然とするばかりだった。門倉と浩介が父と息子だったなんて、神様はなんと残酷な仕打ちをなさるのだろう。ひっそりと育んで来た恋が、やっと成就すると思った矢先の出来事だった。

夜も眠れず、食事も喉を通らない日々が続いた。それでも座敷には出なければならない。自分に鞭打つように、朱鷺は座敷を務めた。

今夜は香月楼に呼ばれている。座敷に出向くと四十がらみの女がひとりで待っていた。女ひとりの客などまずない。戸惑いながらも、朱鷺は畳に手を突いた。

「朱鷺でございます。お呼びいただき、あんやとうございます」

女は臙脂《えんじ》の加賀小紋に象牙《ぞうげ》色の名古屋帯を締めている。それが高級品であることは、ひと目でわかった。色白でほっそりした面立ちに、意志の強そうな切れ長の目が印象的だ。

朱鷺は客の隣に座って銚子《ちょうし》を手にした。

「おひとつ、どうぞ」

「あんやとう」

女客がお猪口《ちょこ》を口に運ぶ。

「久しぶりに呑むと沁みるわぁ」

「今夜は少し冷えますさけ、もう少し熱い燗にいたしましょうか」

「なあん、これで十分」

客は目を細めた。めったにない女客、それも初見である。どう会話を続ければよいのだろう。

「朱鷺さんやったね、おいくつ？」

「はい、もうすぐ二十歳になります」

「そうなんや、若いんやねえ」

座敷にお姐さんたちが現れる様子はなく、ひとりでこの場を切り回すのかと思うと、どうにも落ち着かない。そんな朱鷺を察したように女客は言った。

「驚かんといて欲しいんやけど、私、門倉の家内です」

突然言われて、朱鷺は目を見開いた。

「主人がいつもお世話になっております」

朱鷺は慌てて後退《あとずさ》りし、頭を下げた。

「大変ご無礼いたしました。ご主人さまにはいつも御贔屓にしていただいております。あんやとうございます」

この人が門倉の妻なのか。梅ふくに乗り込んで来た桃丸姐さんの旦那の妻が思い出される。いったい何を言われるのだろう。

「そんなにかしこまらんでもいいが」

和らいだ声にそっと顔を上げると、思いがけず柔和《にゅうわ》な表情があった。

「主人は私のことを、きっと鬼婆みたいに言ってるんやろね。ほんと困った人や。花街ではそう言った方がもてると思い込んでるんやさけ」

門倉の妻が笑う。朱鷺はどう答えていいのかわからない。

「今夜、私がどうしてあなたを呼んだか、たぶん察しはついていると思うんやけど」

朱鷺は息を呑み、手元に視線を落とした。

「主人から、血の繋がった息子がいると聞かされた時はびっくりしました。子をなせなかった私に気を遣って、ずっと言い出せなかったんでしょう。そりゃあ複雑な思いもありましたけど、とにかく会ってみることにしたんです。そろそろ跡継ぎの話を進めんとならんって気持ちが強かったさけね。意外と言っては何やけど、会ってみたらとても真面目で、聡明な人だったんで驚きました。この人なら、きっと立派に跡を継いでくれると確信しました」

浩介なら間違いなく期待に応《こた》えるはずである。

「その時、夫婦になる約束した人がいることを聞かされたんです」

朱鷺は身を硬くする。

「お相手が誰なのか、聞いてもどうにも話してくれんさけ、ざっかしい真似やと思いながら、主人に内緒で、身辺調査っていうか、まあ、いろいろと調べさせてもらったわけです」

今にも息が詰まりそうだ。

「それがあなただと知った時は、そりゃあ驚きました」

「……申し訳ありません」

朱鷺は頭を垂れる。

「そうやない、あなたを責めに来たんやないが。あなたにとっても、不幸な巡り合わせとしか言いようがないさけね。もちろん主人は何も知りません。浩介さんも同じです。どうするのがいちばんよいか考えて、これはやっぱり、あなたに納得してもらうしかないという判断に至って、それでこうして会いに来た次第です」

納得という言葉が、朱鷺の耳に重く響いた。

「どうやろ、考えてもらえんやろか」

浩介から門倉の名を聞いた時から、それしか方法がないことはわかっていた。それでも、頷いてしまえばすべてが消え去ってしまう、そのことに胸が潰れそうになった。

「門倉家の将来がかかっておりますさけ、どうかよろしゅうお頼み申します」

そして、驚いたことに門倉の妻は畳に手を突いたのである。大店の主の妻が芸妓に頭を下げるなど、よほどの決心に違いない。その姿に朱鷺は心打たれた。

浩介にとって、跡継ぎになるのは大きな好機である。門倉の妻が言ったように、それだけの才覚がある人であり、朱鷺もぜひそうなって欲しいと思う。そんな浩介の傍にいて、女房として助けになれたらどんなに幸せだったろう。

けれど叶わぬ望みであることも、朱鷺はすでに承知していた。門倉と身体を許した仲でありながら、息子の浩介と夫婦になどなれるはずがない。自分がするべきことは何なのか、選ぶ道はどこにあるのか。答えはとうに出ていた。

数日後、朱鷺は門倉にいとまを申し出た。門倉はさすがに戸惑った表情をした。

「他に男でも出来たか」

冗談めかして言ったが、頬は硬かった。

「そんなんやありません。今年、年季が明けますさけ、それを機に独り立ちしたいと思っとるがです」

別れ話は揉めるものだ。男には面子がある。自負心もある。拗《こじ》れて、時には刃傷沙汰《にんじょうざた》にもなったりする。しかし、門倉は鯔背を大事にする男である。言い方を変えれば見栄張りでもあった。去る芸妓を追うような、みっともない真似は意地でもしない。五年の付き合いの中で、朱鷺はその性格をよく知っていた。

「好きにせい」

最後、門倉は突き放すように言った。


浩介と会ったのは、浅野川沿いの桜がほころび始めた頃である。

「あのな、申し訳ないんやけど、あの約束はなかったことにして欲しいが」

朱鷺は落ち着いた口調で言った。

「え、どういうことや」

浩介は一瞬きょとんとした。

「だから、あんたとは一緒になれんってこと」

浩介はみるみる頬を強張らせた。

「何でや、何で今更そんなこと言い出すんや」

朱鷺は準備していた言葉を、台詞のように口にした。

「あたしな、今度新しい旦那さんが付くことになったが。その人が実家のことも、みんな面倒みてくれるって約束してくれたんや」

「だから、それは僕が」

「跡継ぎって言ったって、すぐにお金が自由に遣えるわけやないやろ」

「それはそうやけど……」

「やっぱり旦那さんは頼りになる。すぐにでもお金を用意するって言ってくれてる。着物も帯も好きなだけ買っていいって」

「朱鷺、本気で言ってるんか」

その泣きそうな表情に、胸が張り裂けそうになる。

浩介を傷つけたくない。けれど、傷つけなければ決着がつかない。

「もちろん本気や。お金を貰って身を任す、それが芸妓の仕事やもの。所帯持とうなんて言われて、ちょっと浮かれてしもたけど、やっぱりあたしは花街の女なんや。なんせ七歳の時から、ずっとここで生きて来たんやもの、今更堅気の暮らしなんてできるわけない」

「嘘やろ、嘘と言ってくれ」

「もう決めたが」

恨まれるのは承知の上だった。それでいいと朱鷺は思った。浩介の恨みが深いだけ、自分の決心の深さに繋がる。

「ほんならお元気で」

浩介を見ることなく背を向けて、朱鷺は久保市乙剣宮を走り出た。

浅野川大橋まで戻って来たところでようやく足を止め、帯に挟んだ根付鈴を手にした。朱鷺にとって何よりも大切な宝物である。それを一度ぎゅっと握りしめると、静かに手から離した。根付鈴は川に落ち瞬く間に見えなくなった。

「さいなら、浩介さん」

呟く声もまたすぐに川音にかき消されていった。


四月の半ば。浅野川沿いの桜が満開となった。

時折、風に煽《あお》られて花びらが舞い、川面《かわも》に落ちて儚《はかな》げに流れゆく。そんな様子にも風情があった。

朱鷺はトンボと共に、香月楼へと向かっていた。今日の座敷は、門倉木材の新しい後継者お披露目の席である。客は百人ほどにもなるという。芸妓も数多く揃えられての、華やかな座敷である。

門倉から「お披露目の席でトンボとふたり『おとこ川をんな川』を舞ってくれんか」と頼まれた時は驚いた。そんな依頼を受けるとは思ってもいなかった。

トンボは「断ってもいいんや」と言ったが、朱鷺は、それが世話になった門倉への僅かばかりの恩返しになるなら喜んで踊りたい、と思った。同時に、その席が浩介と顔を合わせる最後の機会になることもわかっていた。

お披露目の宴は賑やかに催された。

上座に座る、門倉夫婦に挟まれた浩介の姿が凜々《りり》しく、眩しく映る。浩介は決して朱鷺を見ようとはしなかった。

このお披露目が終わったら、浩介は当分の間、名古屋にある門倉の妻の実家に修業に出るという。これも門倉の妻の計らいだろう。

その門倉の妻は背筋を伸ばし、眉ひとつ動かさず毅然とした姿で鎮座している。その姿は家を守り続けるという強い決心に満ちていた。

やがて朱鷺とトンボの舞いの番が来た。ふたりは絢爛な金屏風を背にして坐した。

その時、初めて浩介と目が合った。その眼差しは凪《なぎ》のように静かだった。いや、冷ややかと言った方がいい。目線はしばらく絡み合った。

朱鷺は浩介から視線を外すと、扇子を前に置き、一礼した。この所作は結界を意味する。師と弟子、客と芸妓、そして浩介と朱鷺。それぞれもう生きる世界は違うのだ。

三味線の音に導かれて、ふたりは舞い始めた。中腰に構えるトンボと、扇子を持ち身体を斜にして立つ朱鷺。おとこ舞いのトンボとをんな舞いの朱鷺。ふたりの姿はまぎれもなく、相容れぬまま流れゆくおとこ川とをんな川を表している。

もう何も考えてはいなかった。

島田に結い上げた髪の先から、白足袋に包まれた足の先まで、朱鷺は川の流れとひとつになる。後はただ無心に舞い続けるだけだった。

かそけき夢の音

寝巻に着替え、布団に潜り込んだところで朱鷺が言った。

「なぁトンボ、カキツバタが咲く時、ポンって音がするって聞いたことある？」

とうに午前二時を回っている。

「うん、まあな」

「じゃあその音を聞くと願いごとが叶うっていうのは？」

「それは初めて聞く」

もう瞼は重い。今夜は四つの座敷を掛け持ったのですっかり疲れている。

「そやからあんなにたくさんの人が、兼六園にカキツバタの開く音を聞きに行くんやて」

兼六園の唐崎《からさき》の松と玩月《がんげつ》の松の下にカキツバタが群生している。この時期次から次と花を付け、早朝からその開花の音を聞きに行く酔狂な人がいるという話は知っていた。が、願いごとが叶うなんて初耳だ。

「誰が言っとったたん」

「お客さんから聞いたが。知っておいでるお姐さんもいらしたよ」

「ふうん」

どうせ酔客の戯言《ざれごと》に決まっている。花街では、願いごとが叶うだの幸運が舞い込むだの、そういった風聞はすぐに広まる。そんなものと縁の薄い芸妓たちだからこそ、格好の話題となる。

「ひょうたん池にもカキツバタがたくさん咲くよな」

「そうやな」

ひがしの花街から卯辰山へ登る山道の途中に池がある。その名の通り、ひょうたんの形をしていて、今の季節になると水際を埋めるようにカキツバタが花を付ける。

次に朱鷺が何を言うか、トンボはもうわかっていた。

「明日の朝、聞きに行かん？」

そして自分がどう答えるかもだ。

「いいよ」

「ほんと、よかった。そんなら五時前には起きんとな」

朱鷺がはしゃいだ声を上げた。正直なところ、置屋の朝食が始まるまでゆっくり眠っていたいのだが、朱鷺の頼みとなれば仕方ない。

浩介との別れ以来、どれだけお座敷で愛想を振り撒いていても、暗い影が朱鷺を包み込んでいた。夜中、布団の中で声を押し殺して泣いていたのも二度や三度ではない。声を掛けようにもうまく言葉が見つからず、トンボはただ黙って寄り添っているしかなかった。そんな朱鷺が少しでも気が晴れるというなら、カキツバタを見に行くぐらいおやすい御用ではないか。

翌朝、ろくに眠らないままふたりは梅ふくを出た。辺りはまだ薄暗く、ひんやりと湿った空気が通りを覆っていた。人影はなく、物音ひとつしない。花街はまだ深い眠りの中にある。

ひょうたん池には子供の頃によく行っていた。めだかを追ったり子亀を見つけたりして遊んだものだ。しかしそれもたあぼの頃までで、十二歳で振袖芸者としてお座敷に出るようになってからは、そんな機会もなくなった。

天神橋まで出てふたりは坂道を登り始めた。相変わらず石ころだらけの荒れた山道で、下駄の鼻緒が食い込んで指の付け根が痛くなった。

十五分ほど登るとひょうたん池が現れた。周りを背の高い木々が囲み、新緑が風に揺れて白い葉裏を覗かせていた。池はさほど大きくないが、澄んだ水をたっぷり湛《たた》えていて、かつての様子と少しも変りない。水際には、みっちりカキツバタが咲いていた。

「きれいやなぁ」

朱鷺が声を弾ませた。

「開きそうなのはどれやろ」と、花を覗き込みながら水際に沿って奥へと進んでゆく。その後ろをトンボはあくびをこらえながら付いていく。池を半周ほど回ったところで、朱鷺はようやく足を止めた。

「この辺りのなんか、今にも咲きそうや」

朱鷺が生い茂った雑草の中にしゃがみ込んだ。もちろんトンボもそれに倣う。

「これから喋ったらいかんさけね。聞こえるのはすごく小っちゃい音っていうから、しっかり耳を澄ませんと」

「わかった」

朱鷺が胸の前で祈るように指を絡めて目を閉じる。しばらくトンボも同じようにしていたが、すぐに飽きてしまった。そっと薄目を開け、水面を泳ぐ鳥や雲が空を流れていく様子にぼんやり眺め入った。

向こう岸に女が現れたのはそんな時である。女もまた、水際のカキツバタを覗き込んでいる。物好きというのはどこにでもいるらしい。

最初は同じひがしの芸妓かと思ったが、顔に見覚えはない。髪形や着物の崩し方から堅気でないことは確かなようだ。女はトンボたちに気づくことなく、さかんに花を見回している。

その時、朱鷺がはしゃいだ声を上げた。

「聞こえた。確かに今、ポンって鳴ったわ」

弾んだ声で言った。

「そう、よかったな」

「あんたは聞こえんかった?」

「まあ、聞こえた気もせんでもないけど」

トンボはとりあえず返しておく。

「そんならよかった。これで早起きして来た甲斐があったというもんや」

朱鷺は満足そうに頷くと、やけにしみじみとこんなことを言い出した。

「カキツバタって花は別々に咲いていても、根っこはみんな繋がっているんやて」

「へえ、そうなんや」

「あたし、それ聞いて何やら似とるなぁと思ったが」

「似とるって？」

「あたしら芸妓と。いろんな事情を背負ったいろんな芸妓がおるけど、何だかんだ言ったたって、みんな根っこのところは同じなんやって」

「ふうん」

すぐには意味がわからない。

「だからな、あたし決めたが。みんなも辛いことたくさん抱えとるんやさけ、自分だけが不仕合せやなんて嘆くのはやめとこうって」

「そうか、うん、そうや、その通りや」

何にしても朱鷺がその答えに行き着いたのであれば、トンボは安堵するばかりだ。

朱鷺が満足げに立ち上がった。

「さ、そろそろ帰ろ。あたし、もうおなかぺこぺこ」

トンボも立って、ひとつ大きく背伸びをした。長い時間しゃがみ込んでいたせいで、ふくらはぎがじんじん痺れている。気が付くと、向こう岸の女の姿は消えていた。

その日の昼過ぎ、ふたりが女紅場から帰って来ると、お勝手であぼの留子と美弥が口喧嘩をしていた。

「どうしたが？」

尋ねるトンボに、留子が口を尖らせた。

「トンボ姐さん、聞いてたいま。あたしが蝶の付く芸妓名にするって言ったら、美弥がだっちゃかんって言うが」

するとまだ九歳の美弥が、負けずに言い返した。

「だってあたしもずっと蝶を付けたいと思っとったんやもん。留ちゃんに取られたら付けられんやろ」

「そやかてあたしが先に振袖さんになるんやからしょうがないやろ。あんたは別の名前にし」

「いやや、あたしは絶対に蝶の付く名がいい」

「何も蝶にこだわらんでも、他にもいろいろあるやろが」

トンボが呆れたように言う。

「ううん、あたしはどうしても蝶がいいが。うちではまだ誰も使っとらんし」

「あたしも蝶がいい」

困ったことに美弥は何でも留子の真似をしたがる。

そんなふたりを見て、朱鷺がくすくす笑い出した。

「思い出したわ。トンボ、本当は胡蝶《こちょう》って名前になるはずやったが」

ふたりは目を丸くした。

「えっ、そうなが？」

トンボはちょっと困った顔をした。

「まあ、おかあさんからはそう言われたんやけどな」

「そんなきれいな名前、何で付けんかったが？」

「そやかてほら、あたしは蝶々って柄やないやろ。トンボの方がよっぽど性に合ってる。おかあさんは呆れてたけど、まあ、最後は好きにしまっしって」

ふたりは心底納得したように頷いた。

「そうやな、トンボ姐さんは、やっぱり蝶よりトンボやな」

トンボの本名は富江《とみえ》である。小さい頃からきかん子で、周りから男の子のようだと「富坊」と呼ばれていた。トンボの名になったのは朱鷺がきっかけで、最初に出会った時「富坊」をトンボと聞き違えたのだ。けれど朱鷺に「トンボ」と呼ばれた時、その名がすとんと心に落ちるのを感じた。自分にぴったりの名と思えた。それから自らトンボを名乗るようになり、芸妓名もそれにした。

「ほんなら朱鷺姐さんは何でその名前にしたが？　鳥の名前やって聞いたけど」

尋ねたのは留子である。

「そうや。あんたたち見たことある？」

「ううん、ない」

ふたりは首を横に振った。

「めったに見られん鳥やけど、あたしの生まれた能登には時々やって来たが。大きくてりっぱな鳥で、羽根の外側は真っ白なんに、内側が綺麗な桃色に染まっていて、いつもうっとり眺めたもんや。この置屋に来る日も、まるであたしを見送ってくれるみたいに、すぐ近くに舞い降りてきてくれて、その時、朱鷺にしようって決めたが」

朱鷺の本名はサチだ。その名も似合わないではないが、今はもう、朱鷺は朱鷺でしかない。トンボがトンボでしかないように。

お喋りに夢中になっていると、奥からばんばの稲が現れた。

「あんたらいつまで油売っとるんや、そろそろ支度せんと間に合わんやろ」

四人は首を竦めた。こうして叱られるのはいつものことである。

夕刻、おかあさんの時江から今夜の客の名を聞いて、トンボと朱鷺は顔をしかめた。

客はかつて加賀藩の家老を務めた家柄の放蕩息子で、確かに羽振りはいいのだが、座敷での評判の悪さは有名だった。もう三十になろうというのに、いつも昼間から酒を呑み、柄の悪い男たちを引き連れて遊び回っている。男たちは酔いに任せて、芸妓に強引に酒を注がせたり呑ませたり、時にはしつこく身体を触ってくる。客商売なのだからそれなりの覚悟はしているが限度はある。

以前、その座敷に呼ばれた振袖芸者の琴菊が泣きながら帰って来たことがあった。聞けば、連れの酔っぱらいに「ほんまに生娘か調べてやる」と、着物の裾を割られたというのである。それを聞いて、さすがに時江も腹に据えかね「あの客に二度とうちの子は出さん」と宣言した。

「もちろん最初は断ったんやけど」と、時江はため息をついた。

「どうやら他の置屋さんからもみんな断られたそうで、香月楼の女将さんから、どうにかお願いできんかって頭を下げられたが。女将さんにはいつもお世話になっとるさけ、そこまで言われたら無下に断れんでね。何とか頼むわ」

朱鷺は冴えない顔をしたが、トンボはむしろ逆だった。

受けて立とうやないの。

そんな気持ちになっていた。

夕刻、料亭・香月楼に向かった。五月も半ばを過ぎ、通りを初夏の乾いた風が抜けてゆく。

朱鷺は鶸《ひわ》色の地に紫陽花《あじさい》柄、トンボは翡翠《ひすい》色に笹が描かれた着物を着ている。季節の先取りが粋とされているので、柄選びにはいつも気を遣う。

「こんばんは。今夜もよろしゅうお頼み申します」

玄関先で声をかけると女将が飛んで来た。

「お世話さんな。面倒なこと頼んで申し訳ないんやけど、よろしゅう頼んわ。何かあったら店のもん、すぐやらすさけ」

「だんないです。どうぞ任せといてください」

トンボは余裕綽々に答えた。

座敷に向かい襖を開ける。とたんに「遅いやないか」と、居丈高な声が飛んで来た。

正面には糊のきいた上等のシャツとズボン姿の男が座っている。この男が放蕩息子である。まだ宵の口というのにすでに相当酔っていて、目の焦点が合っていない。

怒鳴ったのは連れの男で、人相は悪く、着ているシャツも薄汚れていてひと目で与太者だとわかる。もうひとり、やはりよれよれのシャツを着た男は右頬に大きなホクロがあり、そのホクロ男はトンボに目をやると顔をしかめた。

「何やその格好は。芸妓は芸妓らしくしんか」

いつも通り、トンボは芸妓姿ではなく、男仕立ての着物に、髪を高くひとつに結っている。言い返そうとしたところで、朱鷺が畳に指を突いた。

「今夜はお呼びいただきあんやとうございます。梅ふくの朱鷺でございます。こちらはトンボと申します。どうぞよろしゅうお願い申し上げます」

客は男たちだけではなかった。それぞれ隣に女がひとりずつしなだれかかっていた。

みな髪をねじってあげまきに結っているが、崩れが目立ち、着ている縞銘仙《しまめいせん》も襟元が広がり、帯もぐずぐずに締められている。玄人筋には違いないが、芸妓ではない。

男たちは出合宿《であいやど》で遊び、そのままお女郎たちを連れて来たのだった。お女郎たちもかなり酔っているようで、こちらに向ける眼差しはやけに斜に構えている。

トンボと朱鷺は座敷の中へと進んだ。

ひがしは政界財界の名士が訪れる金沢で最も格式の高い花街である。しかし藩政の頃、この辺りには出合宿が建ち並び、女が春を売っていた。藩は厳しく取り締まり、処刑もあったと聞くが、一掃することはできなかった。結局、今も大通りから少し外れたところで商売が続いている。

「おまえら、ぼうっとしとらんと早く旦那さんに酌をせんか」

人相の悪い男に荒い口調で言われて、トンボはムッとした。察した朱鷺が素早く「これは気が付きませんで」と、にこやかに放蕩息子の隣に進んだ。

「さあ、おひとつどうぞ」

注いだところで、隣に座るお女郎が盃を突き出した。

「あたしにも注いでたいま」

「はい、どうぞ」

明らかに敵意を剝き出しにして来るお女郎だが、朱鷺は笑みを絶やさない。

こんな時、トンボはいつも感心してしまう。普段は引っ込み思案なところがあるが、いざお座敷に出ると芸妓としての役割をまっとうする。芯のところで肚が据わっているのだと思う。

トンボは逆で、客とわかっていてもつい感情が顔に出てしまう。

そんなトンボをじろじろ眺めながら、ホクロ男が興味津々に絡んで来た。

「おまえ、毛唐の血が混ざっとるんか。髪も目もけったいな色をしとるし、こんな大女初めて見たわ」

こんな言われ方にはもう慣れっこだ。

「どこや、ロシアか」

トンボは小さくひとつ息を吐いて、作り笑いを向けた。

「聞くところによると、毛唐やなくて卯辰山に住む鬼やそうです。人を食っとったと聞いとりますさけ、どうぞご用心ください」

放蕩息子は盛大に笑い声を上げたが、ホクロ男は頰を強張らせた。

「おまえ、わしのことめとにしとんのか」

「何をおっしゃいますやら。大切なお客さまですさけ、正直にお話ししたがです」

しゃあしゃあと答えてやる。

「ふん、つらにくい女や。やっぱし女はこっちでないとな」

と、男たちはやおらお女郎たちといちゃつき始めた。まるで見せつけるように、肩に手を回し、着物の上から乳房を揉み、裾から手を差し込んで腿を撫でる。お女郎たちもなまめかしい嬌声《きょうせい》をあげながら応えている。

まったくくだらない、とトンボは胸の中で毒づく。皮肉なのか当てつけなのか。いったい何のためにこんな馬鹿げた振る舞いを見せるのか。そもそも芸妓とお女郎を同じ席に着かせること自体、悪趣味としか言いようがない。同じひがし界隈《かいわい》で生きているとはいえ、芸妓と女郎は立場も事情も違う。だからこそ憎悪も深いということが何故わからない。

しばらくすると、いちゃつくのにも飽きたのか、放蕩息子が目を向けた。

「そう言えば、おまえらふたり舞いが得意やそうやな。せっかくやからひとつ見せてもらおうやないか」

朱鷺が困ったように答えた。

「申し訳ございません。今夜、こちらのお座敷に呼ばれているのはあたしらだけで、地方《じかた》のお姐さんがおいでませんので、ふたり舞いはできんがです」

「何や、見られんのか」

放蕩息子はしばらく不満げにしていたが、やがて思い出したように「笛ならどうや」と、言い出した。

「それがあるなら踊れるか」

トンボと朱鷺は顔を見合わせた。

「まあ、それなら踊れんこともないですけど」

「龍子《たつこ》、吹いてやれや」

放蕩息子が隣のお女郎に言った。

「あたし？　勘弁してたいま」

龍子と呼ばれたお女郎は、物憂げに首を横に振った。その時、トンボは気が付いた。

この女、ひょうたん池の向こう岸に立っていた女ではないか。

「何であたしがこんな小娘芸妓の地方をせんといかんのや」

「まあ、そう言うな。おひねり弾んでやるさけ、ちょっと吹いてやれ」

龍子の片眉がきゅっと上がる。おひねりに反応したようである。しゃあないなぁ、と、龍子は呟き、帯の後ろから笛を取り出した。

竹に藤の蔓《つる》を巻いただけの、見るからに安物の笛である。それだけでどの程度の腕前か察しがついた。お女郎に笛の心得があるのは珍しいが、芸と呼べるほどのものではないだろう。出来るものなら断りたい。が、相手は客である。

「それで、あんたら何が踊れるんや」

横柄に顔を向けられて、トンボは「ほんなら『五月雨道中』なんかどうですか」と口にした。

何もかも捨てて、命懸けで駆け落ちをする男と女。その道中に無情な五月雨が降りしきる。遣る瀬無い恋物語を描いたこの舞いは、唄はもちろん、三味線や太鼓も使われ、難度が高い。これを笛だけで成り立たせるなんて至難の業だ。もちろん、それがわかってトンボは言ったのである。

「そうかい」

龍子はあっさり受け入れた。

えっ、吹けるんか。

てっきり音を上げるとばかり思っていた。しかしすぐに、だったら腕前を見せてもらおうやないか、と意気込んでいた。同時に、一流の舞いがどんなものか見せてやる、という負けん気も湧いていた。

扇子を前に一礼して顔を上げると、放蕩息子はすでに眠そうに脇息《きょうそく》にもたれていた。ホクロ男は両足を投げ出し、もうひとりに至ってはお女郎の膝枕で寝転がっている。こんな客のために舞うのは腹立たしい限りだが、花代をいただく限りやるしかない。

ふたりは舞いの姿勢を整えた。トンボは扇子を傘に見立てて立ち構え、朱鷺は片膝を突いて手拭いを吹き流しにくわえる。

見計らったように笛が鳴った。その最初のひと鳴りにトンボは驚かされた。あんな安物の笛から、どうしてそんな澄んだ音色が発せられるのだろう。

踊りが始まると、笛の音はさらに艶を帯び、情感たっぷりに染み入って来た。梅ふくの桃丸は横笛の名手と評判だが、それにも負けないくらいの手練《てだ》れに感じる。

いつの間にか舞いに熱が入っていた。客なんかどうでもいい。ここにいるのは自分と朱鷺だけだ。上手のトンボが右に廻ると下手の朱鷺は左に廻る。引き止めるように肩に手を載せれば、ためらいつつも朱鷺が指を重ねて視線を絡める。ここにいるのは命懸けで駆け落ちする男と女。トンボは舞うことだけに没頭した。

最初の山場に来た時だった。不意に笛の音が外れて舞いの流れが滞った。客たちは気づかなかっただろうが、トンボにははっきりとわかる。

なんでこの大事な場面で。

トンボはかすかに眉を顰めた。かなりの腕前と見込んだが、やはり大したことはなさそうだ。笛の音はすぐに戻ったが、それからもここが見せ場という時に限って調子が狂う。

そして、ようやく気づいた。この女、わざとやっている。トンボと朱鷺のふたり舞いにケチを付けようとしているのだ。

最後の山場でまた音を外されて、もう我慢できないとばかり、トンボは舞いを中断して龍子に迫った。

「ちょっと、あんた、いい加減にして」

「あら、どうかしたんかいね」

笛を止めて、やんわりと龍子が顔を上げた。

「わざとやろ、わざと調子を外して、舞いの邪魔をしてるんやろ」

「とんだいいがかりやわ。自分らのへまをあたしのせいにせんといて。だいたい、これくらいのことで踊れんようになるなんて、所詮はその程度の踊り手ってことやないか。それでひがしの芸妓を張っとるつもりなんか。いったいどの面下げて言えるんやろ。呆れるわ」

その言い分に、トンボの頭に血がのぼった。

「なんやて。もういっぺん言ってみ。あんたこそ笛の下手さをあたしらに押し付けんといてや」

「痛いとこ突かれて慌てとるんか、ああ可笑しい」

龍子がわざとらしく笑ってみせる。

「ちょっと、トンボやめて」

朱鷺が慌てて仲裁に入った。しかし、トンボの怒りは収まらない。龍子もやる気のようである。ふたりは向き合った。

「あんた、あたしに喧嘩を売るつもりなんやな」

「望むところや。あたしはな、あんたらみたいな大した芸もできんくせに、偉そうな顔をしとる芸妓がいちばん嫌いなんや」

「それはこっちの台詞や。芸が何かも知らんあんたに、いちゃもん付けられる筋合いはない」

座敷から「おう、やれやれ」と男たちが囃し立てている。

龍子がトンボの肩を突いた。しかしトンボは退かない。龍子は更にトンボの髪を摑もうと腕を伸ばした。トンボはその手を振り払った。その拍子に龍子はよろけて、ゆるく結った龍子の髪がほどけた。

「何すんや」

「自分でやったんやろ」

やめて、と朱鷺が再びふたりの間に入った。その時だった。龍子の振りかざした笛が朱鷺の額に当たり、朱鷺は小さく悲鳴を上げてしゃがみ込んだ。

「朱鷺、じゃまないか？」

トンボは慌てて顔を覗き込んだ。

「うん、なんともない」

しかし額はわずかに切れて、うっすら血が滲んでいる。それを見た瞬間、激しい怒りがトンボを包んだ。朱鷺を傷つける者は誰であろうと赦《ゆる》さない。トンボが龍子を睨みつけると、その形相に怖気《おじけ》づいたように、龍子が一歩後退《あとずさ》った。

「あたしのせいやない。間の悪いところにこの子が入って来たんやないか」

「よくも、やってくれたな」

トンボは龍子の襟を摑んだ。

この女、ひっぱたいてやる。

廊下の襖が開いたのは、トンボが手を振り上げたのと同時だった。そこから男がひとり飛び込んで来た。丸刈り頭で白の板前衣を着ている。

「トンボ、やめろ」

すっかり頭に血が昇ったトンボを、板前は羽交い絞めにした。

「放せ、絶対に赦さん、この女、絶対に赦さんさけ」

いつの間にか、廊下には他の座敷の客や芸妓衆、仲居たちが集まっていた。みな興味津々に事の成り行きを窺っている。

「すんません、今夜のところはお引き取り願えんでしょうか」

トンボを制したまま板前が言った。さすがに放蕩息子も気まずくなったようである。

「ああ、そうやな。ほんなら、みんな帰るとするか」

放蕩息子が立ち上がると、連れの男たちとお女郎たちもそれに倣った。龍子も青ざめた表情で後ろに付いいて行った。

「このまま帰してたまるもんか！」

トンボは叫んだが、板前の力には勝てない。

やがて廊下に集まっていた見物客の姿もひとりふたりと消えていき、座敷は静かになった。

肩で息をしていたトンボも少し落ち着きを取り戻した。

「おまえ、相変わらずやなぁ」

羽交い締めを解いて、呆れたように板前が言った。その顔を見たとたん、トンボは目を丸くした。

「えっ、蒼次郎《そうじろう》やないか」

「どころか、ますます、ばっかいならんようになっとるわ」

「あんた、いつ帰って来たん」

「三日前」

蒼次郎は香月楼の次男坊、トンボや朱鷺より一歳下の十九歳、三年前から京都の料亭へ板前修業に出ていた。

「朱鷺、傷をちょっと見せてみ」

蒼次郎が朱鷺の顔を覗き込む。もう血は止まり、傷もさほど深くはないようだ。

「うん、大したことなさそうやな」

それでもトンボの腹の虫はまだ収まらない。

「だとしてもあたしは赦せん。今度あの女を見たら必ず仕返ししてやる」

そんなトンボを朱鷺は宥《なだ》めた。

「そんなことせんでいいが。こんなのツバでも付けとけばすぐ治るんやさけ。それより蒼次郎さん、久しぶりやな、京都はどうやった？」

朱鷺がその場を収めるように、蒼次郎に話しかけた。

「うん、なかなか面白かったわ」

トンボもようやく落ち着きを取り戻して、改めて蒼次郎を眺めた。

「あんた、背、伸びたな」

三年前、ここを出た十六の時はトンボより低かったはずだが、今では見上げるほどになっている。どこかひ弱だった身体つきも精悍になった。

蒼次郎とは年が近いせいもあって、子供の頃から朱鷺と三人、浅野川や卯辰山でよく一緒に遊んだものだった。少し気の弱いところがあって、近所の男の子に苛められた時はいつもトンボが加勢した。たまに派手な取っ組み合いになって、生傷を負うこともあった。おかあさんの時江に「自分の商売を忘れまさんな」と、よく叱られたものである。

「ちゃんと修業してきたか、あっちで苛められんかったか」

蒼次郎が苦笑している。

「まあ、京都じゃ俺なんてただの田舎もんやからな、そりゃあ弟子入りした頃は兄弟子に散々顎でこき使われたわ」

「やっぱりな」

「けど、ちゃんと味はモノにして来たさけ」

「どうや、やっぱり京都の味は違ってたか？」

トンボは矢継ぎ早に尋ねる。

「そうとも言えるし、そうでないとも言える」

「何や、それ」

「今度、俺の料理を食べさせてやるわ。それでわかるはずや」

「あんたの料理なんて、ほんとに食べられるんやろか」

口さがないトンボに、蒼次郎は言い返す。

「ダラ言うな。あまりの旨さに腰抜かすなよ」

その屈託ない表情を見ているうちに、トンボの怒りもいつか収まっていた。


五月末、梅ふくは衣替えに大忙しだ。

袷《あわせ》の方は汚れやほつれを確認し、染み抜きや洗い張りに出す。これから着る単《ひとえ》は、染みや虫食いがないかを確かめる。座敷には幾十枚もの着物が広げられ、まるで花が咲いたような華やかさだ。

どの着物も手の込んだ加賀友禅である。加賀友禅は、京都から加賀に移り住んだ宮崎友禅斎《みやざきゆうぜんさい》が伝えたと言われている。しかし公家文化を引き継いだ豪華絢爛な金彩や刺繍が施された京友禅とは違い、一幅の画のように自然のままの姿を描く。「虫食い」の技法がまさにそうで、虫に食われた葉まで描くのである。「加賀五彩」と呼ばれる藍、臙脂、黄土、草、古代紫といった深みのある色合いを基調としているのも、どことなく野趣が漂っている。

たあぼの留子と美弥が目を輝かせて着物を手にした。

「なぁ、朱鷺姐さん、この梅模様の着物すごくきれい。着んようなったら、あたしに譲ってくれる？」

「ええよ、留ちゃんがもう少し大きくなったらな」

「留ちゃんたらぐっすい、それはあたしが貰おうと思っとったがに」

いつものように美弥が横槍を入れて、留子はふくれっ面になる。

「あんたは何でいつもそうなが。あたしの方が先やろ。あんたがこの着物を着られるまで、あとどれだけかかると思っとるが」

「留ちゃん、何でそんないごくりわるいこと言うが」

美弥は泣きそうな顔をした。

「ほんなら、美弥にはあたしの着物をあげるさけ」

トンボは芸妓になりたての頃に誂《あつら》えた着物を手にした。

「これなんかいいやろ。柘榴《ざくろ》の赤が何ともいえん渋くて粋で」

「うーん」

美弥が困ったように首を傾げている。

「なんや、気に入らんのか。ほんなら留子にあげる」

言われた留子も瞬きしている。

「あたしもちょっと」

「あんたら、あたしの着物はいらんって言うんか」

「だって、なぁ」

留子と美弥は顔を見合わせた。

「色も柄も、なんかあんまり……」

芸妓たちが浅縹《あさはなだ》や撫子色《なでしこ》といった淡い色調を好むのに反して、トンボは青なら深い瑠璃紺《るりこん》、桃色なら濃い紅緋《べにひ》を着る。柄も優しげな花柄よりも、たとえば夏物ならばへちまやひょうたん、流水や稲妻といった一風変わった柄を好む。特に、芸妓名と重なる蜻蛉やヤンマといったトンボ柄はもっとも気に入っていて、何枚も持っている。

「それに、男仕立ての着物なんて着ることないし、な、美弥」

「うん、絶対にない」

「ふん、勝手にし」

男仕立てにしているのは、身丈が五尺六寸ある自分に似合うからで、その着方が好きだからだ。何より、朱鷺とふたり舞いをする時に互いに映えるとわかっていた。

美弥が今度は、妹芸妓の琴菊の振袖を手にした。

「琴菊姐さんの、この桜の柄いいなぁ」

「好きなら、美弥が振袖芸者になる時に譲ってあげる」

「ほんと」

それを見ていたばんばの稲が、手を止めてしみじみ言った。

「そろそろ琴菊も、衿り替えのことを考えんといかん時期になったんやなぁ」

衿り替えは芸妓の一本立ちを意味している。そうなればもう振袖は着られない。

稲が嬉しそうに目を細めた。

「そうなったらお披露目の着物に帯、帯留めやら帯揚げやら、なんか簪もいろいろ揃えんとな。忙しくなるわ」

「まだ先の話やさけ……」

琴菊が困ったように言葉尻を濁す。

「何言っとるが、のんびり構えとったらあっという間や」

着物の片付けが終わった午後、ふと見ると、琴菊が縁側に腰を下ろしてぼんやり背戸《せど》を眺めていた。

「どうしたが？」

トンボは隣に腰を下ろした。

「ううん、何でもないが」

「もしかしたら、さっき稲さんが言ってた衿り替えのことか」

琴菊が手元に視線を落とした。早く一人前の芸妓になりたい、人気の芸妓になりたい、そう思うと同時に、もう子供ではいられないという不安があるのだろう。

「家の借金があるんやから、早く芸妓になってたくさんお金を稼がんといかんってことはわかっとるんです。そやさけ芸事は一生懸命やっとるんやけど、それだけではいかんのやなって……」

衿り替えの儀式の中でも、何より肝心なのは水揚げである。そのことを言っているのだと、トンボはすぐに気づいた。

「それについては、まだあんまし考えんでもいいがんないか。うちのおかあさんはあんたの気持ちをきっと大切にしてくれる」

「そやけど、父親みたいな年の男の人のこと、好きになれるやろか」

好きとか嫌いとか、水揚げはそんな思いとは別のところにある。芸妓として生きてゆくための仕事であり手段であり、もっと言えばお金のためである。だが、それを言葉にするのは憚られた。琴菊はまだ十四歳だ。

「なぁ、今から水飴食べに行こか」

トンボが言うと、琴菊は一度瞬きし、わらびしい笑みを見せた。

「留子と美弥には内緒やよ」

「はい」

琴菊がいそいそと立ち上がる。まだまだ子供の様子が、トンボには少し切なく映った。


六月半ば、空は梅雨特有の鈍色《にびいろ》の雲に覆われるようになった。

毎日雨が降り続き、肌寒かったり蒸したりの繰り返しである。濡れた土の匂いが町に漂い、いつも賑やかな梅ふくもどこかひっそりしている。

その日の昼過ぎ、女紅場から帰ったトンボと朱鷺は香月楼に向かった。

お座敷ではない。今日は香月楼が休みで、蒼次郎から「料理の腕前を見せてやるから食べに来い」と、誘われたのだ。女将も「この間は厄介な客を押し付けて悪かったね。あの時のお礼やから来てやって」と言ってくれ、時江からも「ほんならご馳走になっておいで」と許しももらった。ふたり揃って出掛けるなんてめったにないことだ。

今日は妙に気温が高く、トンボは玉繭《たままゆ》を用いた牛首紬《うしくびつむぎ》を、朱鷺は「蟬の羽」とも呼ばれる能登上布《じょうふ》を着た。二枚ともおかあさんから譲り受けた着物を仕立て直したものである。もちろん座敷用ではないが、普段着というわけでもない。

ふたりは香月楼の裏手に回り、勝手口から「まいどさん」と顔を覗かせた。

鍋を覗き込んでいた白衣姿の蒼次郎が振り返った。

「おう来たか。もうすぐ出来るから、座っとってくれ」

広い厨房は窓に沿って大きな流し台があり、焜炉《こんろ》、調理台、食器棚と設《しつら》えられている。鍋から湯気が上がり、すでに出汁のふくよかな匂いが満ちていた。蒼次郎はここで、見習いを含め七人の板前と十数人の仲居と共に働いている。

ふたりは下駄を脱いで板間に上がり、すでに用意されている膳の前に座った。

「何を食べさせてくれるが？」

トンボが早速尋ねる。

「まあ、待っとれって」

蒼次郎の動きはてきぱきしている。三年前とは別人のような姿が少し眩しく映る。しばらくすると小鉢がふたつずつ運ばれて来た。ふたつとも南京《なんきん》に胡瓜、蔓豆、茄子、蓮根の炊き合わせが盛られている。

「何で同じ小鉢がふたつあるが？」

トンボは首を傾げた。

「まあ、食べてみろって。まず左側のからな」

言われた通り口にした。とたんにふくよかな出汁の香りが広がった。

「わぁ、おいしい」

「ほんとや」

トンボと朱鷺は顔を見合わせた。

「色からして薄味かと思ったけど、意外と塩味がしっかりしとる」

「お野菜の色が綺麗なまんまなのがいい」

とはいえ、ふたりとも味に詳しいわけではない。たとえ座敷でどんなに豪勢な料理が並べられようと、食べることはないからだ。お酒は勧められれば呑むが、それも形だけで、芸妓は座敷で飲食しないことが決まりとなっている。

「ほんなら、今度は右側の鉢のを食べてみ」

言われた通り箸を伸ばす。

「どや?」

「うん、こっちもおいしい。何やら左の鉢より旨味が増しているような気がする」

「そやな、野菜に味がよう染んでるっていうか」

朱鷺が頷く。

「どっちが口に合う?」

蒼次郎がわくわく顔で尋ねた。

「どっちもおいしいけど、そうやな、選ぶとしたらあたしは右の小鉢の方かな。朱鷺はどうや?」

「あたしも。何かしっくりくるっていうか、でもどこが違うんやろ、お出汁やろか」

「出汁やない、醬油や」

蒼次郎はきっぱり言った。

「京都も金沢も出汁の取り方にそんな違いはないんや。ただ京都は薄口醬油で、金沢は濃口醬油を使っとる」

ふうん、と、ふたりは頷く。

「左の小鉢は京都の薄口醬油を使って炊いたんやけど、まあ旨いは旨いやろ。けど、何かちょっと違う。京都の人間は京料理が日本でいちばん旨いと信じているけど、三年修業してわかったんや。いいとか悪いとかやない、もともと扱う素材が違うんやって」

「素材?」

「どういうこと?」

ふたりは問うた。

「京都に行ってびっくりした。市場に並んどるのは、金沢で見たこともない野菜ばっかしやった。聖護院《しょうごいん》大根やろ加茂茄子やろ、九条葱に水菜。金沢の源助大根ともヘタ紫茄子とも、一本太葱とも、見た目だけでなく味も違うんや。薄口醬油は京野菜やから合うんであって、加賀野菜に同じ味付けをしてもなかなか馴染まんのや」

きょとんとするトンボと朱鷺の前で、蒼次郎の力説は続く。

「けれども薄口醬油のいいところはもらいたい。それで右の小鉢は、俺なりにふたつの醬油を調合して味付けしてみたってわけや」

「へえ」

「どうや、旨いやろう」

蒼次郎の得意げな表情にふたりは大きく頷いた。

「うん、確かにおいしい」

「じゃ、次いくぞ」

それから煮魚、蒸し物と続いた。どれも風味が生きている。

梅ふくでの食事は一汁一菜の質素なものだ。それに文句を言うつもりはないが、久しぶりのご馳走にふたりとも黙々と平らげていった。そんな様子を蒼次郎が満足そうに眺めている。

「確かに京都は料理の幅が広い。まず室町の頃からある本膳料理やろ、それにお寺さんが多いから精進料理、茶道が盛んやから茶懐石もある。そこに普通の家庭で食べる総菜のおばんざいがあって、これがまた旨い」

そして次に出して来たのは出汁巻き玉子だった。色鮮やかにふんわりと巻かれた玉子が口の中で優しく崩れてゆく。食べたとたん、トンボはため息をついた。

「こんなおいしい玉子焼き、初めてや」

「あたしも。蒼次郎さん、大したもんや」

ふたりの反応に、蒼次郎は小鼻を膨らませた。

「どうや、見直したか」

「これで女将さんも安心やな。兄さんとあんたと頼もしい板前がふたりもおるようになったんやさけ」

しかし、それには意外な言葉が返って来た。

「まあ、当分はここで働くけど、俺はいずれ独立するつもりでいるんや」

トンボは目を丸くした。

「香月楼には、香月楼ならではの伝統の味があるし、それは兄貴が受け継いでゆくもんや。俺が勝手に変えられるもんやない」

「それも、そうやけど」

「さっき、京都におばんざいっていう家庭料理があるといったやろ。いろいろ料理の勉強はしたけど、結局、それがいちばん心に残った味やった。できたら、おばんざいの金沢版をやりたいんや。高いお金を払って食べる料亭やなくて、気軽に入れて、安くておいしいもんが提供できる店を開きたい。それが俺の夢や」

蒼次郎は意気揚々と語り続けた。

「俺な、やっぱり人は夢を持たんといかんと思うんや。それがあるからこそ、自分の進むべき道が見えてくる。夢のない奴なんてしょうもない人生しか送れんやろ。そう思わんか?」

そして更にこう付け加えた。「で、ふたりの夢は?」

ふたりはしばらく黙った。

「そうやな、何やろな、見当もつかんなぁ……」

朱鷺が取り繕った笑みで答えている。

「トンボは?」

トンボはひとつ息を吐いて、蒼次郎を真っ直ぐに見た。

「あんた、相変わらずらくまつなやっちゃな。芸妓に夢なんか聞いてどうするが。料理の腕は上げたかもしれんけど、そこんところはなんも変わっとらん」

そんなことを言われるとは思っていなかったのだろう。蒼次郎はぽかんとした。

「え、俺、何か変なこと言ったか？」

「そりゃあ、あんたはいいわいね。大きな料亭の息子に生まれて、料理の修業に行きたいと言えば京都に出してもらえて、帰ったらすぐに厨房に入れてもらえて、それで将来は自分の店を持てるんやし」

トンボの口調はすでに喧嘩腰になっていて、蒼次郎が戸惑っている。

「いや、俺は別に……」

蒼次郎が言葉を濁らせた。

「ほんなら教えてあげる。朱鷺は、早く借金返して仕送りも終わって自由の身になれること、あたしは橋の下で拾われた毛唐の子と呼ばれんようになること、それが夢や。どうや、大した夢でびっくりやろ」

蒼次郎は頬を強張らせた。

「すまんかった、そんなつもりじゃなかった……」

「ふん、どうでもいい。さ、帰ろ、朱鷺」

トンボはいきり立って勝手口に向かって行く。

朱鷺が蒼次郎に謝っている。

「蒼次郎さん、トンボったら相変わらず気短かでかんにんな。お料理ほんとにおいしかった。

ごちそうさんでした」

外に出ると、いつしか細かい雨が降り出していた。

七月一日は氷室《ひむろ》の日と呼ばれている。かつて徳川将軍家に献上するため、氷雪を保存した氷室を開くという習わしから付けられている。

その日、トンボと朱鷺が湯屋から戻って来ると、ひとりの少女が梅ふくの帳場の隅に座っていた。

誰だろう。新しく入って来た子だろうか。

台所に行くと、おかあさんとばんばの稲、君香姐さんが顔を突き合わせていた。

「どうしたが？」

「ああ、お帰り。それがちょっと困ったことになってな」

おかあさんが眉を顰めた。理由はやはり帳場にいる少女のことで、本人は君香の妹だと言っているという。

「君香姐さん、妹さんがいらしたが？」

「ううん、おらん」

「じゃあどうして」

「だから困っとるが」

少女の名前は民子《たみこ》。年は十二。在所は富山と石川の県境にある小さな村で、今年の春に尋常小学校を卒業し、今は富山の地主の屋敷に奉公に出ているという。今日は奉公先のご隠居さんのお供で金沢に来たのだが、夕刻までお暇を貰えたので、この機会に数年前に一度会ったきりの、ひがしの花街で芸妓をしながらずっと仕送りを続けてくれている姉に会いに、ひとりで訪ねて来たというのである。

「検番で君香の名を言ったら、梅ふくにいるって教えてもらったんやて。確かに、ひがしで君香っていったら、うちしかおらんさけ」

「名前、間違ってるんやないかしら。君代《きみよ》さんか公乃《きみの》さんならおいでるけど」

「そうやな、もう一度、あの子によく確かめてみるかいね」

そこに顔を出したのは桃丸である。

「帳場の子、誰？」

ばんばの稲が事情を説明すると、桃丸はしばらく考え込み、やがて「もしかしたら」と言い出した。

「以前、にしの花街に君香姐さんと同じ名前の芸妓がおったの。確か数年前、こっちに移って来たはずや」

「そんな芸妓、おったかいね」

「それが……ひがしといってもここじゃなくて、ほら、あっちの通りの」

それを聞いただけで、気配が重くなった。あっちの通り、それは出合宿が並ぶ通りを指している。

「噂やけど、旦那さんがおったのに他の男に惚れて、子を身籠ったそうや。それで旦那さんに縁を切られた上に、それまでのお手当てやら着物代やらのお金を返さんといかんことになって、大きな借金を背負ったらしい」

「男はどうしたが」

「姿をくらましたって。ヤクザ者《もん》やったらしいわ」

「厄介な男に惚れたんやな」

おかあさんがため息をつく。

「子供を産んでから首が回らんようになったさけ、口入れ屋が間に入って、あそこに移ったって聞いたけど」

「もしかしたら」と、君香姐さんが言った。「その時の子っていうのが、あの子なんやろか」

みなの目が帳場の民子に注がれた。

「実家に預けて、妹として育てられるなんてよく聞く話や。そのうえ仕送りをせんなん、借金も返さんといかんとなれば、お女郎になるしか道はなかったんかもしれん」

娘を持つ君香姐さんの言葉だからこそ、現実味があった。

「笛の上手い人で、昔はにしで名手と呼ばれとったそうやけど……。にしを出る時、人前で二度と笛を吹いてはならんって、お師匠さんに破門されたって」

桃丸の言葉に、トンボと朱鷺は思わず顔を見合わせた。

「どうしたが？」

「もしかしたら、もしかしたらやけど、あたしら、その人のこと知っとるかもしれん」

朱鷺も頷いている。

「名前は違うけど、確か、えっと、そうや、龍子って呼ばれてた」

「まあお女郎になったのなら、名も変えるやろな」

「あたし、ちょっと確かめてくる」

時江が目を見開いた。

「トンボ、まさかあっちの通りに行く気なんか。駄目や、やめとき」

「そやかて、行かんとその人かどうかわからんやろ。あの子をこのまま帰すのもかわいそうやないか」

「だからって、あんな物騒なところにやるわけにはいかん」

時江が表情を硬くして首を横に振る。

「ちょっと確かめるだけやさけ」

「絶対にいかん」

そこに顔を出したのは蒼次郎だった。

「まいどさん」

「あら、蒼次郎さん、どうしたが？」

蒼次郎がぺこりと頭を下げた。

「みなさんに食べてもらおうと思って、出汁巻き玉子を作って来たがです。お口に合えばいいんやけど」

来た理由ぐらい、トンボはすぐにわかった。先日の気まずさを気にしてのことだろう。何だかんだあっても、蒼次郎のお人好しさは相変わらずだ。

けれども今はそんなことを言っている場合ではない。

「ちょうどよかった、蒼次郎、一緒に来てや」

「え……」

「いいから来てって。おかあさん、蒼次郎も一緒なら安心やろ」

「そうやけど」

「ほんなら行って来ます」

トンボは蒼次郎の腕を引っ張って外に連れ出した。朱鷺が慌てて追って来る。

途中で簡単に経緯を説明したものの、蒼次郎はまだ話がよくわからないようだった。

「それで、俺は何をすればいいんや」

「何もせんでいい、用心棒代わりになってくれればいいが」

ちょっと頼りないけど、という言葉は呑み込んでおいた。

通りを三本隔てた先に出合宿が並ぶ一画がある。長年ここに住んでいながら、この通りに来るのはトンボも朱鷺も初めてである。

足を踏み入れたとたん、荒《すさ》んだ気配に包まれた。真っ昼間というのに、男にべったりと寄り添って見送りに出て来る女、格子戸の向こうで虚ろな目で客を待つ女。みな一様に疲れた顔をしている。梅ふくからさほど距離があるわけではないが、ある意味、ここはもっとも遠い場所でもあった。

トンボは、玄関先で煙草をくゆらしている老女を見つけて近づいた。

「すんません、ちょっとよろしいですか」

振り向いた老女の目が思いがけず鋭く、トンボはつい身構えた。遣り手婆ぁと呼ばれる女である。玄関先に陣取っているのは客を呼び込むためばかりでなく、お女郎たちの見張り番でもある。

「なんか用かいね」

遣り手婆ぁは、値踏みするようにトンボと朱鷺を上から下までじろじろ眺めた。逆に、蒼次郎には妙に色っぽい笑みを向けた。

「龍子さんって方を探しているんですけど、ご存じありませんか」

「さぁ、知らんなぁ」

あっさり答える。

「ほんとに知りませんか。にしの花街からいらした、笛の上手い龍子さんというお方なんですけど」

「知らんもんは知らん。ここはあんたらの来るところやない、とっとと帰り」

遣り手婆ぁは口調を荒げた。

朱鷺が懐《ふところ》からがま口を取り出し、素早く小銭を握らせた。

「よかったらこれで煙草でも」

「あら、そうかいね、あんやとね」

急に表情を和らげると、遣り手婆ぁは通りの先の赤い暖簾が掛かった店を顎でしゃくった。

「あの店ですか」

「知らんと言っとるやろ」

「あんやとうございます」

言われた店に行くと、板間にやはり遣り手婆ぁの姿があった。龍子の名を告げたが「そんな子はおらん」と、同じように突っぱねられた。働いているのはそれぞれ事情を抱えた女たちばかりである。外から来る人間に警戒するのは当然だろう。

「さっさと帰り、目ざわりや」

これ以上言っても埒《らち》が明かないとわかり、トンボは奥に向かって大声を上げた。

「龍子さん、おられませんか。この間、香月楼で会ったトンボというもんです。ちょっと顔を出してもらえませんか」

「あんたら何や。商売の邪魔しに来たんか」

遣り手婆ぁがトンボの腕を掴む。トンボはさらに叫んだ。

「妹の民子さんが訪ねておいでです。龍子さんに会いたいって、うちで待っとるんです」

それは賭けのようなものだった。身に覚えがないなら顔を出すはずがない。

「男さ呼ぶよ！」

遣り手婆ぁが怒声を上げ、いよいよ蒼次郎の出番かと思っていると、奥の階段から女郎がひとり降りて来た。龍子である。

「龍子、来んでいい」

「いいが、知ってる人やさけ構わん。あんたら、ちょっと外に出ようかいね」

冷静な表情で、龍子は三人を人気のない店の裏手へと連れて行った。

しかし振り向いた時には、緊張した顔つきに変わっていた。

「ほんとに民子が来とるんか」

「はい、梅ふくにおいでます。龍子さんの前の名前と同じ芸妓がうちにいるんで、間違えて訪ねていらしたがです」

龍子が目を泳がせる。

「何でまた……」

「どうしても龍子さんに会いたいそうです。夕刻までには宿に戻らんといかんそうで、あんまり時間もないし、ちょっと顔を見せてあげられませんか」

「会えるわけないやろ」短く言い捨てて、龍子は顔をそむけた。

「こんなあたしを見たら、あの子がどんなにがっかりするか」

「でも、今会わんと、次にいつ会えるかわからんのと違いますか」

トンボは言う。

「それでいいが。あの子ともう会えんことぐらい、とっくに覚悟はついとるわ」

「娘さんなんですやろ？」朱鷺が尋ねる。「妹なんて言っておいでるけれど、ほんとは娘さんなんですやろ？」

龍子が唇を嚙む。それがすべてを物語っている。やがて龍子は弱々しく呟いた。

「しょうがなかったんや。あたしだってあの子を育てたかったし一緒に暮らしたかった。けど、しょうがなかったんや……」

その思いはトンボにもわかる。この街に生きる女は、みなどうしようもない巡り合わせの中で生きている。

「会ってあげればいいやないですか。あの子もそれをどんなに望んでいるか」

「あたしだってどんなにあの子に会いたいか……。でもできん。あの子はあたしがひがしで売れっ子芸妓をしてると信じてるんや。その夢を壊したくない」

トンボは一歩足を進めた。

「だったら、叶えてあげればいいやないですか」

「え……」

龍子が瞬きした。

「あたしらに任せてくれませんか。決して悪いようにはしませんから」

トンボは朱鷺を振り返った。

「これから龍子さんを湯屋に連れて行って、それで髪を結って来て。あたしは梅ふくに帰って用意をしておくさけ」

それだけで朱鷺はすでに何もかも承知し「任せといて」と胸を叩いた。

梅ふくに帰ると、相変わらず民子が不安そうに帳場に座っていた。台所ではみんなが顔を揃えてトンボたちの帰りを待っていた。

「どうやった？」

「うん、やっぱりあの人やった。それで、みんなにお願いがあるんやけど」

「お願い？　いったい何をするつもりなんや」

トンボが計画を話し始める。みな真剣な表情で顔を寄せ合った。

ひと通り説明を終えてから、トンボは蒼次郎に顔を向けた。

「蒼次郎、あんやとう。あんたが居てくれたおかげで助かった、やっぱし頼りになるわ」

少しばかりお世辞を入れたのは、あの時、むきになってやり返した自分を多少とも悔いているからだ。

「いや、俺は何にもしとらんし……」

蒼次郎が困惑している。

「だから、これでおあいこでいいやろ」

「え」

「だってそのことで来たんやろ。あの時はあたしも言い過ぎた。かんにんな」

「いや、俺の方こそ、考えなしなこと言ってすまんかった」

蒼次郎が照れ臭そうに肩を竦める。

「あんたはもう帰っていいさけ、仕込みが始まっとるんやろ」

「ああ……」

「出汁巻き玉子、あんやとな」

帰ってゆく蒼次郎の背に安堵の気配が見えて、トンボは温かな気持ちになった。坊ちゃん育ちで確かに気の回らないところはあるが、蒼次郎の誠実さは子供の頃から知っている。もともとちょっと意固地になっただけで、はなから怒ってなんかいない。怒れるはずがないではないか。

すぐに計画に取り掛かった。まず民子を外に連れ出すため、年の近い琴菊と冷やし飴を飲みに行かせた。時江には梅ふくの座敷を使わせてもらうことにし、君香姐さんには着物を借りた。ただ桃丸に「笛を使わせて欲しい」と頼んだ時は、さすがに渋い顔をされた。けれどもあの安物の笛では様にならない。どうせなら最高の音を民子に聞かせてやりたい。拝み倒して、しぶしぶ承諾させた。

小一時間ほどで朱鷺と龍子が帰って来た。

「今日は龍子さんの晴れ舞台にしてください。そして、娘さんにあの美しい笛の音を聞かせてあげてください」

トンボの言葉に、龍子が戸惑っている。

「あんたら、どうしてそこまでしてくれるんや。あたし、あんなにいごくりわるいことしたがに」

トンボは笑う。

「ほんとなんでやろ、あんな大喧嘩した相手なんに、自分でもようわかりません。ただ思ったんです。香月楼であたしらが出会ったのも、民子さんが梅ふくを訪ねて来たのも、きっと何かの縁なんやろなって」

もっと言えば、ひょうたん池で偶然に見掛けたことも、だ。

あの時、カキツバタを見ながら朱鷺が口にした言葉が、ようやく腑に落ちる。

ここで生きる女たちは、たとえ互いに背け合っていても、みな根っこで繋がっている。

龍子は深く頭を垂れた。

「あんやとな……」

時江と稲の手で着付けされ化粧を施すと、龍子は紛う方なき芸妓になった。ずいぶん前とはいえ、さすがにして名を鳴らしただけある姿だった。

じきに琴菊と民子が帰って来た。

「お姉さん、奥の座敷においでとるさけ」

時江に言われて、民子はぱっと顔を輝かせ、座敷に小走りに向かって行った。すぐに「おねえちゃん」「民子」と呼び合う声が襖越しに聞こえて来た。

「短い時間しかないんや、そっとしておいてあげよ」

しばらくすると笛の音が流れて来た。その艶やかで凛とした音に、みな静かに耳を傾けた。それは喜びと哀しみの入り混じった、深い余韻に満ちていた。

ほんの三十分ほどの短い再会だった。陽はすでに傾き、午後は深まっている。

通い女中のフミに連れられて、民子は何度も振り返り、龍子に大きく手を振りながら帰って行った。

その姿がすっかり見えなくなってから、龍子は再びみなに深く頭を下げた。

「今日は本当にあんやとうございました。民子とは二度と会えないものと諦めておりました。それがみなさんのおかげで願いが叶いました。この御恩は決して忘れません」

「そんなの気にせんといて。あたしらも嬉しい思いさせてもらったんやさけな」

時江が答える。

「おかげさんで、これで心を残すことなく金沢を離れることができます」

「えっ、龍子さん、どこか行きまさるんか」

「はい。お店を変わることになっとります」

「変わるって、どこに?」

その地の名を聞いて、みな言葉に詰まった。そこがどんな過酷な場所であるか知っているからだ。一度タチの悪い口入れ屋に関わると、しつこくつきまとわれ、借金をカタに更にひどい店へと転売される。

「これでもう、思い残すことはありません」

龍子の目からはらはらと涙が落ちていった。


夕刻六時過ぎ、お座敷に向かう途中、朱鷺が小さくため息をついた。

「本当にあれでよかったんやろか」

「何で?」

「母親と名乗れないだけやなく、これから別のひどい店に売られてしまうなんて、あんまりやないの……」

朱鷺の語尾がぐずぐずになる。

「確かに気の毒やけど、あたしらにあれ以上何ができる?　あの人はもう腹を括っとるんや。だからこそ、今日娘さんに会えたことが心の支えになってくれるはずやって、あたしは思いたい」

「そうやな……」

通りで他の置屋のお姐さんたちと顔を合わせた。「こんばんは」「行ってらっし」短く挨拶を交し合う。今夜もひがしの花街の芸妓たちは座敷へと忙しい。

「なあ朱鷺、前にカキツバタの開く音を聞きに行った時やけど」

トンボは尋ねた。

「うん、どうしたが？」

「あの時、何をお願いしたが？」

「何で？」

「言いたくないなら、別に言わんでもいいけど」

トンボはそっぽを向く。

「ほんと、相変わらず気短かなんやから。あれは、これからもトンボとずっと一緒に踊っていられますようにって、お願いしたが」

胸の奥に嬉しくて照れ臭くて、そのくせ少し切ない思いが広がってゆく。そんな自分を悟られたくなくて、トンボは軽口で返した。

「何や、そんなんわざわざお願いせんでも当たり前のことやないか」

川風に乗って河鹿蛙の澄んだ鳴き声が耳に届く。鼻をくすぐる甘い香りは梔子《くちなし》だろうか。

「さあ、急がんと遅れる。走るよ、朱鷺」

トンボは駆け出す。

「ちょっと待ってや」

朱鷺が小走りに追い掛けて来る。

梅雨の夕暮れの中、ふたりの草履の音が小気味よく響いた。

荻の風吹く

金沢の盆供養は七月に行われる。

明治五年、新暦が採用されて、日本の多くの地域は盆を八月に据えるようになったが、金沢は従わなかった。世の中がどう変わろうとも、先祖を参るその日だけは、従来通り旧暦の盆に手を合わせたいとの思いがあったのだろう。

「ほんなら、あたしら出掛けるさけ」

おかあさんの時江から声を掛けられ、朱鷺とトンボは寝巻姿のまま、慌てて玄関に向かった。すでにばんばの稲とふたり、用意を整えて草履に足を通している。

「お昼前には帰ってくるさけ、それまでよろしくな」

稲が続ける。

「みんな寝坊させんよう九時には起こすんやぞ。朝ごはんを済ませたら、女紅場にも遅れんようにな。フミにはいつもより少し早めに来るよう頼んであるさけ」

すでにハイヤーは梅ふくの玄関先で待機している。ふたりは両手にいくつもの切子灯籠をぶら下げて、車に乗り込んだ。

この切子灯籠は金沢の盆に欠かせない供物である。七月に入るとさまざまな商店、八百屋や金物屋、駄菓子屋の店先にまで並ぶ。細木を使った家の形をしていて、縦一尺横五寸ほど、四方に白紙が貼られ、正面に南無妙法蓮華経を、そして残りの面に法名、供養する者の名前を記すことになっている。

「気ぃ付けて行ってらっしゃい」

手を振って見送る朱鷺の後ろで、トンボが大きくあくびをした。

「今年もやっぱり切子に名前入れてなかったな。あたし、あれ見るたび、何か納得できん気持ちになる」

「仕方ないわ、名前を書いたらお参りに来たってことがわかるんやし」

ふたりは玄関から台所に移った。

「そう、そこなんや。おかあさんは実家を助けるために芸妓になったんやろ、それなんに、何でこそこそせんとならんの。むしろ感謝されるべきや」

時江は武家出身である。しかし、それがたとえ没落した家を助けるためであっても、花街に身売りした娘に親戚縁者の目は冷たかった。以来、時江は居なかった存在として扱われ、交流は一切絶ったままである。わざわざこんなに朝早く墓参りに出掛けるのも、知り合いと顔を合わせないためである。

台所に行って、朱鷺は瓦斯焜炉に薬缶を載せた。まずは湯を沸かして棒茶を用意する。

トンボは板間に腰かけて足をぶらぶらさせた。

「もう昔と違うんや、武家なんて今じゃ何の値打ちもない。引け目なんて感じる必要ないはずや」

「そうやけど」

「おかあさんは踊りの名手やった。贔屓にしてくれるお客さんの中には、みんな聞いたらびっくりするような偉い人がいっぱいいいた。東京のお大臣さんかて、おかあさんの舞いを楽しみに通ってくれてたやないか」

時江は今でこそ座敷に出ることはないが、昔ながらの客に請われれば、時折舞いを披露する。朱鷺もトンボも何度か同席したが、その艶やかさにいつも釘付けになる。

「おかあさんもおかあさんや、遠慮なんかしんと堂々と切子に名前を書けばいいんや」

「けど世間の人はそんなふうには見てくれん。芸妓は所詮、男に媚を売ってお金を儲ける商売やって思っとるんやさけ」

トンボは眉根を寄せた。こんな時、言いようのない腹立たしさに包まれる。芸妓という仕事を何にもわかっていない。どれほど厳しく芸を仕込まれるかも知らない。それなのに蔑視だけする。しかし、そう思いながらも何も出来ない自分には、もっと腹が立つ。

薬缶が湯気を立て始めた頃に、通い女中のフミがやって来た。

「おはようさん」

「あれフミさん、もう来てくれたんか」

「もっとゆっくりでもよかったんに」

ふたりが言うと「年に一度のことやさけ」と、早速フミはたすき掛けをした。

「朱鷺ちゃんとトンボちゃんはもう少し寝とって。昨夜も遅かったんやろ。後はあたしが支度するさけ」

フミは薪を竈《かまど》に入れ、火吹き竹を使って手際よく火を熾しにかかった。まずは炊飯である。労を惜しまず真面目に働くフミは、時江や稲だけでなく、梅ふくのみなからも信頼されていた。

フミの後姿を見て、ついトンボは言った。

「あれ、フミさん、ちょっと肥えた？」

えっ、と、フミが振り返って瞬きする。

「何かふっくらしたみたいやさけ」

「いやや、ほんとに？」

フミが困った顔で頬に手を当てた。

朱鷺がそんなトンボの手を引っ張った。

「そんならあたしらお言葉に甘えて二度寝させてもらうね。さ、トンボ、行こ」

と、台所から連れ出したところで、朱鷺はしかめ面をした。

「トンボったら、あんなこと言わんが」

トンボはきょとんとする。

「あんなことって？」

「肥えたなんて言ったら、フミさん気にするやろ」

「何で？　あたしはぜんぜん気にせんけど」

「何でもかんでも自分と一緒にしんの。そういうのあんたの悪い癖や」

「はい、はい」

朱鷺に釘を刺されて、トンボは首を竦めた。

十時になると、通いの君香も加わって、朝食が賑やかに始まった。が、桃丸だけは二日酔いのせいかまだ眠そうだ。これもいつものことである。

今朝は口うるさい稲がいないので、みんなお喋りに花を咲かせた。

ここでもフミが肥えた、という話題が持ち上がった。留子と美弥が言い出したのだ。

「何やらほっぺたがぷっくりしたなって、ふたりで話しとったが」

「やっぱりそうなんかしら。自分ではちっとも気づかんかったけど」

「幸せ太りやないの」

冷やかしたのは君香である。というのも、フミは去年の暮れに和傘職人の喜輔《きすけ》と所帯を持ったばかりだからだ。今は浅野川を挟んだ向こう側、並木町《なみきまち》で暮らしている。

「何しろ喜輔さん、フミちゃんにぞっこんやさけ」

「君香姐さんたら、からかわんといてください」

フミが頬を赤くする。

「もしかして」と、言い出したのは桃丸だ。

「おめでたなんやない？」

朱鷺とトンボの箸を持つ手が止まった。同時に君香がぴしゃりと制した。

「桃丸、つまらんこと言うがんない。あんたまだ昨夜のお酒が抜けとらんのか。だいたい毎晩飲み過ぎなんや」

温厚な君香が声を荒げることなんてめったにない。琴菊とたあぼのふたりも目を丸くしている。ようやく気づいたのか、桃丸は慌てて口に手を当てた。

「フミちゃん、かんにん。あたしったら余計なことを言ってしもて」

フミが首を横に振る。

「ううん、いいが。気にしんといて」

「そうそう、フミさん」と、朱鷺は話をはぐらかした。

「秋の踊りの会で舞傘を使いたいと思っとるが。それで、どんなのにしようか喜輔さんに相談に乗ってもらいたいんやけど、近いうちにお邪魔してもいいやろか？」

「もちろんです。喜輔さん、きっと喜んでくれます」

フミが台所に戻って行くと、君香が低い声で言った。

「桃丸、言葉には気い付けんと」

叱られた桃丸は「はい、すんません……」と、身体を小さくした。

フミが梅ふくに来たのは、今から四年ほど前、嫁ぎ先から離縁されたのがきっかけである。

在所は金沢から八キロばかり離れた海に近い港町、大野《おおの》。藩政期に北前船《きたまえぶね》が寄港し、金沢藩の御用商人の銭屋五兵衛《ぜにやごへえ》が手広く商いをしたことで栄えた町である。

フミが十七歳で嫁いだ家も、古くから廻船問屋を営み、米問屋、味噌蔵を始めとして、食品業を手広く展開する名家だった。

その四歳年上のひとり息子とは、子供の頃から将来を誓った仲だった。しかしフミの父親が味噌蔵で働く職人ということで、家柄の違いを理由に相手の両親から強い反対にあっていた。特に母親が頑なだったようだが、何より息子がフミに惚れ抜いていて「嫁にするのはフミしかおらん」と強い意志を押し通し、しぶしぶ折れる形でふたりの恋は成就したのである。

フミは素直でよく気が利き、働き者でもある。反対していた舅姑たちも、やがてはフミを受け入れるようになっていった。しかし、幸せは長くは続かなかった。嫁いで二年が過ぎてもフミに懐妊の兆しがないことに、再び姑が苛立つようになったのだ。

跡取り息子の嫁として最も重要な役割は、気が利くことでも働き者でもない。何よりも子をなすことである。それはフミも痛いほどわかっていた。効くという煎じ薬の話を聞けば手を尽くして取り寄せ、安産祈願で有名な神社に足繁く通ったりもした。しかし兆しは一向になく、フミは次第に追い詰められていった。

三年が過ぎると、姑は露骨に「とんでもない出来損ないを掴まされた」と、愚痴るようになった。自分を罵られるのはまだしも「お里が悪いからや」と、実家を非難されるのは辛かった。それでもフミは耐えるしかなかった。夫が「気にするな」と庇ってくれることだけが心の支えだった。

しかしそんな夫も、姑に毎日のように責められていくうちに疲弊したようである。次第に口数が少なくなり、やがてフミと目さえ合わせなくなっていった。

そして、ついに姑から言い渡されるのである。

「石女《うまずめ》ってあんたも聞いたことあるやろ。三年子なしは去れや。うちはどうしても跡継ぎが必要なんや。あんたにそれができんのなら、自分から身を引くのは当然のことやないか」

何も返せなかった。姑の隣で夫はただ俯いたままだった。夫が舅姑と自分の間で板挟みになっているのも辛かった。結局、自分にできるのは、静かに家を去ることだけだった。

実家に戻ったものの、そこにはすでに兄夫婦と子供らが同居していて、フミの居場所はなかった。狭い町で離縁話は面白可笑しく噂されているのも知っていた。嫁いだ時に玉の輿と騒がれ、羨望の的だった分、みなの興味は尽きなかった。

そのことで両親や家族が肩身の狭い思いをしているのもわかっていた。すでに元の夫に次の縁談が持ち上がっていると聞いた時、フミは町を出る決心をした。そして遠縁の伝手を頼り、梅ふくで働くようになったのである。


七月末、金沢は日照り続きとなった。熱気だけでなく、湿気がこもる金沢特有の蒸し暑さである。留子と美弥が玄関先に日に三回打ち水をするのだが、これがまた蒸し加減を増幅させた。アブラゼミが紅殻格子に止まり、ジリジリとねちっこく鳴き続けるのも、いっそう蒸し暑さを募らせた。

「フミは今日もお休みやて。どうやら暑気あたりらしい」

朝食の時に稲が言った。これで三日、フミは梅ふくに来ていない。フミが寝込むなんて初めてだ。

「それで朱鷺とトンボに頼みたいんやけど、あんたら女紅場でのお稽古を少し早めに切り上げて、どんな具合かちょっと見て来てくれんかいね」

ふたりも心配していたところだった。舞傘の件でフミの夫の喜輔に相談もしたいと思っていて、快く引き受けた。

「蒼次郎さんに蒲焼を頼んでおいたさけ、それも一緒に届けてあげて」

時江の心配りはいつもさりげない。

女紅場の帰り、香月楼の厨房を覗くと、蒼次郎が汗だくになりながら蒲焼を焼いていた。

「おう、もうできるさけ、ちょっと待っとってくれ」

蒲焼と言えば、金沢では鰻ではなくドジョウを指す。ドジョウは金沢の庶民には欠かせない夏の滋養食だ。一尾ずつ背開きにして竹串で刺し、じっくりと焼く。中骨のコリコリした食感と、独特の香ばしさがあり、暑さに弱った胃腸でも食欲をそそる。鰻より安価であることも人気のひとつだが、脂がさっぱりしていて、それでいてドジョウ一匹は鰻一匹にも匹敵するほど栄養があると言われている。

「俺もちょっと顔出すわ。直してもらいたい和傘が何本かあるさけ」

焼きあがった蒲焼を竹皮に包んで、三人は香月楼を出た。

並木町にあるフミと喜輔の住まいは、香月楼からほど近い裏通りにある。この辺りは草履屋や足袋屋など、小さいながら花街と関りの深い職人たちの店が軒を連ねていた。

「まいどさん」

声を掛けて、磨り硝子戸を開けると目の前に和傘が広がった。朱鷺とトンボは思わず声を上げた。店と作業場を兼ねた八畳あまりの板間は、とりどりの色、さまざまな模様の傘が広げられ、まるで大輪の花が咲き誇ったような華やかさだった。

喜輔が作業の手を止め、顔を上げた。

「あれ、どうなすったかい。蒼次郎さんまで」

喜輔はフミより七歳年上だが、表情はどこかわらびしい。

「フミさんの具合どうですやろ」

「気になって寄らせてもらったがです」

朱鷺とトンボが言う。

「これはこれはわざわざあんがとさんな。三日もお休み貰って申し訳ないことです。暑気あたりと思うんやけど。何かすっきりせんみたいで」

「今年の夏は、特にじっとりしとるさけなあ」

蒼次郎が包みを差し出した。

「梅ふくの女将さんに頼まれたドジョウです。暑気あたりには精を付けるのがいちばんやさけ」

「あれまぁ、気がねなことで。ちょっと待っとってください、今、フミを呼んで来ますさけ」

立とうとする喜輔を、朱鷺が止めた。

「いいんです。どんなご様子かちょっとお伺いに来ただけで、休んでおられるんならどうぞそのままで。あたしら、すぐにおいとましますさけ」

「せっかく来てくださったんや、顔ぐらい見て行ってやってください」

立ち上がる喜輔の仕草はぎこちない。右足に不具合があるからだ。子供の頃、農耕馬に蹴られて骨折し、碌な治療も受けられなかったことで引き摺るようになった。傘職人の道を選んだのも、座仕事だったからだと聞いている。

すぐにフミが現れた。横になっていたのだろう、髪の乱れに手を当て浴衣の襟を直しながら頭を下げた。確かに顔色はあまりよくない。

「わざわざすんません」

「起こしてかんにん」

朱鷺とトンボが謝ると、フミは却って恐縮した。

「あたしこそ、三日もお休みもらって申し訳ないです。ちょっと眩暈《めまい》が続いているだけやのに、この人が寝とれってうるさいもんやから」

喜輔は少し照れている。

「そうやけど、フミが具合が悪いなんて言うの初めてやさけ、やっぱり心配で」

「今、棒茶淹れますさけ」

朱鷺とトンボは「気にせんといて」と言ったのだが、フミは台所に向かって行った。とりあえず、重病というわけではなさそうでほっとした。

蒼次郎は早速、壊れた和傘の修繕を喜輔に頼んでいる。朱鷺とトンボは仕事場に置かれた傘を見回した。

和傘は骨作りから仕上げまでに工程が百近くある。分業制になっていて、喜輔は軒紙《のきがみ》張りから仕上げまでを行っている。最近は洋傘も人気だが、手入れさえ怠らなければ五十年は持つという和傘はやはり捨てがたい。舞いに使うとなれば尚更だ。

「どんなのがいいやろ」

「どれも綺麗で目移りするなぁ」

雨傘としての蛇の目傘や番傘は、雨をはじくために和紙にたっぷり油を染み込ませるが、踊りに使う舞傘にそれは必要ない。その分、大きさも生地も模様も思いきり凝ることができる。張るのは和紙ではなく羽二重にするつもりでいる。透ける生地にすれば、客には舞い手の様子が見え、ふたりも互いの動きがよくわかる。色違いにして柄を揃えるのもいいし、柄をそれぞれ変えて色を同じにするのもいい。ふたり舞いにはどちらが映えるだろう、そんな話をしていると、台所で茶碗の割れる音がした。

「フミ、どうした」

喜輔が奥に向かって声を掛けたが返事はない。

「ちょっと、すんません」

喜輔が様子を見に行った。そのとたん「フミ！」と叫ぶ声が聞こえて、三人は顔を見合わせた。慌てて台所に向かうと、土間でフミが喜輔に抱きかかえられていた。

「どうしたんや」

蒼次郎が叫ぶ。

「何か、朦朧としているみたいで。おいフミ、どうした、しっかりせんか」

喜輔はおろおろしている。フミの顔は蒼白に近かった。只事でないのは明らかだ。

「俺、医者呼んでくる」

蒼次郎が飛び出して行った。

朱鷺とトンボは、喜輔と共にフミを寝床にまで運び込んだ。フミの息は荒い。名を呼んでも答えはない。

しばらく待っていると、ようやく蒼次郎に連れられた医者が玄関先に現れた。

「先生、お願いします」

喜輔が腰を折るように頭を下げた。

そして三十分後、診察を終えた医者はこう言ったのである。

「おめでたやな」

喜輔が「へっ？」と上擦った声を上げた。

「あの、それはどういうことでしょうか……？」

「そやから、懐妊や」

意識を取り戻したフミ自身も目を丸くしている。

「そろそろ五か月ってとこやな」

「まさかそんな……あの、何かの間違いってことは……」

医者はふたりの顔を呆れたように見直した。

「あんたら、気い付いとらんかったんか」

喜輔はぼんやりしている。フミもキツネにつままれたような顔をしている。

「夫婦そろってこんな月数になるまで気づかんとはどういうこっちゃ。眩暈の原因は貧血や。もしかして、あんまり食べとらんがやないか」

フミがためらいがちに答えた。

「あの、最近ちょっと肥えたもんやから……」

「ダラなことしたらいかん。この時期はしっかり食べんと赤ん坊に栄養が行き渡らんやろ」

「はぁ……」

「おめでとさん！」

真っ先に声を上げたのは蒼次郎だった。

「よかったなぁ、喜輔さんフミさん、ほんとおめでとさん」

「そんな、このあたしに赤ん坊なんて信じられん……。とっくに諦めてたんに、今になってこんな……」

「よかったな、フミ」

喜輔に声をかけられると、フミの目にみるみる涙が溢れていった。


時江から贈られた腹帯を付けるようになってから、フミのお腹はすっかり目立つようになった。最近では何をするにも「どっこいしょ」と声を上げて、留子や美弥に笑われている。それでも、その表情は母になる歓びに満ちていた。

そんなフミを眺めながら、時江も稲も心底安堵していた。

「やっぱり相性ってあるんやな。前の時は三年もできんかったんに、喜輔さんと所帯を持ったら、あっという間に授かるんやさけ」

「ほんとやな。あちらさんに石女呼ばわりされて、フミもどんなに辛かったか」

朱鷺もトンボもよく覚えている。四年前、梅ふくに来た頃のフミは、まるで罪を背負ったかのようにいつも俯いてばかりいた。

「喜輔さん、子供なんかできなくても構わんって言ってくれてたんやろ」

「それ、あたしも聞いた。フミさんが傍にいてくれるだけでいい、それだけで幸せなんやって」

「それだけ言ってもらえたら、フミさんも心打たれたやろな」

「いい人と所帯を持てて本当によかった」

朱鷺とトンボもしみじみと呟き合った。


八月半ば、商工会議所の若手会員三十人近くが集まって、香月楼の大広間で納涼会が開かれた。芸妓も二十人ほど呼ばれる盛会である。

上座に座るお偉方の堅苦しい挨拶が終わると、仲居が料理と酒を運び込み、座は一気に賑やいだ。朱鷺は桃丸と共に中程の席の客の前に座り、トンボと琴菊は反対側の席に着いている。

朱鷺の前の客たちはみな跡取り息子である。まだ三十歳前後の若さで、富裕層の御曹司らしく、みな饒舌で朗らかだ。もちろん、それは苦労知らずのせいである。

その中でも缶詰工場の副社長に、桃丸は興味津々のようだった。年は三十くらい。顔立ちの整ったすらりとした美男子で、振る舞いに品があり、呑み方もきれいだ。桃丸の好みにぴったりだった。

「副社長さんということは、いつか社長さんになりまさるんですか?」

桃丸の声が少々上擦っている。

「いやいや、僕なんかまだまだ修業の身やから」

「でも、いずれは」

「まあ、順調にいけばやけど。いつになることやら」

桃丸がとびきりの笑顔でお銚子を差し出す。

「さあ、どうぞ」

客を選り好みしないのは芸妓の鉄則だが、桃丸にそんな意識はない。すでに関心は缶詰工場の副社長に集中している。その分、朱鷺が他の客を引き受けるしかない。

しばらくすると、桃丸があたふたと座敷を出て行った。戻って来たかと思うと「ふぅ」と息を吐いた。

「どうしたが？」

朱鷺は小声で尋ねた。

「それがな、あたしったらしょまして大切な笛を忘れて来たが。今、連絡したらフミさんが届けてくれるって。助かったわ」

おっちょこちょいの桃丸は、時々こういうことをしでかす。

十分ほどして、座敷の隅の襖からフミが顔を覗かせた。大きいお腹がここからでも見て取れる。桃丸は相変わらず副社長に夢中で、仕方なく朱鷺が代わりに受け取りに行った。

「フミさん、わざわざすんません」

「気にしんといて。どうせ帰り道なんやさけ。ほんなら笛、桃丸姐さんにお願いします」

朱鷺は席に戻って桃丸に笛を渡した。

「ああ、あんやと。出番に間に合ってよかったわ」

その後、お姐さん方の唄と三味線で、朱鷺とトンボは「かっぽれ」を踊った。しっとりした舞いも好きだが、こうした笑いを誘い、手拍子が鳴るような踊りも楽しい。最後は桃丸の笛である。さすがひがしの名手と呼ばれるだけあり、誰もが静かに耳を傾けていた。

席に戻って来た桃丸は、早速副社長にお酒を注いだ。

「あたしの笛、どうでした？」

「うん、とてもよかった」

「嬉しいわぁ。じゃあまたお座敷に呼んでくださいましね。たっぷり吹かせていただきますさけ」

「そうだね、そうさせてもらうよ」

「じゃ指切りげんまん」

桃丸が小指を差し出す。周りの会員たちに冷やかされながら、副社長はおずおずそれに応えた。

宴会が終わり、梅ふくに戻ってからも、桃丸は上機嫌で副社長の話ばかりしていた。どうやらすっかり岡惚れしてしまったようである。いつものことと、みんな聞き流していたのだが、二日後に早くも副社長からお座敷の声がかかったと聞いて驚いた。大概、酒席での約束など反《ほ》古《ご》にされるものである。桃丸は大喜びで念入りに化粧をし、熱心に着物を選んでいそいそと出掛けて行った。そして、それは一度ではなく、ここのところ連日のように声が掛かっていた。

数日後、女紅場でのお稽古の帰りに「ちょっと蜜豆でも食べに行かん？」と、桃丸から誘われた。蒸し暑い夏もようやく盛りを過ぎ、朝夕少しほっとできるようになった頃である。

「もちろんあたしの奢りやさけ」

朱鷺とトンボは顔を見合わせた。桃丸の奢りなんて珍しいこともあるものだ。

三人は橋場町《はしばちょう》にある甘味処「ちとせ」に入った。ここは八十に近い女主人・八重《やえ》の店で、時江や稲の時代からここで商売をしている。今もひがしや主計町の芸妓衆に人気があり、朱鷺とトンボもよく通っている。

「まいどさん。八重さん、奥の小部屋、あいとる？」

「あいとるよ」

威勢のいい声が返って来た。髪は真っ白だが八十とは思えぬ元気さだ。

二畳あまりの小部屋で三人は向き合い、蜜豆を注文した。それを待つ間、桃丸は妙にくねくねしていた。

やがて八重が蜜を運んで来た。

「フミちゃん、おめでたなんやて、よかったなぁ」

三人の前に椀が置かれると、しばらく八重の世間話に付き合わされた。何しろ情報通である。あそこの芸妓がどうした、どこぞの旦那が浮気した、そんな話が続き、桃丸が焦れて来た頃、やっと新しい客が入って来た。

「ほんなら、ゆっくりしていきまっし」

八重が去って、ほっとしたところで、ようやく桃丸が口火を切った。

「実はな、ちょっとふたりに話しておきたいことがあるが」

トンボは早速蜜豆を口に運んでいる。

「何ですか」

朱鷺が桃丸に尋ねた。

「あの人のことなんやけど」

「あの人？」

トンボが食べながら首を傾げたが、朱鷺はすぐに気づいた。

「もしかして、あの缶詰工場の副社長さんのことですか」

「そう、さすが朱鷺、察しがいいわぁ」

みるみる桃丸の目尻が下がってゆく。

「あの副社長さんがどうかなさったんですか？」

桃丸が匙で蜜豆をつついた。

「あんな人、あたし初めてや。男なんてあっち狙いの助平ばかりやと思っとったけど、副社長さんは違うが。梅ふくでの暮らしはどうやとか、どんなふうに暮らしとるんやとか、そりゃあ親身になってあたしの話を聞いてくれるが」

「へえ、お優しいんですね」

「ほら、あたしたちお互い一目惚れやったやろ」

「えっ、そうなんですか」

「そうに決まっとるやない。これはもう運命としか言いようがないわ」

「そこまで言いますか」

トンボが揶揄するが、桃丸には通じない。

「だって、そうとしか思えんの」

朱鷺は更に尋ねた。

「もしかして、あの副社長さん、桃丸姐さんの旦那さんになられるんですか」

今、桃丸に特定の旦那はいない。旦那となればそれなりの援助を受けるのだから、桃丸本人はもちろんのこと、置屋としても経済的に助かる。有難い話である。

「そうやなくて」

朱鷺とトンボは桃丸を見やった。

「というと」

「あの人、少し前に奥さんと離縁したんやて。お嬢さん育ちの高慢ちきなお人やったそうで、少しも心が通わんかったって、寂しそうに言ってらしたわ。それでな、あの人ったら急に言い出したが。こうして今は独り身になったんやからもう誰にも文句は言われんって。な、その意味、あんたらにもわかるやろ」

ぽかんとする朱鷺とトンボに、桃丸は歯痒そうに言った。

「だから、あの人、あたしを奥さんにするつもりなんや」

言葉が出ない。一目惚れはよく聞くが、大店の副社長と、旦那ではなく結婚に結び付くなんて、富くじに当たるより稀である。

トンボが身を乗り出した。

「水を差すようで申し訳ないんですけど、桃丸姐さん、騙されてるんと違いますか」

桃丸はムッとした。

「何をどう騙すって言うんや。あたしにお金なんかあるはずないやろ。それにあの人は缶詰工場の副社長で、商工会議所の会員でもあって、おうちは立派で身元もちゃんとしとる。あたしを騙す必要なんてどこにもないわ」

「まあ確かに……」

「はっきり結婚を申し込まれたんですか」

今度は朱鷺が問う。

「昨夜な、お座敷で真面目な顔で聞かれたが。『置屋で働いている人を妻に迎えるには、どんなふうに話を進めればいいんや』って。そこまで言うってことはそれしかないやろ」

まだ合点はいかないが、桃丸の言い分はもっともだと思える。

「それで、桃丸姐さんは何て答えたんですか」

「そういう時はまず置屋の女将に話を通すのが筋ですって。あたしら芸妓にとって親も同然の人やから、きちんと出向いて申し込んでくださいって。思い切ってお金のことも言ったが。少なからず借金があるわけやから、それを綺麗にしてもらわんと自由な身にはなれんがですって」

「そしたら？」

「お金なら何とでもなるって」

桃丸がくしゃくしゃと相好を崩す。ここまで聞けば、さすがにふたりも認めざるを得なかった。

「どうやら本気のようですね」

「桃丸姐さん、おめでとうございます」

朱鷺が祝いの言葉を口にすると、桃丸は含み笑いをした。

「ふふ、あんやと。あたしもまさか缶詰工場副社長の奥さんの座に納まるなんて思ってもおらんかった。まったく世の中何が起きるかわからんもんやな」

そしてこう続けた。

「でな、そうなったらあたし芸妓をやめることになるわけやから、あんたらに後のことを頼んでおこうと思ったが。君香姐さんは通いやし、琴菊はまだ振袖やし、留子と美弥は小さいし。あたしがおらんようになったら、あんたらが稼ぎ頭になるんやから、後のことをよろしく頼むわ」

桃丸はうっとりと目を細めた。


その日は思ったより早くやって来た。

桃丸から話を聞いた翌週、副社長が梅ふくに結婚の申し込みに来るというのである。

朝から桃丸は落ち着きがない。用もないのに台所に行ったり庭に出たり、これでもないあれでもないと着物を着替えている。そうなるのも当然だろう。

午後一時、副社長が玄関に立った。時江と稲、そして桃丸の三人が坐して「おいでませ」と出迎えた。二階の座敷へと案内していく。

階下の朱鷺とトンボ、琴菊、美弥と留子は、台所に集まっていた。こちらとしても落ち着かないのは同じである。

「ほんとに桃丸姐さん、お嫁に行きまさるんやろか」

琴菊が問う。美弥と留子も興味津々である。朱鷺が答えた。

「まさかこんなとんとん拍子に話がまとまるとは思っとらんかったけど、こうしてきちんと挨拶にいらしたんやから、そうなるんやないの」

「缶詰工場の副社長の奥さんなんて、すごい玉の輿やないですか」

「ひがしの芸妓の中でも抜きんでた出世になるやろうな。そやけど桃丸姐さんに堅気の奥さんなんて務まるんやろか。それがちょっと心配や」

勝手口からフミが洗濯物を抱えて入って来た。

「桃丸姐さんのお相手さん、もういらしたが？」

気になっているのはフミも同様である。

「うん、今、二階で話されてるわ」

「どんなお人やった？」

「フミさん見んかったの？」

「裏で洗濯してたさけ」

「前に商工会議所の宴会で会ったけど、なかなかの二枚目やった」

「桃丸姐さん、美男子に弱いさけなぁ」

そんな話をしていると、桃丸が勢いよく階段を下りて来た。台所に顔を出したかと思うと
「フミちゃんやて！」と、金切り声を上げた。みんなきょとんと桃丸を見返した。その顔は般若のように目が吊り上がっている。

フミは目をしばたたいた。

「えっ、あたしって、何がですか……」

「だから早く行って」

「あの……」

「いいから行って！」

「は、はい……」

桃丸の語気の荒さに追い立てられるように、フミは前掛けをはずし、大きなお腹に手を当てながら階段を上って行った。

「桃丸姐さん、どうしたんですか」

朱鷺が尋ねたが、桃丸は答えない。

「お酒、お酒はどこや」

桃丸は戸棚を片っ端から開けてゆく。ようやく一升瓶を見つけて、流しにあった湯呑茶碗に注ぎ、それを一気に飲み干すと今度はわっと泣き出した。

「あんまりや、何でこんなことになるんや、いくら何でもやくちゃ過ぎる」

そして一升瓶をぶら下げて、泣きながら奥の部屋に入って行った。

いったい何があったのか。みんながぽかんとしている中、トンボは好奇心が抑えられなくなった。「あたし、ちょっと見て来る」と、こっそり二階に上がって行った。もちろん朱鷺も後に続いた。興味津々は同じである。とはいえ琴菊と美弥、留子には台所に留まるように言っておいた。

忍び足で階段を上り、二階の座敷の襖の前でふたりは息を殺した。

「ですから、そのお腹の子は僕とフミの子なんです」

最初に耳に飛び込んで来たのがそれだった。思わず朱鷺とトンボは顔を見合わせた。

「あんたさん、さっきからいったい何を仰ってるんですか」

時江の困惑の声が聞こえる。

「あんたさんが、フミの昔のご亭主だってことはわかりました。けれども離縁してもう四年も経っております。今になってそんなことを言われても、いったいどうお答えしていいもんやら」

驚いた。副社長はフミが以前結婚していた相手というのか。

「フミ、とりあえず聞くけれど、あんた、このお人と離縁してからも会ってたんか」

「いいえ、一度も会っておりません」

「確かやな」

「はい」

フミの声は小さいがしっかりしている。

「フミもこう申しております。去年の暮れに所帯を持って、お腹の子はその旦那さんとの子です。あんたさん、何をどうしたらそんな勘違いをなされるんやろ」

「確かにフミとは四年前に離縁しました。けど、お互い離れていても心はずっと通じ合っていました。僕は一日たりともフミのことを忘れたことはないし、フミだってそのはずです。あれだけ好き合って一緒になったんです。そう簡単に忘れられるわけがない。そうやろ、フミ」

少しの間があり、フミが答えた。

「雅比古《まさひこ》さん、申し訳ないですが、あたしはあんたさんのこと、今の今まですっかり忘れておりました」

雅比古、それが副社長の名のようだ。

「何でそんな嘘をつくんや。もう正直になっていいんや」

雅比古が声を荒げた。

「嘘やない。今更言ってもしょうがないですけど、あの時、雅比古さんはお義父《とう》さんお義母《かあ》さんの言うなりになってあたしを捨てたんです。そんなお人のこと、どうして想い続けられるでしょう」

「捨てたんやない、あれは仕方なかったんや……僕だってフミとずっと一緒にいたかった。死ぬまで添い遂げたかった」

「とにかく、あたしは今、所帯を持ってとても幸せに暮らしておりますさけ」

「そんなはずない。フミが僕以外の男と幸せになんかなれるはずない」

朱鷺とトンボの背後に気配があった。振り向くと蒼次郎である。

「いったい何事や」

トンボは「しっ」と唇に人差し指を立てた。

雅比古の言葉は続く。

「この間の宴会で、お腹の大きなフミを見て心底驚きました。ああ、僕のために子供を産んでくれるんやって、すぐわかりました。フミ、その子と一緒に僕のところに戻って来い。今なら父さんも母さんも喜んで迎えてくれる」

「雅比古さん、いったいどうなさったが。気を確かに持ってください」

フミの声に怯えが滲んだ。

「フミのことはいろいろ調べさせてもらった。今の旦那っていうのは和傘職人なんだろう。そのうえ、びっこをひくような片輪者やってことやないか。住んでるとこもあんなあばら家で、いったい幾らの稼ぎがあるんや。食べるだけで精一杯やろ。僕のところに来ればフミにも子供にも不自由はさせん。大きい腹を抱えて、こんなところで働かんでも済むんや。な、悪いことは言わん、戻って来い」

雅比古は一向に退く様子はない。どころか、ますます昂《たかぶ》ってゆく。

「こちらの桃丸さんから、置屋の女将さんに許しを得ないと身請けできないと聞きました。お金は払います。フミとその子を僕に返してくれるなら、いくらでも払います」

「フミに借金なんかありません。芸妓やないがですから」

時江がぴしゃりと撥ね付けた。

「じゃ、すぐにでもフミを連れて帰れるんですな。そうか、よかった。さあ帰ろう。これから親子三人、仲良く暮らそう」

時江が声を高めた。

「いい加減にしてください。何度言えばおわかりになるんやろ。フミは所帯を持ち、お腹の子は旦那さんとの子なんです。いったい何の目的で、そんなやくちゃもないこと言われるがやろ」

不意に雅比古の口調が変わった。

「どうしてみんな、僕とフミの仲を引き裂こうとするんや。もう誰にも邪魔はさせん。フミとその子は僕のもんや。さあ、フミ、帰ろう、帰るんや」

雅比古の声が裏返る。完全に常軌を逸しているとしか思えない。

「やめてください」

フミが叫んだ。

「あんたさん、何をなさるんや。その手を離しなさい」

「やめろ」と、飛び出して行ったのは蒼次郎である。

襖を開けて怒鳴りつけると、目を剝いた雅比古の姿があった。

「あんた、何わけの分からん事ほざいとるんや」

朱鷺とトンボも座敷に入った。フミはすっかり怯えていて、稲はへたり込み、時江は肩を怒らせている。

「この子は僕とフミの子や。絶対にそうや、そうやないと駄目なんや」

雅比古は譫言《うわごと》のように繰り返している。

「駄目って、何や」

「駄目なもんは駄目なんや……」

話が通じないことに焦れたのか、蒼次郎は更に声を張り上げた。

「これ以上、訳の分からん事言うなら警察呼ぶぞ。そうされたくないならとっとと帰れ」

それでも雅比古は動こうとしない。座り込んだまま同じ言葉を繰り返している。結局、蒼次郎に強引に座敷から引き摺り出され、階段を下ろされ、玄関から外に放り出された。

「二度と来んな！」

最後、蒼次郎は雅比古に革靴を投げ付けた。

それでも雅比古は叫んだ。

「フミ、何も心配せんでいいからな。必ず迎えに来るから、今度こそ幸せにするから待っとってくれ」

「とっとと帰れ！」

陽炎が揺れる中、雅比古はようやっと立ち上がり、ふらついた足取りで去って行った。

嵐が過ぎ、ようやく落ち着きが戻って、みな帳場に集まった。

琴菊と美弥と留子は、台所で蒼次郎が届けてくれたという五郎島《ごろうじま》金時芋を蒸《ふ》かしている。桃丸は奥の部屋でずっと泣きながら呑んだくれている。

フミが畳に手をついた。

「みなさん、ご迷惑をおかけして申し訳ありませんでした」

時江が首を振る。

「フミのせいやない。あのお人がおかしいだけや。それにしても、いったいどういうつもりでお腹の子を自分の子やなんて言い出したんやろ。前々から、あんな変わり者なお人やったんか」

フミは膝の上で手をぎゅっと握りしめた。

「そんなことはありません。いろいろありましたけれど、分別のある人でした。どうしてあんなことを言い出したんか、あたしにも見当付きません……」

「途中から顔つきが変わって、何かしでかすんやないかって怖くなったわ。蒼次郎さんが来てくれて助かった」

稲が息を吐く。

「あれで終わるんやろか」蒼次郎の言葉に、時江が湿った息を吐いた。

「そうやな……」

「まともな人なら終わるはずやけど、あんな突拍子もないこと言い出す人がまともなわけない。それに、あいつは喜輔さんが和傘職人やってることや家の場所、喜輔さんの足のことまで知っとった。調べ回ったんやな」

その言葉にフミは身震いしている。

「もしそうやとしたら、これで済むとも思えん。もしかしたら、これからもフミさんに付きまとうかもしれん」

時江が頷く。

「やっぱり大事を取って警察に届けるか、せめてあちらの親御さんには話をした方がいいやろな」

「待ってください」と、フミが言った。

「できるなら言わんとってやってください。あの人もそれなりの立場があります。きっと今日のことで懲りて、もうこんなダラな真似はせんと思います、だからお願いします」

そう言って畳に手をつくフミを見て、それ以上誰も何も言えなくなった。一時は夫婦であった仲である。ましてやフミの実家は今も大野で暮らし、父親は雅比古の親が経営する味噌蔵で働いている。縁は切れてもしがらみは残っている。

「そうか、フミちゃんがそう言うなら今回は何もしんでおこうかいね。けど、今日のことは喜輔さんにきちんと話しといた方がいい。あたしも一緒に行って説明してあげるさけ」

「はい……」

「俺が家まで送って行く。あいつ、まだ近くでうろうろしているかもしれんから」

「そやな、頼んわ」

話はそれで一応の決着が付いた。稲がようやくほっとしたように口調を改めた。

「さあ、そんなら朱鷺とトンボはそろそろ支度にかからんと」

また慌ただしい夜が始まる。今夜もお座敷が重なっている。奥から「あのダラぶちがー」と、桃丸の泣き声が聞こえて、稲はため息をついた。

「しゃあない、今夜は桃丸はお休みさせてやろかいね」

さすがに叱りに行こうとはしなかった。


それから半月近くが過ぎた。

今のところは何事もなく、フミも落ち着いている。事の次第を聞いた喜輔も、最初こそ動転したようだが今は冷静に受け止めている。泣き喚いていた桃丸もすっかり立ち直り、今では「あたしは芸に生きるんや」と息まいている。梅ふくに平穏な日々が戻っていた。

今夜も朱鷺とトンボは香月楼のお座敷に出向いた。日中の日差しはまだ厳しいが、夕刻になると浅野川を渡る風が心地いい。

今夜の客は東京から加賀友禅の買い付けに来た呉服問屋の主人とその連れである。

どんな客が来ようと態度を変えることはないが、やはり東京と聞くとつい力が入ってしまう。新橋や神楽坂に比べられ、田舎芸妓と馬鹿にされたくない。ひがしの、いや金沢の花街の恥になる。

その心配は杞憂に終わったようである。主は男仕立ての着物姿のトンボをとても面白がり、朱鷺とのふたり舞いも大層気に入ってくれたようだった。ご祝儀も弾んでくれた。

宴は滞りなく終わり、客たちを玄関先で見送った。香月楼の女将さんに挨拶をして、次の座敷に向かうため、ふたりは表に出た。

「いいお客さんでよかったな」

「ほんとや。毎日、あんなお客さんばっかしならいいがに」

少し歩いたところで、朱鷺はふと足を止めた。

「なあ、変な臭い、しん？」

トンボが鼻をひくつかせた。

「そう言えば、何か焦げ臭いような臭いがするな」

その時、路地の奥から声が上がった。

「火事や！」

振り向くと、民家が立ち並ぶ通りの奥が妙な明るさを放っている。

いきなり人が飛び出して来た。

「はよ防火水槽の蓋はがせ！」

「誰かバケツ持って来い！」

男たちの怒声が飛び交い、瞬く間に通りは騒然とし始めた。

「もしかしたら」

ふたりに悪い予感が広がった。通りの先にフミと喜輔の家があるからだ。トンボは走り出し、朱鷺も着物の裾をめくって後を追った。

すぐに焦げ臭さは咳き込むほど強くなった。煙が目に沁みる。すでに狭い通りは逃げる人、火消しに向かう人でごった返していた。

案の定だった。火元はふたりの家だった。屋根から煙が立ち、裏手の台所辺りからは橙色《だいだい》の炎が上がっていた。すでに何人かが防火水槽からバケツを手渡しして水を掛けている。

ふと見ると、通りに呆然と立ち竦むフミの姿があった。

「フミさん！」

ふたりは駆け寄った。

「じゃまないか？」

フミはがくがくと身体を震わせている。

「……あたしは何ともない。でも喜輔さんがまだ中に……」

「えっ」

朱鷺とトンボは家を見る。火の勢いは増す一方だ。

「俺らが行く」

振り向くと、蒼次郎が板前数人を連れて立っていた。火事と聞いて香月楼から飛び出して来たのだろう。

「ふたりはフミさんを頼む」

そう言って、蒼次郎と板前たちは防火水槽の水を頭からかぶり、濡れた手拭いで口を押えて家の中に飛び込んで行った。和傘は竹と紙で出来ている。撥水のために油も使う。火が仕事場にまで回れば一気に燃え広がる。

トンボはじっとしておられず、近所の人に混じって水の入ったバケツを運び始めた。

朱鷺はしっかりフミの肩を抱いた。

「じゃまない、じゃまないさけ」

「あの人が台所に突然現れたが……あたしの腕を摑んで帰ろうって……助けに来た喜輔さんと揉み合いになって……そしたらあの人、台所の竈に残ってた火をまき散らして……」

やはり雅比古の仕業なのか。

長い時間に思えたが、数分ほどだったのかもしれない。煙の中から板前たちに引きずられながら雅比古が出て来た。その顔は煤《すす》で真っ黒になり、服もほとんど焼け焦げている。板前たちも同じだった。白衣はすっかり汚れ、中には髪を焦がして縮らせている者もいた。そしてその後、蒼次郎に肩を抱えられた喜輔が現れた。ふたりの顔も煤にまみれていた。

フミが駆け寄った。

「ああ、無事でよかった……」

フミは泣いていた。

「わしは何ともない。フミはどうや、お腹の子はじゃまないか」

「はい……」

消火は上手くいったようである。しばらくすると火の手は落ち着き、立ち昇っていた黒煙もくすぶりに変わっていた。

雅比古は道路にへたり込んでいる。逃亡を阻止するために板前たちが囲んでいる。すでに抵抗する気力もないようだ。

やがて駆け付けた警察官に両脇を抱えられ、雅比古は連行されて行った。


フミと喜輔の家は七割がたが焼けてしまった。和傘は全滅である。喜輔は顔に火傷を負ったが、幸い症状は軽く、煙もさほど吸わずに済んだ。隣近所への類焼が最小限で抑えられたのは幸いだった。

警察に連行された雅比古は顔や手、足にも相当の火傷を負ったようである。今は病院に入っているという。

何故雅比古がそこまでフミに執着し、フミの子を自分の子にしたかったのか。名家であり、嫁の来手など掃いて捨てるほどあるはずだ。ましてやフミとは離縁して四年も経っている。あの商工会議所の宴席で、たまたまお腹の大きなフミを見掛けただけで、どうしてここまで大それたことをしでかしてしまったのか。

後日、雅比古の父親が、喜輔とフミ、迷惑を被ったすべての家屋の住人に頭を下げて回り、過分なまでの金額で弁償した。父親は梅ふくにも謝罪に訪れ、その時、雅比古が放火ではなく失火ということで逮捕を免れたことを、時江と稲に告げた。

「何で失火なんや。どう考えたって放火やないか。もしかしたらフミさんも喜輔さんも死んでたかもしれん。あんな男、牢屋に入れられて当然や」

トンボが憤慨している。朱鷺も同じ気持ちである。

時江が濁った息を吐いた。

「あんたらがそう言うのはもっともや。あたしもそれを聞いた時は、警察に抗議に行こうと思ったくらいや。けどな、ご主人さんからいろいろ話を聞いているうちに、何や可哀そうにもなってきてな」

「可哀そう？　あんな奴に同情なんかすることない」

トンボの容赦ない返しに、口籠った時江の代わりに稲が答えた。

「あの息子、雅比古さんやったな、子供ができんのはあの人のせいやったんやて」

朱鷺とトンボは稲の顔を見直した。

「え、どういうことですか」

「そういうのは女しかないって思っとる人が多いけど、男の人にもあるんや。よく言う種なしやな。どうやら雅比古さん、若い頃に酷い高熱に見舞われたことがあったそうで、それが原因やないかってことらしい」

「じゃあ、子供ができんのはあいつのせいなんに、フミさんは石女と決めつけられて追い出されたってことなんか。そんなん、あんまりや」

「原因がわかって、今度は二番目の奥さんに逆に離縁されたそうや。因果応報ってやつやな。

その頃からやて、雅比古さんがちょっとおかしくなり始めたんは」

何か言ってやりたい気もするが、すぐには言葉が見つからない。

時江が話を引き継いだ。

「この先、いずれは親戚の子か誰かを養子にすることになるって話が出とったところで、お腹の大きいフミちゃんを見て、雅比古さん、思ったわけや。それならフミの子がいい、フミともう一度一緒になってふたりで育てたいって」

そして、喜輔さえいなくなればフミと子供を自分のものにできるとの答えを出した。

「だからって、火まで付けるなんて……」

「雅比古さんにしたら、フミは自分のことをずっと想い続けているはずやと思い込んでいたんやろな。それなんに、会ってみたらフミにあっさり断られて、正気を失ってしまったんかもしれん」

しばらく重苦しい沈黙が続いた。

「あいつ、これからどうなるんやろ」

トンボの声が翳《かげ》る。

「もう実家に帰ることはないってご主人さん言ってらしたわ。逮捕は免れたけど、もう噂は広まってるし、地元にはおれんし元の仕事にも戻れんって。それに火傷だけでなく、心の方もすっかり参ってるようで、九州やったかな、遠縁の家に療養を兼ねて預けるって言ってらした。ご主人さん、最後、泣いてらしたわ……」

朱鷺もトンボも、もう何も言えなくなっていた。

縁側に腰を下ろして、ふたりは背戸を眺めている。

「何か、哀しい話やったな」

「あたし、今度あいつと会ったら、張り倒してやろうと思っとったんに。あんな話聞いたら……」

トンボは悔しそうに、けれども半分は遣る瀬無い口調で言った。

「それにしても、わからんわ」

朱鷺は呟く。

「何が？」

「そやかて、フミさんは子供ができんって離縁されたけど、それならそれで仕方ないって心を決めて、自分の人生を見つけて幸せになったやない。それなのに何であの人はできんかったんやろ。お金だってあるし、立派な仕事も持ってるのに」

「逆にあたし今度のことでよくわかったわ。男ってほんとは弱い生き物なんやって」

朱鷺は火事の現場での雅比古の呆けた表情を思い出していた。そこに居たのは人の形をしただけの抜け殻そのものだった。

「普段は虚勢を張っとるけど、何かの拍子に躓《つまず》いたら立ち上がれんようになる。その点、女は躓いてからが勝負やってわかっとる」

「うん、そうかもしれん。それ思うと、何やらこれからえらそうにするお客さんの見方もちょっと変わりそうや」

トンボが唇を尖らせた。

「だからって甘やかしたらいかん。女が慰めてばっかりやったら男はますます弱くなる。あたしは逆に、これから言いたいことはもっと言って、男を鍛えてやるんや」

朱鷺は笑う。トンボの言葉は乱暴だが、どこか温かみも感じられる。きっといけすかない客が来ても、口さがない中にもそれなりの気遣いを向けるのだろう。ただ、それが相手に伝わるかは、難しいところだけれど。

背戸の隅に植わる荻の花先が、いつの間にか白い穂になり風に揺れている。その根元からりろりろと虫の鳴き声が聞こえて来る。オニヤンマが弧を描いて塀の上を通り過ぎ、それを追うように見上げると、空は高く澄み、真っ白なうろこ雲が散っていた。

秋はすでに色濃くふたりを包み込んでいた。

雪夜の狼

八百万《やおよろず》の神々が出雲に帰る神無月。

梅ふくからほど近い宇多須神社《うたすじんじゃ》で秋祭りが始まった。年二回、春と秋に催されるこの祭りは、幼いたあぼたちの数少ない楽しみのひとつとなっている。

トンボと朱鷺は、留子、美弥を連れて見物に出掛けた。昼というのに境内は多くの人で賑わっていた。大男のロシア人たちが目立つのは、また大野港に貿易船が入ったのだろう。鉄鉱石や石炭を荷入れし、代わりに食品や織物などを積み込んでゆく。一九二五年、日ソ基本条約が締結されてから、ロシアとの貿易は再開されるようになっていた。

留子と美弥は彼らの姿に恐れをなしているようだが、トンボと朱鷺はもうすっかり慣れている。

ロシアと金沢の関りは深く、一時はロシア人俘虜《ふりょ》六千余人が金沢で暮らしていた。俘虜といっても厳しい拘束があるわけではなく、潤沢な資金を持つ者もいて、彼らは料理店や遊興場、花街にも出掛けていた。俘虜でありながら、金沢にとって金払いのいい大切な客でもあった。

祭囃子が聞こえる中、幼い留子と美弥は目を輝かせて屋台を覗いている。綿菓子に飴細工、宝釣りや玩具屋など数多く並んでいる。が、ふたりが自由に使えるお金などないも同然である。

「好きなもん、ひとつなら買《こ》うたげる」

トンボの言葉に、ふたりは目を輝かせた。

「ほんとに？」

「何でもいいが？」

「ほやさけ、ひとつだけな」

留子と美弥は顔を寄せ合って相談を始めた。迷った挙句、選んだのは宝釣りだった。屋台に並べられた賞品に紐が繋がっていて、引っ張るとそれが貰えるという遊びである。

トンボは巾着袋の財布から五銭玉を二枚取り出した。せめてこれくらいのことはしてやりたい。子供らしい遊びすらままならないふたりである。

留子の狙いは特賞のハーモニカ、美弥は一等賞のセルロイド製キューピー人形だ。どの紐を引っ張れば当てられるか、ふたりは真剣な顔つきで選んでいる。

「がんばりまっし」

朱鷺が言う。実際に紐が特賞や一等賞に繋がっているかも怪しいが、ささやかな夢ぐらいは見させてやりたい。

案の定、ふたりが引いたのはスカで、飴玉一個ずつを手にしただけだった。すっかり気落ちしている留子と美弥を見ながら、トンボは「しょまなやっちゃ」とからかった。

「トンボ姐さん、いごくりわるい」

留子は唇を尖らせ、美弥は泣きそうな顔をした。

「来年の春祭りにまた来ような」

慰めているのは朱鷺である。

一通り屋台を覗き回って、そろそろ帰ろうかと思った頃だった。

「おやおや、梅ふくご一行やないか」

声を掛けて来た男がいた。権田《ごんだ》である。四十代半ば過ぎ、太って赤ら顔の権田はかつて任侠の世界に身を置いていた。しかし今は堅気となって「権田興業」という名の会社を経営し、演舞場での演劇や歌謡ショー、そしてこのようなお祭りの興行を仕事にしている。

「女将さんと稲さんは達者にしとられるか」

「おかげさんで」

「また近いうちに寄せてもらうさけ」

「はい、お待ちしております」

「そん時は、胸がでっかくて股のゆるい芸妓を用意しといてくれや」

権田が歯並びの悪い口を開けてガハガハ笑う。羽振りはよいが、その下衆な物言いや振る舞いにはいつも呆れてしまう。

ふと、権田が言った。

「そうや、すぐそこでうちの見世物小屋をやっとるんやけど、見ていくか」

権田が顎でしゃくる先に簡易作りの小屋がある。看板には禍々しくも猥雑な、ろくろ首と蛇女、背中に大きな瘤を持つ男、毛むくじゃらの狼男の絵が描かれている。小屋の前で呼び込みが「さあさあ始まるよ、お代は見てのお帰りで」と、行き交う人にさかんに声を掛けている。

「わざわざ東京の浅草から呼び寄せたんや。こんなん、めったに見られんぞ」

「どうする、朱鷺」トンボは振り返った。

「あたしはやめとく」

朱鷺が眉を顰めて首を横に振る。それを見た権田が茶化すように高笑いした。

「なんや、怖いんか。座敷ではいっちょ前の顔しとっても、所詮はたんちやな」

トンボは思わず言い返した。

「なめんといて。ほんなら見物させてもらいます。もちろん誘ったんはそっちやさけタダやろな」

こういうところが悪い癖だと、トンボは自分でも思う。煽られているとわかっていても、つい意地を張りたくなる。

「おう、タダで入れてやる」

「あんたらはどうする？」

留子と美弥は後退った。

「ううん、あたしらもいい」

「ほんなら朱鷺と一緒に先に帰っとき。あたしはちょっと見物してくるさけ」

「ひとりでじゃまない？」

「あんなん、どうせインチキに決まっとる。どんなあてがいなもんか、帰ってから教えてあげるわ」

そこで朱鷺らと別れ、トンボはひとりで見世物小屋に向かった。

小屋の中はやけに薄暗かった。正面に作られた八畳ほどの舞台に、数本の蠟燭が立っているだけである。何やら辺りは獣じみた匂いがする。筵《むしろ》に薄い座布団が敷かれ、すでに二十人ほどが座っていて、トンボは空いていた座布団に腰を下ろした。

しばらくすると、山高帽をかぶり、よれよれの燕尾服を着た男が舞台に現れた。背が三尺五寸ほどしかない小男だ。

「みなさま、よくおいでくださいました。親の因果が子に報い、生まれ出でたるこの姿。かわいそうなのはこの者らでございます……」

前口上が始まった。かしこまった顔つきで滔々《とうとう》と述べているが、口調のわざとらしさがむしろ滑稽に聞こえる。

「では、お待ちかね、まずは鶴姫《つるひめ》さんの登場でございます。恋しい男に何年も待ちぼうけをくわされて、その挙句首がながぁく伸びてしまい、とうとうろくろ首になってしまったという可哀そうな女でございます。では鶴姫さん、どうぞ」

舞台の袖から色白で細面、黒髪が腰まである女が現れた。眉を剃り、白塗りの能面のような顔に真っ赤な口紅が際立っている。女は無表情のまま観客を見回した。

「さあ、いよいよでございます。世にも恐ろしいろくろ首の姿をじっくり御覧くださいませ」

すぐに舞台の中央に板障子が一枚運ばれて来た。女は緩慢な動作でその右端に座り、「ううん、ううん」と、何やら艶っぽい声を上げながら身悶えし始めた。そして板障子の裏側に顔を突っ込んだかと思うと、更に身体をくねらせ、やがて反対側から顔を覗かせた。つまり板障子一枚一間分、首が伸びたことになる。

これがろくろ首やて、ダラくさ。

トンボは鼻で笑った。からくりは一目瞭然だ。板障子の後ろにもうひとり同じ化粧をした女がいて、反対側から顔を出しているだけだ。観客たちも同じことを思ったのだろう。小屋の中は苦笑に包まれた。

見世物小屋なんて、やっぱし子供騙しやな。

次に現れたのは背中に大きな瘤を持つ男である。頬骨が飛び出したいかつい顔で、腰も膝も曲がり、ぼさぼさの髪とボロボロの服を纏った姿は確かに不気味ではある。男は刀を振り回して、しばらく剣舞の真似事をしていたが、最後、動きを止めたかと思うと、いきなり自分の背にある瘤に突き刺した。観客にどよめきが起こった。

が、よく見ればその大きな瘤は単に張りぼてを仕込んだだけのようにも見える。瘤男は「どうだ」とばかりに自慢げな顔を向けたものの、ぱらぱらと拍手があっただけだった。

次に現れたのは蛇女で、首に大きな蛇を巻き付けていた。その蛇の大きさに、さすがに観客たちもざわめいた。女は乳房も露わな湯文字一枚の姿である。その乳房にも背にも太腿にも鱗がびっしり生えている。が、それも鱗というより彫り物のように見える。蛇と共にくねくねと踊る姿を観客たちが固唾《かたず》を呑んで眺めている。しかし眺めているのは芸ではなく、たぶんその大きな乳房の方だろう。

最後に登場したのは狼男である。全身毛むくじゃらで、顔も身体もすべて毛に覆われている。が、これも毛皮を纏っているとしか思えない。狼男は鋭い牙で手にした生肉に食らいついた。

口から血が滴り落ちる。なかなかの迫力ではあるが、その生肉も餅か蒲鉾あたりだろう。血も食紅に違いない。

それから狼男は、そばにあった蠟燭を手にして自分の顔に近づけた。

その瞬間、トンボはハッとした。

蠟燭の灯りを受けて、狼男の右の目は金色に左の目は銀色に光っていた。

トンボはその目に釘付けになった。


小屋を出ると、権田がにやにやしながら煙草をふかしていた。

「どや、怖かったやろ」

「あんなん、怖いわけない。どれもインチキばっかしや」

トンボが言い返すと、権田は濁声《だみごえ》で笑った。

「ほうか、やっぱりわかるか」

「お客さんもみんな笑ってたわ」

「まあ、こんな田舎の祭りにほんもんの見世物なんて持ってこられるわけないやろ。最近は取り締まりも厳しいしな、下手したら手が後ろに回る」

言いながら権田が鼻から煙を吐き出している。

「でも、あの狼男の……」トンボは尋ねた。「あの目は、ほんまもんなんやろ」

権田は片眉を上げた。

「そりゃそうや、目は変えられんさけな」

それから権田は気づいたように、トンボを見直した。

「そうか、おまえと同じってわけや。あいつの母親は異国もんやからな」

「ふうん、そうなんや」

軽く聞き流したが、胸はざわついていた。

「ほんなら帰ります。タダで入れてくれてあんやとさんでした。じゃ、さいなら」

梅ふくに帰ると、留子と美弥が興味津々で駆け寄って来た。

「なあ、どんくらい怖かった？　ろくろ首ってほんとに首が伸びるが？」

「蛇女ってどんなんやった？　瘤男っておっとろしい姿なんやろ？　狼男って人を食べたりするんか？」

トンボはどれも笑い飛ばした。

「ちっとも怖《こわ》ない。みんな偽物や。ダラくさくて見とられんかった。あんたらも見んでよかったわ」

「なあんや」

ふたりは安心したような、それでいて少し残念そうな顔をした。


秋に入って踊りの会が近づいていた。

梅ノ橋を渡った先にある演舞場で行われるこの会は、毎年、知事や市長をはじめ裁判長、警察署長、また金沢の経済を支える財界人などがずらりと顔を揃える。わざわざにしや主計町の芸妓たちも見物にやって来て、まさにひがしの芸妓の意地と誇りを懸けた大舞台となっている。

誰もが出られるわけではなく、選ばれた芸妓たちの踊りに懸ける意気込みは強い。

だから会に選ばれたと知った時、トンボはどんなに嬉しかったろう。自分が男仕立ての着物を纏い、島田ではなく高く結わえた髪という独特の姿で座敷に出ていることが、他の置屋のおかあさん方やお姐さん芸妓衆からよく思われていないことは重々承知していた。選ばれない理由がそこにあるとしたら、朱鷺に申し訳ないとずっと思っていた。しかし、その姿を自分の流儀と決めた以上、踊りの会に出たいがために変えるような真似はしたくなかった。そんなことをすれば、自分の根っこにあるものを捨てると同じと思った。だからこそ、今回選ばれたことで、自分がひがしの花街でようやく認められたような気がしたのである。

それ以降、ふたりは稽古に没頭して来た。演目も、華やかな踊りが多い中、風情ある舞いの方が際立つのではないかと話し合い『曾根崎心中』に決めた。女郎のお初《はつ》と醤油屋手代・徳兵《とくべ》衛《え》の悲恋物語である。座敷では何度か踊っているが、こんな大きな舞台で舞うのは初めてだ。舞台映えするように振付けをところどころ変更し、フミの亭主が作ってくれた舞傘も使うことにした。

そこまで思い入れのある踊りの会だが、ただ舞いを披露すればいいというものでもない。出演料の支払いがあり、割り当てられた鑑賞券を捌かなければならない。地方のお姐さん方への心付けもある。おかあさんの時江とばんばの稲が、お金の工面に頭を抱えているのはわかっていた。トンボに旦那はいないし、朱鷺も今は後ろ盾となる存在がない。演目からして豪勢な着物を新調する必要はないにしても、費用を捻出するために、お座敷を少しでも多く入れて花代を稼がなければならない。お座敷にお稽古にと、ふたりは寝る間もなく忙しい日々を送っていた。

そして当日がやって来た。

その日は朝から緊張に包まれて、トンボも朱鷺もすっかり口数が少なくなっていた。楽屋に入ると、お姐さん方が化粧に着替えに舞いの準備にとせわしなく動き回っている。さすがにみな頰を引き締めていた。

ふたりの出番は中盤である。待っている間、頭の中で何度も踊りのおさらいを繰り返した。ようやく順番が回って来て、ふたりは舞台の袖に立った。こんな大きな舞台で、こんな多くの客の前で踊るのは初めてである。トンボは朱鷺を振り返った。

「朱鷺、じゃまないか」

「何ともない、お稽古通りにやればいいがやさけ」

朱鷺の方が肚が据わっているようだ。

「じゃ、行こ」

「うん」

ふたりは舞台へと進み出た。

舞台の中央でふたりは構える。地方の三味線、太鼓、鼓、笛、唄が始まる。最初の一手を舞い始める。すると不思議なことに、その時にはもう雑念は消えていた。自然と身体が動き、トンボの目に映るのは朱鷺演じるお初の姿だけである。人が好いだけの不甲斐ない徳兵衛。そんな徳兵衛を信じ切り、命さえ惜しまないお初。あまりにも哀しく、そして狂おしいふたりの行く末をただ無心で踊り切った。

踊りは大成功だった。朱鷺との息はぴったり合い、最後まで集中力が途切れることなく、客席からたくさんの拍手と喝采を受けた。

楽屋に戻ると、女紅場の師匠やお姐さん方にもお褒めの言葉をいただいた。時に「貧乏くさい演目やったな」と皮肉を言うお姐さんもいたが、トンボにはやっかみにしか聞こえなかった。とにかく、これまでの稽古の成果を出し切れたことが嬉しかった。

終演後、ふたりは客への挨拶のために会場玄関前のホールに向かった。そこは多くの人でごったがえしていた。すぐに君香と桃丸、琴菊が駆け寄って来た。

「よかったわぁ。演《だ》し物の中でぴかいちやった」

君香に褒められて嬉しくなる。

「舞傘が綺麗やった。すっかり見惚れたわ」

「あたしなんか泣きそうになりました」

桃丸と琴菊も興奮している。時江と稲もやって来た。華やかな場が苦手の稲は、この会に来るのは初めてのことである。トンボと朱鷺の晴れ姿をわざわざ見に来てくれたのだ。

「お疲れさん、申し分のない舞いやった。頑張ってくれてあたしも鼻が高いわ」

時江に言われて何より安堵した。

「まあまあやった」と、稲は言ったが、それが最上級の褒め言葉であることは、トンボも朱鷺もよく分かっている。

しかし、それより目を瞠ったのは稲の姿だった。白粉をはたきうっすら紅を差している。着物は桔梗鼠《ききょうねず》の一つ紋で、締めているのは吉祥文様の袋帯。そんな稲の姿を見るのは初めてだ。いつも擦り切れそうな着物を着て、しかめ面で叱ってばかりの稲とはまるで別人である。そして束髪《そくはつ》には簪が挿されていた。鼈甲《べっこう》に赤珊瑚と金の象嵌《ぞうがん》があしらわれていて、それは稲の唯一の宝物であり、ここ一番という時にしか挿さない簪である。

そんな稲の姿にまじろぎながらも、馴染みの客や料亭の女将、芸妓衆らに声を掛けられ、トンボと朱鷺は忙しく挨拶を返した。

そんな中、稲に声を掛けて来た老女がいた。

「稲さん、久しぶりやねぇ」

七十代半ばといったところだろうか。白髪を夜会巻きに結い上げ、着物も手の込んだ手描き加賀友禅、その貫禄から只者ではないと一目でわかる。

稲は驚いたように一瞬頬を緊張させたが、すぐに笑みを作った。

「まあ、お登勢《とせ》さんじゃございませんか。本当にお久しぶりでございます」

登勢と呼ばれたその人の背後には権田が立っていた。さすがに今日はきちんとした背広姿だ。

「時江さんも、お変わりなく」

「はい、おかげさんで何とかやっております。お姐さんもお元気そうで何よりでございます」

時江も丁寧に挨拶を返している。

「あんたらの踊りもよかったわ」

登勢がふたりに目を向けた。

「あんやとうございます」

トンボと朱鷺は頭を下げる。登勢が再び稲を見やった。

「それにしても、ここで稲さんと会えるとは思わんかったわ。何年振りになるかいねえ」

「もう三十年ほどにもなりますやろか」

稲が落ち着いた声で返す。

「そうか、最後に会ったんはあの人のお葬式やったもんな」

「早いもんでございます」

「あたしもあんたも老けて当たり前や」

声を上げて笑ってから、登勢は稲の簪に目を止めた。

「あら、それ、あん時の」

稲が慌てたように髪に手をやる。

「今もよう似合ってまさるわ」

「恐れ入ります」

「ほんとに懐かしいなぁ。なあ、今度ゆっくり昔話でもせんかいね」

「え……はい、喜んで」

そして登勢は振り返った。

「そんなら権田、梅ふくさんで一席設けといて」

「かしこまりました」

権田がかしこまって答えている。いつも口も態度も悪い権田のそんな様子に驚いてしまう。

「ほんなら近いうちにおじゃまさせてもらうわ。楽しみにしとるさけ」

登勢が正面玄関に向かってゆく。途中、さまざまな人から声を掛けられ、挨拶を交わしている。いったい何者なのだろう。トンボと朱鷺は興味津々で見送った。

翌日、女紅場の帰りに君香に連れられ、トンボと朱鷺、桃丸は甘味処ちとせの暖簾をくぐった。

「白玉ぜんざい四つ頼みます」

君香が声を掛けると、厨房から八重が顔を覗かせた。

「あいよ」

いつもの小部屋の席に腰を下ろしたところで、早速、桃丸が身を乗り出した。

「じゃあ、あの登勢さんという方、元々ひがしの芸妓やったんですか」

君香が頷く。

「そうなが。ずいぶん昔の話やさけ、あたしも詳しいことまではわからんがやけど、市駒《いちこま》って名で出てたらしい。美人の上に芸は一流、その上気っ風がよくて、面倒見もよくて、そりゃあ売れっ子やったそうや。何しろ一晩で十五の座敷を回ったって逸話が残っとるくらいやさけ」

「十五って、そんなんひとつのお座敷に十分もおれんがやないですか」

朱鷺が目を丸くしている。

「座敷にちょっと顔を出すだけで花代弾むっていうお客さんが、いっぱいいいたらしい」

七十を過ぎているとはいえ、昨日の佇まいからして若い頃はさぞかし綺麗だったろうと察せられる。

じきに白玉ぜんざいが運ばれて来た。

「それが若くして引退されてな」

「あら、なんでですか」

桃丸が尋ねる。

「所帯をもたれたが」

ああ、と三人は頷く。

「そりゃあ、それだけ売れっ子やったら引く手あまたやったでしょうね」

「いろいろと縁談はあったらしいけど、一緒になったんは虎蔵《とらぞう》っていうヤクザの若頭や」

「へえ」

目を丸くしながら、それぞれ白玉ぜんざいを口にした。

「何でも大層男前やったんやて。背中に見事な虎の彫り物があって、ひがしでもにしでも主計町でも、そりゃあ女にもてて浮名を流しとったそうや」

「けど、いくらいい男でも、何もヤクザ者のとこなんかに嫁がんでも」

「それだけ惚れたってことやろな。所帯を持って、じきに娘さんも生まれて一時は落ち着いた暮らしをしとったらしいけど、虎蔵さんはとにかくいい男やろ、周りが放っとかんらしくて、またあちこちの花街で芸妓と浮気や」

「やっぱし、女好きは一生治らんもんなんやなぁ」

「けど、登勢さんは気にしとらんかったそうや。浮気は男の甲斐性、女に振り向かれんようになったら男もお仕舞やって言うて」

「さすが肚が据わっとりますねぇ」

桃丸が妙に感心している。

「で、稲さんとはどういう知り合いなんですが？」

「その頃、稲さんは料亭で仲居として働いとったんやけど」

「え、稲さん、おかあさんの実家で奉公してらしたんやないんですか」

「それは仲居になる前の話や。おかあさんが芸妓になる前から実家はもうお給金が払えんくらい苦しくて、暇を出された稲さんは料亭で働いとったが。おかあさんが梅ふくの女将になったさけ、そこで呼び寄せたわけや」

「そうやったんですか」

トンボも朱鷺も知らない話ばかりである。

「話はここからが本番や。その料亭で、稲さんと虎蔵さんが出会ったわけや」

えっ。と、三人の声が重なった。

「それ、どういうことですの」

みな、思わず前のめりになる。

「まあまあ、そう急がんと」

君香は焦らすように白玉を口に運んだ。いったいどんな経緯を聞かされるか、三人とも興味津々である。やがて、君香がもったいぶったように箸をおいた。

「つまり、ふたりはデキたってわけや」

へえ……。

今度はそれぞれ顔を見合わせた。三人とも考えていることは同じである。あの稲にそんな色めいた話があったなんて想像もつかない。

「誰にもバレんよう気を付けとったらしいけど、それが登勢さんにバレて、大変な騒ぎになったんやて」

「でも登勢さんは、浮気は男の甲斐性って言ってらしたんやろ。そういうお人なら別に気にせんのやないですか」

桃丸の言い分はもっともだ。

「そこはあたしもようわからんのやけど、よっぽどのことがあったんやろな」

そこにひょっこり顔を出したのは八重である。

「簪や」

四人は一斉に顔を向けた。

「いやや、八重さんたら聞いてたんかいね」

君香が首を竦めている。

「たまたま聞こえたが」

「八重さん、登勢さんのこと知っとるんですか」

桃丸の問いに、八重は少し自慢げに片眉を上げた。

「当り前やろ。市駒でお座敷に出ていた頃からよおく知っとるわ。こう言っちゃなんやけど、あたしはひがしの生き字引きやさけな」

八重は桃丸に席を詰めるよう促して、空いた席に腰を下ろした。

「で、簪がどうしたんですか？」

君香が尋ねる。

「登勢さん、芸妓の時から簪やら櫛やら帯留めやらの小間物に凝っててな、お金に糸目はつけんかった。もともと行き付けの小間物屋があったんやけど、そこで虎蔵さんが簪を注文しているのを聞いて、こっそり見せてもらったわけや、そしたら細工も見事な、凝りに凝った高価な簪で、登勢さん、自分のために誂えてくれたもんと喜んどったんや。それがある時、虎蔵さんと一緒に出掛けた料亭で、稲さんがその簪をしているところを見たわけや」

「あらぁ……」

桃丸が頓狂な声を上げる。

「で、さすがの登勢さんも、はらわたが煮えくりかえったわけや」

トンボは気づく。

「その簪って、もしかして踊りの会で稲さんがしとったあれですか。鼈甲に赤珊瑚と金の象嵌があしらわれた、稲さんの宝物の」

「ああ、それやな」

稲が宝物にしていたのは、かつての恋しい人からの贈り物だったのか。

「よっぽど簪が悔しかったんやろなぁ」

桃丸の言葉に、八重が首を振る。

「ちょっと違う」

「違うって」

「もし簪を贈った相手が、自分より若くて綺麗な女なら、いつものことやと目を瞑れたんやろ。けど、こう言っちゃ何やけど、稲さん器量よしとはいえんやろ。ちんちくりんやし鼻ぺちゃやし、そんな女に、こんな高価な簪をやるなんて、それだけ本気ってことやないか。それが許せんかったんやろな」

「ああ、なるほど……」

みなは同時に頷く。

「それからどうなったんですか」

「それがな、しばらくして虎蔵さんは組の出入りで呆気なく亡くなってしもたが。それが三十年ほど前になるかいね。ふたりが顔を合わせたのはそれ以来のはずやけど、稲さんがあの簪を挿しとるのを見て、登勢さんも昔のことを思い出したんやないやろか」

四人とも、出るのはため息ばかりである。

「言っとくけど、これはここだけの話にしとくんやぞ」

気づいたら小一時間ほども話し込んでいた。そろそろ帰らないと稲に叱られる。残りの白玉ぜんざいを掻き込みながら、こんな話を聞いた後、どんな顔をして稲を見ればいいのか、トンボも朱鷺も少し困っていた。


権田から「登勢姐さんのご所望や」と座敷の予約が入ったのは、十一月に入り、兼六園の雪吊りが始まった頃だった。場所は梅ふくの二階である。

京都や東京の花街では、置屋と茶屋は別に経営されているが、金沢の場合、ふたつを兼ね備えた店が多い。一階が置屋で二階が茶屋。料理は仕出しを頼む。座敷の準備や酒の用意に手間がかかるので、人手が足りない梅ふくでは一見の客は受けず、古くからの馴染み客のみにゆっくり楽しんでもらうようにしている。

夕方、玄関に登勢と権田が現れた。

「お登勢さん、ようこそおいでくださいました」

出迎えたのは稲である。その後ろに時江が控えている。稲をまるで女将のように前へ出したのは、時江なりの配慮に違いない。後ろに控えたトンボと朱鷺も正座し「おいでませ」と手をついた。

「今夜を楽しみにしとったが」

登勢が稲に向けてゆったりと笑みを向ける。

「あたしも首をなごうしてお待ちしておりました。さ、どうぞお二階へ」

登勢が草履を脱いで上がり框に立った。二階に続く階段は急である。

権田が後ろを振り返った。

「おい、手をお貸しせんか」

そこには十三、四歳の少年が立っていた。少年はよれよれのハンチング帽を目深に被り、肘当ての付いたジャンパーと膝当ての付いた長ズボンを穿き、やけに陰気な気配を漂わせていた。

少年は靴を脱ぎ、登勢の手を取って二階へと連れて行った。

「女将さん、申し訳ないが、ワシはちょっと仕事があって帰らんといかんのや。登勢姐さんのことは頼んます。帰りの車は用意してあるし、勘定はこっちに回してくれればいいさけ。付き添いはあのガキに頼んである」

「はい、承知いたしました」

じきに少年が下りて来た。

「おまえ、姐さんが帰るまで玄関の隅で待たせてもらえ」

とはいえ、少年をこのまま玄関に座らせておくわけにもいかず、時江は帳場へと案内した。

その時、少年がわずかに顔を上げて、トンボはハッとした。

「トンボ、ほら、行くよ」

「ああ、うん」

ふたりは階段を上った。二階は縁側と床の間が付いた八畳の前座敷に、芸妓が演舞を披露するための、金屏風が置かれた四畳半の間が続いている。

床の間を背にして登勢が座り、その隣に少し表情を硬くした稲が控える。

トンボと朱鷺は改めて畳に手をついた。

「今夜はお呼びいただき、あんやとうございます」

登勢からはふたり舞いの要望も受けていた。

じきに香月楼の仕出し料理が運ばれて来た。配膳するのは蒼次郎である。

のどぐろのお造り、香箱蟹と内子外子みその盛合せ、加賀蓮根のすりながし、加賀芹や加賀麩を使った炊き合わせなどを座卓に並べていく。そんな蒼次郎を見て、登勢が声を上げた。

「あらまあ、丈太郎《じょうたろう》さんやないの、お久しぶりやねぇ」

蒼次郎は目をしばたたいた。

「あ、いいえ、俺は息子の蒼次郎です」

登勢は戸惑ったようにしばらく蒼次郎の顔を眺めていたが「ああ、そうやわね」と頷いた。

「丈太郎さんのわけないわ、そう、息子さんかいね。よう似とられるわ」

稲が徳利を手にした。

「ほんならお登勢さん、おひとつどうぞ」

「あんやとう」

盃に口を付けて「おいしいなぁ」と、登勢は目を細めた。

「お茶屋に来るなんて何年振りやろか。この紅殻色の壁に漆塗りの柱、あの釘隠し、そして砥《と》波《なみ》欄間、何もかもが懐かしいわ」

登勢は頬を緩めて部屋を見回している。

「うちは昔のままですさけ」

時江の言葉に頷いて、登勢は再び稲に顔を向けた。

「なあ稲さん、さっきから気になっとるんやけど、今日は何であの簪しとらんが？」

稲が少し慌てている。簪にまつわる話を聞いているトンボと朱鷺も少し緊張した。

「何でってことはないんですけど……、あたしなんかにあの簪はもったいないですから」

「この間はしてたやないの。もったいないいなんて言わんと、あの人が稲さんのために誂えた簪なんや、どうぞしてやってたいま。あたしもまた見たいさけ」

「そうですか……ほんならそうさせてもらいます」

稲は階下に降りて行き、やがて簪を挿して戻って来た。

「ほら、やっぱりよう似合う」

登勢がきゅっと唇の両端を上げる。

「恐れ入ります」

「なぁ、ずっと聞きたかったんやけど、そんな上等の簪、あの人にどうやってねだったが？」

登勢がわずかに首を捻った。

「ねだったなんて、そんなことはしておりません」

「そうかいね、ねだらんでも、あの人がくれたってわけや」

稲が言葉に詰まりながら答えた。

「心のお広い方でしたさけ」

登勢が大きく頷く。

「そうや、あの人はほんとうに心が広かった。だからどんなにやくちゃもない子分でも大事にした。なぁん、やくちゃもない子分やからこそ、情けを掛けるような人やった。それを見越して近づいて来るはしっこい奴もいっぱいいたわ、男に限らず女もな」

「そうでございましたか。登勢さんもくんずねんずなさいましたな」

互いに表情はにこやかだが、やりとりの端々に棘が見え隠れしている。もう何十年も前の話というのに、簪を前にした今、まるですべてが昨日の出来事のように聞こえる。

「トンボ、朱鷺、そろそろ踊らしてもらったらどうや」

気を利かせたのか、時江が促した。

「そうやな、この間の踊りの会の舞いはとてもよかったわ。今日見せてもらえるの楽しみにして来たがや」

「精一杯踊らせていただきます」

ふたりはすぐさま準備を整えた。先日の踊りの会のような大きな舞台も心躍るが、限られた広さのお座敷で披露する舞いこそ、芸妓本来の腕の見せ所である。舞うのは同じ『曾根崎心中』。三味線と唄は時江だ。

しかし、トンボはいつになく踊りに集中できなかった。階下の帳場にいるあの少年のことが、どうにも気になってならなかった。

舞いを終えて座に戻ると、登勢は頬を緩ませた。

「うん、いい舞いやった」

「あんやとうございます」

「それにしても」と、登勢はトンボに目をやる。

「あたしの頃は、あんたみたいな芸妓なんてひとりもおらんかった。そんな恰好したら女将さんやお姐さん方からどれだけ怒られたかわからん。ひがしもずいぶん変わったもんやな」

皮肉か賞賛かわからない。トンボはとりあえず頭を下げた。

「有難いことです。うちのおかあさんが理解ある人ですさけ、こうして好きにさせてもらっとります」

「これから花街はもっと変わってゆくんやろうな。仕方のないことやけど、何やら寂しい気もするわ」

「お酒、もう少しいかがですか」

トンボは尋ねた。

「そうやな、稲さん、あんたもいただくやろ」

「いえ、あたしはもう」

「あら、あたしのお酒は飲めんって言うが」

「いえ……では遠慮なく頂戴します」

「すぐ用意して参りますさけ」

トンボは階下に降り、台所に顔を出した。フミはすでに帰り、板間に留子と美弥が手持ち無沙汰げに座っていた。

「お酒、お燗して」

「はーい」

ふたりが流しに行き準備を始める。

「なあ、登勢さんのお供の人はどうしとる？」

尋ねると、留子と美弥は顔を見合わせた。

「さあ、あたしら帳場に行っとらんさけ」

「お茶も出しとらんの？」

「お茶いかがですかって言ったんやけど、ぎろって睨まれて『いらん』って。それに、あの人の目、右と左の色が違っとって何か気味が悪いんやもの。な、美弥」

「うん、そばに行きたくない」

「そんなら、あたしが持って行ったげる。お燗できたら二階に運んどいて」

それからふと思い立ち、トンボはお櫃《ひつ》に残っていた飯で握り飯を作った。沢庵を三切れ添えて皿に盛り、それを茶と一緒に盆に載せて帳場に向かった。

少年は壁にもたれ、足を投げ出した格好で本を読んでいた。

「おなかすいてるんやない？　よかったら食べて」

少年の前に座って盆ごと差し出すと、少年は黙ったますぐ握り飯に手を伸ばした。

「なあ、あんた、見世物小屋に出てた狼男やろ」

トンボが言う。少年は口いっぱいに握り飯を頬張っている。

「あの時は毛むくじゃらやったしわからんかったけど、さっきあんたの目を見て気が付いたが」

返事はない。

「あのな、実はあたしもあんたと一緒なんや。ほら、ちょっと見てみ。あたしの目、あんたの右目とおんなじやろ」

少年がようやくトンボに顔を向けた。

「あんたほどやないけど、あたしも光の加減によって金色に光ることがあるが」

少年が沢庵を口に放り込んだ。

「権田から聞いたんやけど、あんたのおかあさんって異国の人なんやて？　どこの国の人？」

答えはない。

「あたしは赤ん坊の時に橋の下に棄てられてたが。そやさけ、はっきりとはわからんのやけど、ロシアやないかって思っとる。大野港には昔からロシア船がよく来るさけ」

「ロシア船が来るんか？」

ようやく少年が口を開いた。思ったより大人びた声である。

「そう、貿易船がしょっちゅう」

「ふうん」

「で、あんたのおかあさんは？」

少し間があった。

「ロシアなんか？」

「ああ」

トンボは嬉しくなった。

「やっぱりそうか。その目を見た時から、そうやないかと思っとったが」

しかし、少年は茶で握り飯を飲み下すと、もう話すつもりはないとでも言わんばかりに本に目を落とした。

「何読んどるが？　知らん文字が並んでるけど、それ何？」

答えはない。

「ちょっと見せて」

手を伸ばすと「触るな」と、少年は本を胸に抱え込んだ。

「けち臭いこと言わんでもいいやない、盗《と》ったりせんさけ」

少年は眉を顰めて言った。

「辞書だよ」

「辞書って、もしかしたらロシア語か？」

否定はしない。

「へえ、あんたロシア語を勉強しとるんか。えらいなぁ。やっぱり、いつかはロシアに行くつもりなんか。そりゃあおかあさんの国なら一度は見てみたいやろな。あたしだって時々思うもん、どんなとこなんかいっぺん行ってみたいって」

少年は顔をそむけている。

それからもいろいろ話し掛けてみたが、少年はもう何も答える気はなさそうである。

「なぁ、せめて名前ぐらい教えて。あたしはトンボっていうが」

少年はなかなか口にしなかったが、じっと待つトンボに根負けしたようだ。

「ヴォルグ」

ぽつりと呟いた。

ヴォルグ……。トンボは口の中で呟いた。

その時、帳場に朱鷺が顔を出した。

「登勢さんお帰りになられますんで、車を玄関まで頼みます」

ヴォルグは辞書を懐に突っ込むと、車を呼びに外へ出て行った。

「トンボったらこんなところで油売っとったんか。もう上は大変やったんやさけ」

朱鷺はちょっと怒っている。

「何かあったんか」

「登勢さんたら急に、今からお座敷に行かんとならんとか言い出して」

「どういうこと？」

「ようわからんけど、贔屓のお客さんから呼ばれてるさけ顔出すって。おかあさんと稲さんが取りなして何とか納得したんやけど」

「ふうん」

やがて玄関先に車が横付けされた。ヴォルグが二階に迎えに行く。降りて来た登勢は、草履に足を通してから稲を振り返った。

「今夜は昔話がたくさんできて楽しかったわ。また寄せてもらいます」

笑顔で言い、稲も精一杯の笑みを返している。

「はい、お待ちしております」

「ほんなら、また」

登勢がヴォルグに手を引かれて車に乗り込んでゆく。誰もが登勢に頭を下げたが、トンボはヴォルグの横顔から目を離せずにいた。


二日後、トンボと朱鷺が女紅場から帰ってくると、登勢が帳場にいた。台所にいたフミに聞くところによると、登勢は昼前にひとりでひょっこり訪ねて来たという。それからずっと時江と稲が相手をしているとのことだった。

「それだけおとといが楽しかったってことやろか」

「もしかしたら、稲さんに嫌味を言い足りなかったとか」

トンボと朱鷺がひそひそ話していると、時江が台所にやって来た。

「フミ、手間やけど、常盤《ときわ》さんまで登勢さんをお送りしてあげて」

常盤というのは少し離れたところにある置屋である。

「はい、わかりました」

フミが前掛けをはずしている。

「登勢さん、どうかなさったんですか？」

トンボが尋ねると、時江は小さく息を吐いた。

「よくわからんけど、お喋りしたいんやないかしら。けど、これからあたしと稲は検番の寄り合いに出掛けんといかんさけ、そのことを言ったら、登勢さん、そんなら常盤の女将のところに行くって仰って」

かつての名妓である。ひがしの置屋の女将で登勢を知らない者はいないだろう。訪ねれば、みな丁寧にもてなすはずである。

じきにフミが登勢を連れて玄関を出て行った。

「ほんなら、お気をつけて」

と、見送って、時江と稲は顔を見合わせた。

「帰りはどうするおつもりやろ。おひとりで大丈夫やろか。何かちょっと心配やな」

というのも、登勢はハイヤーで来たのだが、財布を持っておらず時江が立て替えたという。

「やっぱり権田さんに連絡入れた方がいいんやないかいね」

稲の言葉に時江が頷いた。

「そうやね、その方がいいやろな」

結局、帰りは権田が車を手配してくれることになった。粗野な権田ではあるが、登勢はかつて世話になった兄貴の妻である。どれだけ年月が経とうと恩義があるのだろう。

「車と一緒にこの間の男の子も向かわせるって。ちょっと安心したわ」

ヴォルグが来る。

それを知ってトンボの気持ちは逸った。

一時間ほどして、玄関先にヴォルグが姿を現すとトンボは飛んで行った。

「登勢さんは今、近くの置屋に行かれとるさけ、戻られるまで中で待っとって」

ヴォルグは先日同様、不愛想な表情のまま帳場に入った。縁側の向こうに見える背戸には、澄んだ冬の日差しが注いでいる。すでに荻の穂は枯れ、数本ある樹木もすっかり落葉している。

帳場の隅で壁に寄りかかり、ヴォルグは前と同じく辞書に目を落とした。

「おなか、すいとらん？」

「すいてる」

「そんならまた握り飯こしらえてあげる」

トンボは台所に行き、それを作って持って行った。黙々と食べるヴォルグの姿を、トンボは見つめた。同じ異国の血を持つ、ということだけで特別な感情が呼び起こされる。それは姉妹同然の朱鷺とも、家族同然の梅ふくのみなとも違う感覚だった。

「なあ、あんた、おかあさんのことどう思っとるが？」

尋ねても返事はない。

「恨んだりしてない？」

答えがないのにも慣れた。それでもトンボは話し続けた。

「あたしは恨んだな。産んだ子を橋の下に棄てる母親なんて恨むしかないやろ。もし梅ふくのおかあさんに拾われんかったら、あたしは間違いなく死んどったんやし」

トンボはひと呼吸置いた。

「そんなおかあさんには、感謝してもしきれんくらいやってことはわかっとるが。そやけど正直言うと恨んだ時もあるんや。ほら、あたし見た目がこんなやろ、どこに行っても好奇の目で見られるし、一緒に遊んでくれる子もおらんかった。陰口どころか、面と向かって蔑まれるのもしょっちゅうやった。石投げつけられたこともあった。あのまま死なせてくれたらこんな目に遭わんで済んだんにって」

あの頃の手酷い記憶が頭を横切ってゆく。

「けど、おかあさんやみんなと暮らしてゆくうちに、いつの間にかそんなことどうでもよくなったが。どんな生まれやろうと、あたしのことを本当の家族やと思ってくれているのがわかったさけ。それに今となってみれば、こうして芸妓で稼いでいられるのも、あたしみたいなのが珍しがられてるってこともあるわけやろう。それでようやく、そう悪くはなかったかもしれんって思えるようになったんや。な、あんたはどうや？　自分のこと、どう思っとるが？」

こんな年下の男の子に、自分はいったい何を話しているのだろう。朱鷺にだってこんな話はしたことがない。やはり同じ混血の身だからだろうか。

「何のために、俺にそんな話をするんだ」

ヴォルグが言った。その声はひどく冷ややかだ。

「自分は捨てられた合いの子だけど、親切な人に拾われて、優しい人に囲まれて、幸せに暮らしてるって自慢したいのか」

トンボは返答に詰まった。

「それで俺の不幸を聞きだして、余裕たっぷりに同情したいのか」

「そんなんやない、あたしはただ……」

けれども、どう言葉にすればいいのかわからない。

「だったら教えてやろうか」

ヴォルグが皮肉な目を向けた。

「俺の母親はロシアから日本に売られて来たんだ。それがどういうことかわかるよな。男たちの玩具にされるためにだ」

「無理に話さんでいい」

トンボは言った。しかし、ヴォルグはむしろ意固地になったように続けた。

「珍しい異国の女は見世物にされて、身体を売らされる。毎日何人もの男の相手をさせられて、身体がボロボロになっても働かされて、そのうち梅毒を患ったんや、それでもまともな治療も受けられないままで、いつか頭がおかしくなって、最期なんか干からびた魚みたいになって死んでいった。俺が七歳の時だよ。捨てた母親を恨めるあんたは確かに幸せだな。あんな惨めな死に方した母親を見たら、とてもじゃないが恨むなんてできない」

トンボは息を呑むしかない。話させてはいけなかった。それくらい少し考えればわかることではないか。自分の迂闊《うかつ》さを後悔した。

「かんにん、もういい」

けれどもヴォルグはやめようとしない。

「本当の不幸話はこれからだよ」

トンボはヴォルグを見つめ直した。

「遺された俺も母親と同じ目に遭わされた」

「え……」

「身体を売らされたんだよ。ガキに異様な関心を持つ男はどこにでもいる。それも合いの子となれば引く手あまたで高い値が付く。そんじょそこらの女郎よりよっぽど儲かる」

トンボは言葉を失った。

「俺はガキの頃から、おっさんたちに嬲《なぶ》り者にされて来た。何の力もない俺にできるのは、頭を空っぽにして、何も考えないようにすることだけだった。頼れる人も逃げる場所もない。そこを放り出されたら野垂れ死にするしかないんだからな」

そして、ヴォルグはまっすぐにトンボを見返した。

「どうだ、これで満足か。自分より不幸な人間の話を聞くってさぞかし気持ちいいだろうな」

「そんなこと……」

トンボの唇が震える。

「気が済んだなら、とっとと俺の前から消えてくれ」

トンボにできることは、ただ黙ってこの場から立ち去ることだけだった。

聞くところによると、ヴォルグは秋祭りの後、権田へ売られたという。

「多少ロシア語が出来るっていうさけ、ほんなら商売に使えるかもしれんって、座元から買ったんや。元々見世物小屋じゃ大した芸もできんかったさけ、安い値段で買えたし、まあ、とことんコキ使ってやるわ」

そしてまず任されたのが登勢の供だったというわけだ。というのも、登勢は味をしめたかのように、以来、あちこちの置屋を訪ね回るようになったからである。

翌週、女紅場の帰り、広場に停まる権田の車を見つけてトンボの胸は高鳴った。

フミに聞くと登勢は今日、置屋『加納《かのう》』を訪ねているという。

「朱鷺、あたしちょっと出掛けて来る」

「どこ行くの」

「すぐ帰るさけ」

トンボは下駄を引っ掛けて加納に走った。裏口で落ち葉掃除をしているたあぼを見つけて声を掛ける。

「登勢さんのお供の人はおられる？」

たあぼは嫌そうに口をへの字にした。

「はい、あのお人なら石室《いしむろ》の階段のところにおいでです」

石室は岩の隙間に出来た半地下の空間で、芋や玉葱など野菜の保存室として利用されている。夏は涼しく、冬は外気より暖かい。行ってみると、薄暗い石室に続く階段にヴォルグが座っていた。

「この間は悪いことしてかんにんな」

声を掛けると、ヴォルグが面倒くさそうな顔を向けた。

「また、あんたか」

「ずっと気になっとったが」

「どうでもいい」

トンボは強引にヴォルグの隣に座った。

「あんたがあたしと話したくないのはわかっとる。けど、あたしはあんたともっと話したいが」

ヴォルグは呆れたように返した。

「いったい何なんだ。同じはみ出し者同士、気が合うとでも思ってるのか。悪い冗談はやめてくれ、つきまとわれるのは迷惑なんだ」

「あたしも自分が何でこんなことしとるんかようわからん。ただ、あんたのことをもっと知りたいが」

ふん、とヴォルグは鼻を鳴らした。

「だったら金払えよ」

「え」

「俺の不幸話を聞きたいなら、それなりに金を払えってこと」

「お金って、いくら？」

ヴォルグがトンボを見つめ返す。

「あんたも金がありそうには見えないから、そうだな五円」

「五円……」

戸惑っているとヴォルグがふんと鼻を鳴らした。

「払う気ないなら帰れ」

「払うさけ」

答えると、ヴォルグは一瞬戸惑った顔をした。

「今度から必ず払う。そしたら話を聞かせてくれるんやな」

「まずは払ってからだ」

その日、手持ちのないトンボは帰るしかなかった。けれども次はきっと五円渡して話したい。

数日後、通りに権田の車が停まっているのを見て、トンボは箪笥からがま口を取り出した。

しかし入っているのは三円ばかりである。一本立ちした芸妓は花代やご祝儀の配分があるが、トンボは時江の養女でいわば梅ふくの身内である。稼ぎのすべては時江と稲に渡し、渡されるのはほんの小遣い程度の金だった。今までそれに不満はなかったし、不便を感じたこともない。借金があるわけではなく、着物や帯など座敷に必要なものはすべて出してもらっているからだ。

しかし、あと二円は何とかしなければならない。

頼めるのは朱鷺しかいなかった。

「ちょっとお願いがあるんやけど」

化粧台の前に座る朱鷺にトンボは言った。朱鷺が鏡の中から見返した。

「何？」

「お金、ちょっと貸してもらえんか」

「お金？」

朱鷺が振り向く。

「いくら？　そんなにあたしも持っとらんけど」

朱鷺だって余裕はない。今も田舎の実家に仕送りを続けている。

「二円」

「それならじゃまないわ」

朱鷺は小引き出しの奥から財布を取り出し、一円札を二枚、トンボに手渡した。

「あんやと、助かった」

何に使うのかと聞かれる前に、トンボはがま口を手に外に飛び出した。今日、ヴォルグはどこにいるのだろう。片っ端から置屋の勝手口を訪ねた。

『染川《そめかわ》』の裏にある井戸の縁にヴォルグは座っていた。相変わらず辞書に目を落としている。息を切らして、トンボは近づいた。

「はい、これ」

五円を差し出すと、ヴォルグは「ふうん」と、鼻で呟いた。

「本当に持って来たんだ」

「約束したさけな」

ヴォルグは五円を受け取ると、ポケットに捻じ込んだ。

「あんた本当に物好きな奴だな。俺の話なんか何の役に立つっていうんだ」

「役になんか立たんでいいが。あたしはただ知りたいだけや。あんたがどんなふうに生きて来たんか」

トンボがヴォルグの隣に座る。

「それで何が聞きたいんだ」

「あれからどうなったが？」

「あれからって？」

「あんたが酷い目に遭わされてから」

ヴォルグはトンボを一瞥《いちべつ》した。冬の風がふたりの間を通り抜けてゆく。

「同じことの繰り返しさ。ずっとおっさんの相手をさせられた。十二の時まで」

言ってから、ヴォルグはふと口元を緩ませた。

「どうしたが？」

「思い出したんだ、あの時のおっさんの顔」

「え？」

「仕返ししてやったんだ。あまりにも俺に執着して、ねちっこくされるから、魔羅に噛みついてやった」

そして、今度はけらけらと声を上げた。

「あの時のおっさんの悲鳴には笑ったな、ざまあみろだ」

「それでその人はどうなったが？」

「そのまま病院に担ぎ込まれた。きっともうあいつの魔羅は使い物にならないだろうな。いい気味だ」

「でも、あんただってただでは済まんかったんやない？」

「まあな。さすがに元締も焦って俺は始末されることになったよ」

「えっ……」

「実際、その時は殺されると思ったさ。でもそれならそれで構わない。むしろこんな地獄から抜け出せるんだから幸運かもしれないってな。でも、元締は少しでも金が欲しいから、周りには海に放り込んだと言っておいて、裏でこっそり俺を見世物小屋に売りつけたんだ。それから俺は、毛皮をかぶって牙付けて、偽肉に食らいつく狼男になったわけだ」

トンボはしばらく黙った。この胸の中に広がるいたたまれなさをどう言葉にすればいいのだろう。空は鈍色の雲に覆われ、風にはかすかに雪の匂いが混ざっている。

やがて、勝手口からたあぼが顔を出した。

「お登勢さんがお帰りになります」

井戸の縁から身軽に下りるヴォルグに、トンボは尋ねた。

「今度はいつ?」

「知るか。何にしても話が聞きたければまた五円だからな」

ヴォルグは車を呼びに行った。


翌週、トンボは再び五円を手にしてヴォルグに会いに行った。

「はい、これ」と、トンボは差し出す。この五円は、客から受け取る花代とは別の心付けで、いつも稲に渡すのをこっそり貯めておいたのである。朱鷺に借りた二円もそれで返した。

台所の土間は底冷えがした。土間の隅にあった桶を裏返しにして、トンボはヴォルグの向かいに座った。

「なあ、あんたのいた見世物小屋ってどんなところなが?　どんな人が働いているが?」

ヴォルグは面倒くさそうに答える。

「あんた、本物の見世物小屋なんて知らないだろ。この間みたいな田舎の神社の境内でやってたのじゃないやつ」

そう言うヴォルグの表情は、少年とは思えないほど大人びている。

「うん、知らん」

ヴォルグの息がうっすらと白く濁る。貧乏ゆすりは寒さのせいだ。

「本物は凄まじいぞ。何しろ世間から化け物扱いされた人間が集まっているんだ、見たらあんたなんか腰抜かすだろうな。親から見放されるのはまだ運がいい方で、家の恥だと手に掛けられることもある。みんな、陽の当たるところで生きることを拒否された奴らばかりさ」そして、ヴォルグは口調を変えた。「そんな奴らは、檻の中に閉じ込められてまともに飯も食わされず、酷い扱いを受けている――」

「やっぱし……」

「と、思うだろ?」

「え、違うんか」

「俺もそう思ってた。でも違ってた。結構みんな伸び伸び暮らしているんだ。そこにはもう自分たちを蔑んだり忌み嫌ったりする人間はいない。だから怯える必要もない。同じ境遇の者同士、気も合うし、助け合うこともできる。何よりそこにいれば、それまで引け目だったところを売り物にして稼ぐことができるんだ。人気のある奴なんか、世間並以上に稼いでいる」

「へえ……」

「あんた、あいつらが笑うなんて想像できないだろ。でも実際にはみんな冗談言い合ってよく笑うんだ。信じられないかもしれないけど、恋もするし、夫婦になる者もいる。違うのは見た目だけで、やっていることはみんな同じなんだ」

　思いがけない話は続いていく。

「俺も一座に入ったばかりの頃は、こんな奴らと一緒に暮らすのかって絶望したよ。世の中のどん底に落ちたような気がした。でも、気が付いたら居心地がよくなってたんだ。姿は確かに奇怪かもしれないけれど、みんな無垢で人懐っこくて温かくて、こんな俺にも優しくしてくれた。ひとり、すごく頭がよくて勉強熱心な人がいて、世の中のことや読み書きから算術まで何でも知っていて、俺もいろいろ教えてもらったんだ。ロシア語の辞書をくれたのもその人だ」

「何でそんな賢い人がそこに」

「ただ、顔が後ろ向きに付いてるというだけさ」

「……」

「俺、一座に入って生まれて初めてぐっすり眠れたよ。悪夢も見ずにぐっすり」

　ヴォルグに今の気持ちを伝えたいと思ったが、どう表わせばよいか、トンボは言葉を探しあぐねた。何を言っても薄っぺらにしかならない、そんな気がした。

「でも、すべての一座がそうだとは言えない。少し前まではひどいのもあったと聞いてるよ。血も涙もない座元の奴らに、子供の時に攫《さら》われて、逃げられないように足の腱を切られて、道化師や覗き穴の娼婦にさせられるんだ。ようやく法律が厳しくなって、人攫いは減ったようだけど、裏の世界のそのまた裏まではわからない。どこにでも鬼畜生はいるからな」

　ヴォルグは宙に目を泳がせた。そして、まるで魂を身体の奥に押し込めるように黙り込み、そのままもう何も語ろうとはしなかった。

登勢が置屋回りに来る時、トンボは必ずヴォルグに会いに行った。

「トンボ、今日も出掛けるんか」

朱鷺が眉を寄せている。何も言わないが、ヴォルグに会いに行っているのはわかっているはずだ。

「ここんところしょっちゅうやない。ふたり舞いのお稽古もしたいのに」

「なるべく早く帰るさけ、おかあさんと稲さんには内緒にしといてな」

「トンボ……」

困惑する朱鷺を残して、トンボは飛び出して行く。

「おまえ、何やっとるんや」

蒼次郎に声を張り上げられたのは、師走に入り、冷たい霙《みぞれ》が降るようになった頃である。

「ここずっと、あのガキを追っかけ回しとるそうやないか。評判になっとるぞ」

トンボはそっぽを向く。

「言いたい奴には言わせておけばいい」

「あいつがおまえと同じ混血やからか。だから放っておけんのか。その気持ちは俺だってわからんわけやない。けど所詮は他人や。いい加減にせんとひがしで笑いもんになるだけや。変な噂が広まって、座敷に呼ばれんようになったらどうするんや」

思わず頭に血が昇った。

「あんたに何がわかるんや！」

その語気の強さに、蒼次郎が怯《ひる》んだ。

「あの子は他人なんかやない」

「え？」

「あの子はもうひとりのあたしや。ちょっとした違いで、あたしはあの子になっとったんや」

戸惑いながら蒼次郎が返した。

「だからって、どうしようっていうんや。トンボが面倒みてやれるわけないやろ」

「そんなこと言われんでもわかっとる。ただ、あたしは知りたいが。あの子がこれまでどうやって生きて来たんか、これからどうやって生きてゆくんか、ただそれが知りたいんや」

トンボの強い眼差しに、もう蒼次郎は何も言わなかった。


置屋の女将三人が、顔を揃えて梅ふくを訪ねて来たのは、それから十日ばかり後のことだった。

帳場でしばらく話し込み、女将らが帰った後、みんなが集められた。

「ちょっと聞くけど、あんたら、何かなくなってるもんはないか？」

時江に尋ねられて、みなきょとんとした。

「なくなるって、何がですか？」

君香が聞き返す。

「簪とか櫛とか帯留めとか、小間物類なんやけど」

互いに確かめ合うように顔を見合わせて、みな首を横に振った。

「別に何もないようやけど、何かあったがですか」

「それがな」と時江は短く息を吐いた。

「ここんところ、あちこちの置屋で盗みが続いているようなんや」

「いやや、泥棒ですか」

桃丸が頓狂な声を上げた。年末になると、空き巣やらひったくりやら物騒な事件が起こりがちである。

「実はうちもさっき、稲の簪がなくなっとることがわかってな」

「えっ、あの簪が」

みな稲に目をやった。見れば、稲はすっかり肩を落としている。あの簪が盗まれたなんて、どんなに辛いか。それがわかるだけにみな声を掛けられない。

「それで犯人は誰やってことになったんやけど、女将さんたちはあの子やないかと疑っとるが」

トンボは顔を上げた。

「ヴォルグですか」

「あの子、そんな名前なんか。確たる証拠があるわけじゃないが。そやけど、疑われるのも無理はない。被害に遭ったのは登勢さんが訪ねた置屋ばかりやし、あの子も一緒に出入りしてたんやさけ、それしか考えられんって女将さんらは仰っとるが」

まさかと思う。まさかと思うが心の隅では、もしかしたら、という疑いも拭い切れない。

「警察に相談しようかとも思ったんやけど、できたら大事にはしたくない。それで、とにかく権田さんに相談したが。あの子は今、権田さんとこに雇われているんやし、お供につけたのも権田さんやさけな」

「捕まったんですか」

「それが、気づいたらあの子、姿をくらましてしもたんやて」

その夜、お座敷に出ていても、トンボは落ち着かなかった。もしヴォルグが犯人だったらどうなるのだろう。ただでは済まないことはわかっている。今は堅気とはいえ、権田は非道な男だ。自分の顔に泥を塗り、恩義ある登勢に恥をかかせたとなると怒り狂うに違いない。下手をすれば命を奪うかもしれない。

もう日付が変わろうという時刻になっていた。朱鷺と座敷を終えて通りに出ると、外はぼたん雪が舞っていた。気温は氷点下近くまで下がっている。

ふたりは天鵞絨《ビロード》のショールに顔を埋めて、梅ふくへと帰り道を急いだ。道にうっすら積もった雪に、ふたりの下駄の跡が残されてゆく。

「本当にあの子が犯人なんやろか」

ふと、朱鷺が言った。トンボは答えられない。

「確かにちょっと変わっとるけど、そんなことをするような子には見えんかった」

浅野川大橋を渡って、置屋に続く通りに差し掛かるところだった。路地奥の物陰に黒い影が動くのが見えて、トンボは息を呑んだ。

「朱鷺、悪いけど先に帰っといて。あたし、ちょっと忘れ物したさけ取って来る」

朱鷺が振り向く。

「あたしも行こか」

「ううん、ひとりでじゃまない、すぐ戻るさけ」

「そうか、そんなら気を付けてな」

道を逆戻りするふりをしてそっと振り返り、朱鷺の姿が角を曲がって見えなくなったのを確かめてから、トンボは路地奥へと入って行った。

思った通りだった。そこにいたのはヴォルグだった。雪明かりを受けたヴォルグの目が、金と銀とに光っている。この雪の中、どれくらい待っていたのだろう。

「俺じゃない」ヴォルグは言った。

「でも何を言っても無駄だってことはわかっている。だから逃げることにした」

淡々とした口調だった。トンボはヴォルグを凝視した。

「ほんとに盗んどらんの」

「別にあんたにも信じてもらわなくていい」

「あんたがそう言うならあたしは信じる。一緒に権田さんのところに行ってあげるさけ、きちんと話そう。きっとわかってくれる」

「そんなこと、本気で思ってるのか」

ヴォルグは薄く笑った。確かに権田は聞く耳など持たないだろう。虫けら同然のヴォルグなど簡単に捻り潰すはずだ。

「だから、俺は行く」

「行くって、どこに」

「ロシア船に潜り込む」

「え……」

そして、ヴォルグはポケットに手を突っ込むと「これ」と差し出した。それまでに渡した金だった。

「え、何で」

「こんなもの、最初から貰う気はなかった。どうせ、あんただって金ないんだろ。どこから融通してきたか知らないけど、ちゃんと返しておけよ」

「そんなん何とでもなる、持っといて」

「いいって、金ならあるんだ」と、強引に押し付けられた。

「けど、ロシアに行ってどうするが？」

「何とかなるだろ。どこだってここよりはマシさ」

本当に今よりいい暮らしが待っているだろうか。日本でロシア人との混血を白眼視されたように、ロシアでも酷い目に遭わされるだけではないのか。

「どうせ失くすものなんて何もないんだ。この命だって所詮は拾い物なんだからな」

「そんなこと言わんといて」

「ただ、ひと言、お礼を言っておきたかったんだ」

「え……」

「あんただけだったよ、俺をひとりの人間として扱ってくれたのは——何か、嬉しかった」

ヴォルグが初めて見せる少年らしいはにかみだった。トンボの胸の中に掻き立てられるような思いが満ちていった。

「あたしも、あんたと会えてよかった」

「じゃあな」

ヴォルグが背を向ける。

「待って」

トンボは言った。止めるつもりはなかった。止められるはずもなかった。

今、ヴォルグが必要としているものが何なのか、トンボはわかっていた。自分の人生を自分で選ぶ。それはヴォルグが生まれて初めて手にした自由なのだ。たとえ、先に待つものがどんなに荒廃した現実であったとしても。

「これ」

トンボは羽織っていた天鵞絨のショールをヴォルグの首に掛けた。

「ロシアはすごく寒いっていうさけ、身体に気い付けてな」

ヴォルグは金と銀に光る目でじっとトンボを見つめ返すと「大切にするよ」と、ぽつりと呟いた。

ぼたん雪が降りしきる中、ヴォルグの姿が少しずつ遠ざかってゆく。

トンボは立ち竦んだまま、いつまでもいつまでも、その背を見送っていた。


盗まれた簪や櫛、帯留めやらが見つかったのは、それからすぐのことである。梅ふくに、登勢の娘である邦代《くによ》が訪ねて来たのだ。

「申し訳ありませんでした」

邦代は畳に額を押し付けて謝罪した。聞けば昨晩、登勢の部屋の押し入れの中に、これらが隠されていたのを見つけたという。

「えっ、じゃあ盗ったんは登勢さんやったんか……、何でまたそんなこと」

「あたしも見つけた時は驚きました」うなだれた邦代の声は弱々しい。

「少し前から、おかあさんが変やったのはわかってました。同じ話を繰り返したり、ごはんをいただいたのにまだ食べてないと言い張ったり。年を取ったんやって思ってましたけど、まさかここまで耄碌《もうろく》が進んでいるとは想像もしとりませんでした。置屋さんにお邪魔するようになって、元気になっていたさけ安心してたんです。けど、それもあたしの勘違いでした。おかあさん、小間物が大好きな人やったさけ、つい手が出てしまったみたいで……。でもそれももう覚えてないみたいなんです。本当に申し訳ありませんでした」

やはり犯人はヴォルグではなかったのだ。それだけでトンボは救われた気がした。

盗まれた品々はすべて戻り、それぞれ持ち主の元に返された。

ただ、何をどう探しても、稲の簪だけは見つからなかった。


年も押し詰まり、年忘れの宴席が重なって、慌ただしい日々を送っている頃、梅ふくに権田がやって来た。その手には稲の簪が握られていた。

「これ、お返しします」

権田は差し出すと同時に頭を下げた。

「えっ、あったんか……」

稲は簪をしっかりと胸に抱いた。

「どこにあったがですか。やっぱり登勢さんのところに」

時江の問いに権田は首を振る。

「いいや、質屋から連絡があったんや」

「質屋?」

「預かった簪を流してもいいかって言われて、何のことかすぐにはわからんかったんやけど、聞いているうちに、もしかしたらと思って慌てて行ってみたら、やっぱりこの簪やった。半月ほど前、俺の使いやと言ってガキが簪を預けに来たそうや。ヴォルグや。あいつ、質屋をすっかり信用させて、結構な金を払わせたそうや。まったくはしっこい奴や」

そして、権田は金を払って簪を受けだしたのである。

権田の濁声が響く。

「あいつ。俺を舐めくさりやがって。見つけたらただじゃおかん」

帳場の前で聞き耳を立てていたトンボの口元が、いつしか緩んでいた。たかがガキと侮っていたヴォルグに権田はしてやられたのである。

その夜、町全体を震わすかのように雷が鳴り響いた。

金沢で「鰤起こし」と呼ばれる冬雷である。

トンボは布団の中で身体を丸めながら、見知らぬロシアの地に立つヴォルグを思った。

その姿が猛々しくも孤高な狼の姿に重なっていく。その夢想は思いがけず、トンボに平穏をもたらした。そしていつしか、静かな眠りの中へと誘《いざな》われていった。

満ちぬ月

浅野川で友禅流しが始まった。

川に反物を流し、絹布に手描きされた加賀友禅の絵柄の糊を落とすのである。水が冷たければ冷たいほど柄が鮮やかに浮き立つというので、職人たちは冬の凍える川の中に腿まで浸かり、黙々と作業を続けている。冬の色彩の乏しい中、友禅模様が川の流れに揺れる様子はことさら美しく、浅野川大橋や川沿いの堤防で幾人もの人が足を止め、しばし見入るのだった。

年末に男の子を出産したフミが梅ふくに戻って来た。子の名は健太《けんた》。もう少し休めばいいとおかあさんの時江は言ったが、産後の肥立ちもよく、健太もすくすく育っていて、子連れでよければ働きたいとフミの方から申し出たのである。

梅ふくにとってもそれは有難い話だった。賄いにしても掃除や洗濯にしても、フミの手がないと行き届かない。実際、ばんばの稲も腰が痛いだの肩が凝るだのと、すっかり音を上げていた。

健太は梅ふくで心踊る存在となった。誰もが暇さえあれば顔を見に行き、慣れない手つきで乳臭い身体を抱っこし、餅のようなつるつるした頬に頬ずりした。たあぼの留子と美弥もすっかり夢中で、競うように子守を買って出ている。

時には近所の芸妓らも「ちょっと抱っこさせてたいま」などと顔を出した。花街にとって赤ん坊は稀有な存在だった。君香のように、子を持つ芸妓もいないわけではないが、多くは子はもちろん、所帯を持つ人生さえほど遠いところで生きている。健太はそんな芸妓たちのひとつの夢でもあった。

二月半ば、朱鷺とトンボ、そして桃丸の三人は座敷を終えて帰路についた。

もうとうに零時は過ぎていて、それぞれ胸元でショールをかき合わせながら、風の強い浅野川大橋をそろそろと渡って行った。雪下駄を履いてはいるが、この時期の雪は固く凍り付き、滑らないよう歩き方にもそれなりの配慮が必要になる。

「明日は涅槃会《ねはんえ》やな、留子と美弥が楽しみにしとるわ」

桃丸が言い、朱鷺とトンボは答える。

「そういえば、お餅をいっぱい拾ってくるって張り切っとったな」

「あたしも、あの子らの時分は楽しみやったわ」

涅槃会はお釈迦様の入滅の日で、寺で報恩の法要が行われる。寺によってはお斎膳《とき》も振る舞われるが、子供らのお目当ては何と言ってもその時に撒かれる白、赤、黄、緑と四色に彩られた小さな丸餅である。食べるためというより、他の子と競い合うのが楽しいのである。

夜空には寒月が煌々と照っていた。きりりと冷たく澄んだ夜気の中で、その輝きは怖くなるほど研ぎ澄まされている。

ちょうど橋を渡り切ろうとしたところだった。雪の積もった河原にひとり佇む芸妓の姿が目に入った。

「あら、染ちゃんやないか」

桃丸の声に、朱鷺とトンボは足を止めた。確かに染吉《そめきち》である。

「そっか、あれからもう一年なんやな」

いつも陽気な桃丸が声を沈ませた。

昨年の今日、ひとりの芸妓が死んだ。名は富哉《とみや》。真夜中に置屋に帰る途中、酒に酔って橋上で足を滑らせ、欄干を越えて浅野川に落ちたのである。冬の浅野川は氷のように冷たい。落ちれば瞬く間に凍えてしまう。遺体は明け方、川沿いの住人によって発見された。

「本当に気の毒なことでしたな……」

朱鷺の言葉に頷きながら、桃丸は染吉を見やっている。川の流れを見つめる染吉の姿はここからでも悲愴感に満ちているのが見てとれる。死んだ富哉を姉のように慕っていたという話は、朱鷺もトンボも聞いていた。

しかし、この寒さでは染吉も凍えてしまうだろう。どころか、思い詰めて妙な気を起こすのではないかとさえ思えて来る。

「あたし、ちょっと声を掛けて来るわ」

桃丸が言った。桃丸と染吉は同い年で、前々から親しくしている仲である。河原へ降り始めた桃丸の後を、朱鷺とトンボも追った。

「染ちゃん」

桃丸が名を呼ぶと、染吉はびくっと肩を震わせて振り返った。その顔は蒼白に近い。

「今夜は一段と冷えるさけ、もう帰らんと。風邪でもひいたら大変や」

しかし、染吉は白い息をひとつ吐くと、再び川に目を向けた。

「あたしはだんないさけ、気にせんといて」

「そんなことできるわけない。そう、染ちゃんがここにいたいんなら、あたしも付き合うわ、好きなだけおればいい」

桃丸に言われて、さすがに染吉も自分を取り戻したようである。

「……心配かけてかんにん。もう帰ります。声かけてくれてあんやとな」

四人は河原から上がり、置屋へ向かう道を歩き始めた。

しばらく黙ったままだった染吉が、ぽつりと言った。

「あたし、富哉姐さんを助けてあげられんかった……さぞかし寒かったやろな、怖かったやろな、それ思うと辛うて辛うて……」

指先でそっと涙を拭う染吉の姿に、桃丸はいたたまれないように力づける。

「そんなに自分を責めたらいかんって。染ちゃんのせいやない、事故やったんやから仕方ないやないの」

不意に、染吉が意外なことを言い出した。

「あれって本当に事故やったんやろうか」

「えっ」

「あたし、今も信じられんが。富哉姐さんはお酒に強かった。どれだけ呑んでも足元が覚束なくなるなんてことはなかった。そんな富哉姐さんが、酔っ払って橋から落ちるなんてあるやろか」

朱鷺とトンボは顔を見合わせた。どうしてそんなことを言いだしたのか。いや、そんなふうに思うこと自体、今もまだ、染吉が富哉の死を受け入れられない証なのだろう。

「染ちゃんも、いろいろ思うことはあるやろうけど、とにかく今夜はもう何も考えんと、あったかくしてゆっくり寝た方がいい」

「そうやな……」

分かれ道まで来て、染吉は頭を下げた。

「ほんならここで。桃ちゃん、それに朱鷺ちゃんトンボちゃんも、声を掛けてくれてあんやとな」

おつかれさん、と、声を掛け合い、染吉と別れた三人は梅ふくへと歩き始めた。

誰も口をきかなかった。

あてどない花街での暮らしの中、染吉にとって富哉の存在は心の拠り所であったはずである。その富哉を突然失った染吉の胸中を思うと、遣り切れなさしかない。

月明かりの雪道に映る三つの影が、妙に頼りなく揺れていた。

翌朝、朝食を食べ始めたところで時江が言った。

「みんなちょっと聞いてたいま。実は今年の小町コンテストの候補に琴菊が選ばれたが」

「あらぁ」と、真っ先に声を上げたのは桃丸である。

「よかったなぁ、琴菊」

琴菊が恥ずかしそうに首を竦めている。

「小町コンテストって、なに？」

尋ねるたあぼの留子に桃丸が答えた。

「衿り替えを控えた振袖芸者の中から、器量よしで芸が上手い子を選ぶんや。ひがしとにし、主計町からそれぞれ十人ずつ候補に挙がって、春の踊りの会で発表されるが。あたしも振袖の時、選ばれたんやさけ」

桃丸は自慢げに胸を反らした。

「へえ」と、留子と美弥が目を丸くしている。

割って入ったのは君香だ。

「けど、あんた確か二番やったんやなかった？」

ふん、と悔しそうに桃丸が唇を尖らせた。

「一番も二番も変わりません。あの時一番になった妓は、市会議員さんが旦那になるって決まっとったさけ、ずるして無理矢理押し込んだんや。本物の一番はあたしやって、みんな言ってくれたわ」

「それは残念やったなぁ」

含み笑いの君香には取り合わず、桃丸は琴菊に進言した。

「候補に挙がってからほんと大変やった。お座敷に呼ばれる機会がうんと増えて、身体がいくつあっても足りんかったわ。琴菊もきっとそうなるさけ覚悟しとき。旦那になりたいって人もたくさん名乗りを上げるさけ、じっくり値踏みしていい人選ばんとな」

稲がずずずと音を立てて棒茶を啜る。

「それは任しとき。文句なしの旦那を見つけてあげるさけ」

戸惑っている琴菊を察するように、時江が話を戻した。

「それで、今日は新聞社で写真を撮るんやて。午後に記者さんが迎えに来てくれることになっとるさけ、琴菊、しっかりおめかしして行っといで」

「はい」

「着物と化粧はあたしに任せといて、とびきり写真映えするのにしてあげるさけ」

桃丸はぽんと胸を叩いた。

新聞社の車が到着したのは昼過ぎだった。車から降りて来た記者はひょろりと背が高く、まだ学生と見間違うような若い男である。

「ほんなら行って参ります」

曙色に幾種もの春の花があしらわれた友禅を着て、化粧も念入りに施した琴菊は、いつもに増してため息が出るほど愛らしい。桃丸も自信満々の様子だ。

「綺麗に写してもらっておいで」

「とにかく愛想よく笑うんやぞ。でも歯は見せたらいかん」

声を掛ける時江と稲を始め、置屋のみんなの見送りを受けながら、琴菊は緊張気味に車に乗り込んだ。

最近、稲はすっかり張り切っている。

いよいよ琴菊の衿り替えが現実味を帯びて来たからだ。衿り替えは振袖芸者が芸妓として一本立ちするための儀式であり、その名の通り、今までの刺繡が施された赤い幅広襟から、白や黒の襟に替えるのである。その後、馴染みの料亭や置屋へ挨拶に回り、置屋の格子前に祝いの蒸籠を積んで振る舞うといったしきたりがいくつかある。が、何より重要なのは「旦那」の選択である。

後ろ盾の存在として誰がふさわしいか。経済的余裕はもちろん、人柄や家柄や職種、花街での評判も考慮しなければならない。それらすべてを取り仕切るのが稲の役割であり、また腕の見せ所でもあった。

朱鷺は六年前の自分を思い出し、どこか切ない気持ちで琴菊を見ていた。

あの時、芸妓として一本立ちする誇らしさはあったが、旦那が付くことの不安は大きかった。芸妓であれば誰もが通らなければならない道である。それはわかっているが、現実として好きでもない男に身を任せるのだ。それも父親ほど、時には祖父ほども年の離れた男である。琴菊もまた不安に揺れているのは容易に想像できた。

運よくと言っては何だが、朱鷺の旦那となった門倉は、穏やかで温かい人だった。結局、縁は切れてしまったが、話をまとめてくれた稲にはとても感謝している。

と、同時に胸が詰まるのだった。門倉を思い起こせばどうしても浩介に繫がってしまう。

今頃どんな暮らしをしているのだろう……。

つい思いを馳せそうになって、朱鷺は慌てて唇を噛みしめた。

数日後、朱鷺とトンボ、そして桃丸の三人が呼ばれたのは座敷ではなく、尾張町《おわりちょう》に新しく開店した割烹料理屋『笹倉亭《ささくらてい》』のお披露目の席だった。

ひがしに一、二を争う老舗料亭『金城閣《きんじょうかく》』がある。笹倉亭はその金城閣が暖簾分けした店で、稲からも「くれぐれも失礼のないように」ときつく念を押されていた。

浅野川大橋を渡り、橋場町の三叉路まで来たところで、ばったり蒼次郎と出くわした。

「あれ、どうしたが」

トンボは声を上げた。今の時間、蒼次郎は香月楼の厨房で大忙しのはずである。

「親父の代理で、新しく開店した店に挨拶に行くんや」

「もしかしたら笹倉亭？」

「何や、知っとるんか」

「あたしらも今夜はそこに呼ばれとるが」

四人は連れ立って、尾張町に向かう緩やかな坂を登り始めた。金沢は複雑に入り組んだ道が多いが、この界隈は碁盤の目のように整然としている。加賀百万石の祖とも称される前田利家が、最初に手掛けた町並みというだけあって、調和のとれた落ち着いた雰囲気だ。

蒼次郎から聞いたところによると、笹倉亭は金城閣の末娘が板前と所帯を持ち、ふたりで開いた店ということだった。すでに婚儀は先月に済ませていて、今夜は店の開店と夫婦のお披露目の意味合いがあるという。

「その板前さん、大出世やないか」

トンボは感心したように言った。いつか自分の店を持ちたい、その夢のために板前は修業に精を出すが、実際に叶えられることなどめったにない。ましてや修業先の料亭の娘と所帯を持ち店まで出してもらえるのだ。果報者としか言いようがない。

「よほど腕がいいんやろね。あの金城閣のご主人に見込まれたってことなんやさけ」

桃丸が言うと、蒼次郎は大きく頷いた。

「ああ、省吾《しょうご》さんの腕は確かや」

「蒼次郎さん、その板前さんのこと知っとるが？」

「前からよう知っとる。俺より八つ上で、なかなかの男前で人当たりもいい。何より真面目で、仕事熱心やから、金城閣のご主人からの信頼も厚い」

「ふうん、どんな板前さんやろ。見るの楽しみやわ」

尾張町の大通りから一本筋を入った静かな場所に、笹倉亭はあった。小さいながらも数寄屋造りの品のいい佇まいである。二間幅の迎門《げいもん》をくぐると飛び石が続き、雪がかかれた両側は美しく植栽されていて、軒先に置かれた小ぶりの石灯籠に小さく火が灯っていた。

「垢抜けとるなぁ」

蒼次郎がじっくり観察している。料亭のような華やかさはなくとも、通好みの粋を感じさせる見映えである。

店に入ると、すでに何人かの芸妓が待機していた。店は小上りが三つと五席の卓子があり、二階には二間続きの座敷が設えてある。とにかくまずは主に挨拶をしなければと、厨房に顔を出した。中では板前や仲居たちが忙しく立ち働いていた。

「省吾さん、開店おめでとさんです」

声を掛けたのは蒼次郎だ。魚を捌いていた板前が振り返って相好を崩した。

「ああ、蒼次郎さん、わざわざ来てくれたんか。忙しいのにあんやとな」

この男が主となった板前というわけだ。整った目鼻立ちと、がっちりした身体つきが男らしさを感じさせる。蒼次郎が言った通り、なかなかの男前だ。

「親父がどうしても手が放せん座敷があるもんで、俺が代わりに馳せ参じました」

「来てもらえただけで有難い」

「手伝うことがあったら、何でも言ってください。そのつもりで包丁も前掛けも用意して来ましたさけ」

「そんなの気にせんと、ゆっくりしてってくれ」

「俺の勉強にもなりますさけ。まあ、俺なんかじゃ却って足手まといになるかもしれませんけど」

「そんなわけない。だったらすまんけど、お言葉に甘えてお願いするか」

蒼次郎は意気揚々と厨房に入って行った。続いて桃丸が挨拶をした。

「お初にお目に掛かります。梅ふくの桃丸と申します。こちらは朱鷺とトンボでございます。今夜はお呼びいただきあんやとうございます。精一杯務めさせていただきますので、よろしゅうお頼み申します」

朱鷺とトンボも頭を下げる。

省吾は穏やかな笑みを向けた。

「ああ、梅ふくさんの。こちらこそよろしゅう頼みます」

その時、小柄な女が駆け寄り、省吾の隣にぴたりと寄り添った。着ているのは福寿草が描かれた振袖で、一目で手の込んだ加賀友禅とわかる。女は溢れんばかりの笑みを向けた。

「あたし、家内の満智《まち》です。今夜はよろしゅうお願いします」

そして満智は省吾をうっとりと見上げて、くふくふ笑った。

「家内なんて、何やらこそばゆい」

栗鼠《りす》のような黒目勝ちの大きな目、両頬に笑窪が浮かび、いかにも育ちの良いお嬢さまといった風情である。しかし驚いたのは容姿ではない、その若さだった。まるで少女にしか見えない。

芸妓たちが揃ったところで、金城閣の主夫妻が姿を現した。主は紋御召しに羽織姿、女将の方は梅紫の綸子《りんず》の着物である。

「みなさん、ちょっと集まってくれんか」

金城閣の主人が声を上げて、十人を超える芸妓たちが前に進んだ。

「ごきみっつぁんな。今夜は笹倉亭の開店の大切な日で、様々なお客さんがおいでになることになっとりますさけ、どうぞ粗相のないように、くれぐれも細やかなおもてなしをよろしゅうお頼み申します」

よろしゅうお頼み申します。

芸妓たちは一斉に頭を下げた。

それぞれ準備をしていると、傍にいた先輩芸妓が面白そうに小声で言った。

「びっくりやろ」

「え、何がですか」

桃丸が尋ね返す。

「お嫁さんがあんまり若くて。そりゃそうや、だってまだ十六なんやさけ」

「あらぁ」

桃丸が頓狂な声を上げ、朱鷺とトンボも目を丸くした。

「お嬢さんがどうしてもあの板前と一緒になるってきかんかったんやて。まだ早いと周りは止めたそうやけど、あの娘、ああ見えてなかなか強情らしくて、結局は折れて、所帯を持たせることになったみたいや」

桃丸が大きく頷いている。

「まあ、あの板前さん男前やし。あんな人に言い寄られたら、あたしもころっと参ってしまいますわ」

「やろな。桃丸ちゃんは面食いやから」

「もちろんこっちも大切ですけど」

桃丸は親指と人差し指で円を作って、先輩芸妓を笑わせた。

じきに最初の客が入って来た。それをきっかけにぞくぞくとやって来た。さすが有名老舗料亭の暖簾分け店だけあり、顔ぶれは金沢の有力者ばかりである。一気に店は賑わいに包まれた。

芸妓たちは客に挨拶しながら、小上りに卓子に二階にと客を案内していく。時には手の回らない仲居に代わって料理を運んだりもした。席に着けば笑顔を振り撒き、酒を注ぎ、話を盛り上げ、忙しく応対した。

しばらくして、省吾と満智が主夫妻に連れられて来客への挨拶に回り始めた。そのたび祝いの言葉が上がり、満智は満面の笑みで受けている。省吾は華やかな席に慣れていないのか、きまり悪そうな顔で頭を下げている。

盛況の中、お開きとなった頃はすでに九時に近かった。最後の客を見送った主夫妻も帰って行き、芸妓たちも帰り支度を始めた。多くの芸妓は次の座敷が待っている。桃丸、朱鷺とトンボも同様である。

そんな時、玄関から芸妓がひとり入って来た。

「あら、染ちゃん」

気づいたのは桃丸だ。朱鷺とトンボも顔を向けた。染吉はすでに酔っているのか、足元が覚束ない。そんな染吉が、近くの仲居に声を掛けている。

「ちょっと省吾さんを呼んでもらえんかいね」

じきに省吾が厨房から顔を出した。

「あらぁ省吾さん、お久しぶりでございます。こんな立派なお店を持たせてもらって、ずいぶんなご出世ですこと」

「染吉……」

省吾の顔に困惑が広がってゆく。

「けど、何やろな」そう言って染吉は店をぐるりと見渡した。

「何やら変な臭いがしとるわ。ああ、そういうことかいね、これがうさん臭いって臭いなんやな。どこもかしこもぷんぷん臭ってたまらんわ」

芸妓たちの注目を集める中、染吉は聞こえよがしに更に声を張り上げた。

「わかっとると思いますけど、今日は文句を言いに来ましたが。あんた、よくまあぬけぬけと店主になんて納まれたもんですな。あたしは納得しとりませんさけ」

その只事でない様子に、桃丸が駆け寄った。

「染ちゃん、どうしたが？」

染吉が目を向けた。

「あら、桃ちゃんも来とったんか。あのな、あたしはどうしてもこの人に言っておきたいことがあって来たが。そうでないと気が済まんが。だってそうやろ、こんなんあんまりやない」

「染吉、外で話そう」

省吾が言ったが、染吉は応じない。

「何で？　あたしはここで話したい」

「まだ芸妓さんたちも残っておいでやさけ」

「あたしは構わん。どうせならみんなにも聞いてもらおうやないの」

芸妓たちばかりでなく、仲居たちも厨房から興味津々の目を向けている。蒼次郎も出て来た。

ざわつく中、省吾の横に立ったのは満智だった。

「失礼ですけど、主人に何の御用でしょう。話がおありなら、家内のあたしも一緒に聞かせてもらいます」

十六とは思えぬ口ぶりである。表情も先ほどまでのにこやかさとは打って変わって、頬が強張っている。

染吉は挑発的に言った。

「ああ、これはこれは金城閣のお嬢さん。ちょうどよかった。あんたさんにも言っておきたいことがあるがです」

「何ですやろ」

「お嬢さんもその若さじゃ男を見る目がないのは仕方ないかもしれません。けど、よくまあこんな情のない男と夫婦になられたもんですな。ご存じないようやからお教えしますけど、この男、真面目そうな顔をしても中身は計算高い、氷よりも冷たい心の持ち主ですさけ。いくら男前でも騙されたらいけません」

「何ですの、あんたさん」

満智が眉を顰める。

「あたしはお嬢さんのためを思って言わせてもろとるがです」

満智が唇の端を震わせた。省吾がたまりかねたように制した。

「染吉、いい加減にしてくれ」

しかし、染吉は退く気はないようだ。

「あたし、何か間違ったこと言っとるやろか。みんな本当のことやないか」

「とにかく、今夜のところは帰ってくれ。話ならまたゆっくり聞くさけ」

「帰らん、あたしは絶対に帰らんさけ」

「染ちゃん、とにかく帰ろ」

桃丸が染吉の袖を引っ張った。染吉が桃丸を見やる。

「桃ちゃんまで、あたしを追い出すつもりなんか」

「そうやないけど、ほら、こんな場やさけ……な、今夜のところは何とか収めてもらえんか」

しばらく桃丸を見つめていた染吉だったが、やがて肩を落とした。

「どうせ、あたしの気持ちなんて誰にもわかってもらえん……」

染吉は項垂《うなだ》れると、やがて投げ遣りな表情で背を向け、肩を落として笹倉亭を出て行った。

「染ちゃん……」

店は重苦しい気配だけが残った。

この一件が、花街で大きな噂になったのは言うまでもない。男と女のいざこざなど慣れたものだが、ここまで大っぴらに喧嘩を売るような悶着はめったにない。

「あの省吾さんと染吉がデキとったとは、寝耳に水ってこのことや」

芸妓たちは興味津々に顔を突き合わせている。

「まあ、相手は金城閣のお嬢さんやし、店を持たせてもらえるなら、男が心変わりしたってしゃあないやろな」

「もっともな話やないの。それなんに染吉と来たらあんな未練がましいことしでかして、芸妓としての評判もガタ落ちや」

そんな話を耳にしても、朱鷺とトンボは黙るしかない。死んだ富哉姐さんのこともある。心が散り散りになっても仕方ないかもしれない。しかし、これからどうするつもりだろう。朱鷺もトンボもため息をつくしかなかった。

朝食の席で、時江が目を止めた。

「琴菊、あんた、もう食べんが？」

箸を置いていた琴菊が顔を上げた。

「あ、はい、おなかいっぱいで」

「どうしたが。ここんとこあまり食べてないやないの。どっか具合でも悪いんか」

「そんなことありません」

「ほんなら、無理してでも食べんと。芸妓は身体が元手なんや、しっかり食べんといい芸はできん」

「そうや、小町コンテストも近づいているんやし、そんなげっそりした顔じゃ一等賞はとれんぞ」

これは稲である。琴菊は箸を手にし、残っていた飯をぼそぼそと口に運んだ。

ここのところ琴菊の様子がおかしいのは、朱鷺も気づいていた。小町コンテストの件で新聞社に出掛けるようになってから、やけに口数が少なくなり、時々ぼんやり宙を眺めていたりする。

その日、稽古から戻った朱鷺は、ひとりぽつんと縁側に座る琴菊に声を掛けた。

「琴菊、いったいどうしたが。やっぱりどこか具合でも悪いんやないの？　だったらお医者さんに行かんと」

「何でもないがです」

首を振る琴菊の隣に、朱鷺は腰を下ろした。

「そやけど最近、心ここにあらずみたいやないか。もしかして小町コンテストのことで何かあったんか」

「いえ……」

「ほんなら」

「あたしもよくわからんのです……」

その切羽詰まった口調に、朱鷺は琴菊を見直した。

「何でか知らんけど、気が付くと、あの人のことばっかし考えてしまうんです」

琴菊が膝に目を落とす。

「あの人？」

琴菊はしばらく口籠っていたが、やがて思いつめた様子で顔を向けた。

「朱鷺姐さん、みんなに内緒にしてくれますか？　トンボ姐さんにも絶対言わんって約束してくれますか？」

「琴菊がそう言うなら誰にも言わん。それであの人って誰やの？」

「記者さんです」

梅ふくに迎えに来た新聞社の記者のことを言っているのだと気づくまで、少し時間がかかった。どんな人だったか思い出そうとしたが、あまり印象はない。確かひょろりと背の高い若い男だったはずである。

「もしかして、あの記者に何かされたんか」

朱鷺は不安になった。相手が芸妓ということで、時に無体なことを仕掛けて来る男もいる。

「違います。あの人はとってもいい人です」

言ったとたん琴菊は頬をぽっと赤らめた。

「金沢四高を出てらっしゃる立派な方なんに、あたしみたいな者にも優しくしてくれるんです。車の乗り降りの時も手を差し出してくれて。そんなことされたの初めてやさけ、あたし、もうどきどきしてしまいました。それから何や知らんけど、あの人のことを考えると、胸が摑まれたみたいにぎゅっと苦しくなって、なかなかご飯も喉を通らんし、みんなの話も耳に入ってこんようになって……」

朱鷺の頰がほころんでしまう。

つまり、琴菊は恋をしているのだ。たぶん初めての恋なのだろう。幼い時に置屋に売られ、女たちだけの世界で育ち、振袖芸者でお座敷に出るようになってからは、二十も三十も年の離れた男ばかりを見て来た。それも酒を呑み、くだを巻くような男がほとんどだ。若い記者と出会い、優しくされて、ふと心が動いてしまうのは当然のことと思えた。

「朱鷺姐さん、あたし、どうしたらいいんやろ」

朱鷺に向ける琴菊の目は、不安と恋慕に揺れている。

「その記者さんと、これからも会うんか？」

「小町コンテストが終わるまでは何回も」

「そうか、そうやな。そういう気持ちは大切にしてもいいんやないかと、あたしは思う。けど、あんまり思い詰めたらいかん。とにかく今は小町コンテストのことをいちばんに考えるようにして、それが終わって、まだ気持ちが変わらんようやったら、その時にまた一緒に考えよう、今はこんなことしか言えんけど、な、それでどうやろ」

しばらく黙っていたが、琴菊はやがてこくりと頷いた。

朱鷺としてもその幼い恋を応援したい思いはある。そう遠くない日、琴菊は水揚げを迎え、好きでもない男に身を任す。だからこそ、せめて心だけは好きな人に捧げたい。今は、そんな純真さでいっぱいなのだろう。その気持ちがわかるだけに、朱鷺は切なくもあり、またほほえましくもあった。


女紅場の帰り、桃丸からやけに神妙な面持ちで誘われた。

「ふたりに聞いてもらいたいことがあるんやけど……、あたしひとりじゃどうにもばっかいできんさけ、ちょっとちとせに付き合ってくれんか。な、頼んわ」

と、手を合わす。こんな桃丸は初めてだ。

ちとせのいつもの小部屋に入ると、驚いたことにそこには染吉がいた。

染吉は入って来た朱鷺とトンボを見ると、丁寧に頭を下げた。

「この間はふたりにも迷惑かけてしもて、どうかかんにんしてな」

ふたりは席に着いて、染吉と向き合った。

「染吉さんこそ、あれからじゃまなかったですか？」

朱鷺が尋ねる。

「いろいろ言われてもしゃあないわ、自業自得なんやさけ」

「悔しい気持ちはわかるけど、所詮はそんな男やったんやし、こっちから見限ってやればいいやないですか」

これはトンボである。トンボなりの励ましの言葉でもあった。

「それがな」と、桃丸が言った。

「あたしも染ちゃんから聞いてびっくりしたんやけど、あの板前さんの相手は染ちゃんじゃなくて、亡くなった富哉姐さんなんやて」

「えっ」

驚きでふたりとも言葉が出ない。

「そのこと、きちんと聞いてもらおうと思って、桃ちゃんに頼んでふたりにも来てもらったが」

そして染吉は語り始めたのだった。

「元々、富哉姐さんと省吾さんは一緒になるはずやったが。ふたりで小さな店を開こうって約束もしとった。もうほとんど一緒に暮らしとって、省吾さんは毎日のように、座敷帰りの富哉姐さんのこと、浅野川大橋の袂まで迎えに来とったわ。そこまでの仲やったっていうのに、一年前のあの夜、突然富哉姐さんがあんな死に方してしもたやろ、省吾さん、どんなに辛い気持ちで過ごしとるやろって、てきなくてしかたなかったが。それなんに、まだ喪も明けんうちに金城閣のお嬢さんと祝言挙げて、ちゃっかり立派な店の主に納まってるやないか。あれ見て、あたし腹立って腹立って」

染吉の目に、徐々に険しさが満ちていった。

「いくら何でも変わり身が早過ぎるやないか。それからあたし、何かおかしいって思うようになったが」

言葉に不穏な気配を感じて、トンボは尋ねた。

「おかしいって何？」

「もしかしたらお嬢さんと一緒になるために、あいつ、富哉姐さんを橋から突き落としたんやないかって」

「やめて染ちゃん、そんな怖いこと言わんといて」

桃丸はすっかり色をなくしている。

「染吉姐さん、めったなこと言うもんやありません」

トンボは声を潜めてたしなめた。

「けど、そうやないって言い切れる？　あんな立派な店、一介の板前がどんなに頑張っても持てるもんやない。欲に目が眩んで、富哉姐さんを亡き者にしようって思っても不思議やないやろ」

朱鷺とトンボは黙る。お金が人の心をどれだけ狂わせるか、この町で生きていれば身に染みて知っている。

「そやけど、事故やったって調べが付いとるんやし」

しかし、そんなトンボの言葉も染吉には通じない。

「芸妓のことなんて、誰もまともに調べるわけない。警察も事故にしとけばそれで収まるって考えたんやろ」

その言い分も一理あるだけに、どう答えればいいかわからない。口を開いたのは朱鷺だ。

「ちょっと言いにくいんやけど……。もしかして、あくまでたとえ話なんやけど、省吾さんから別れ話を切り出されて、富哉姐さんが世をはかなんで身を投げたってことは考えられん？

ごめんな、こんなこと言って」

「それは絶対にない」

染吉は強い口調で首を横に振った。

「何で言い切れるが？」

「翌日の涅槃会に、ふたりで一緒にお参りする約束してたが。富哉姐さんも楽しみにしてたし、変わった様子なんて何もなかった」

トンボは核心に突っ込んだ。

「省吾さんが犯人だっていう証拠みたいなのはあるんですか？」

染吉は口惜しそうに首を振った。

「それはない……。けど、こうして金城閣のお嬢さんと所帯を持って、笹倉亭の主に納まってるっていうのが何よりの証拠やないか」

そして、染吉はだんだんといきり立っていった。

「どう考えたってあいつがやったに決まってる。あたしはみんなに、あいつがどんなに酷い男か、ぶちまけてやりたいが。富哉姐さんのためにもそれくらいせんと気が済まん」

「ちょっと落ち着いて、まだ決めつけたらいかんですって」

朱鷺が宥める。そんなことをして、あとで間違いだったでは済まされない。

「やっぱり必要なのは証拠やないか。省吾さんが犯人なのか違うのか、どっちにしても証拠さえあれば、染吉さんの思いは果たせるんやし」

トンボが冷静な口調で返す。桃丸が身を乗り出した。

「けど、証拠なんてどうやったら見つけられる？　あれからもう一年も経っとるんや」

しばらく考えてから、トンボは言った。

「あたし、ちょっと頼れる知り合いがいるんで当たってみます」

朱鷺は慌てていた。安請け合いをして、後で厄介なことに巻き込まれたらどうするつもりだろう。しかし、トンボは意に介さない。

「そやさけ染吉さん、くれぐれも早まった真似はせんといてくださいい」

染吉が神妙な顔つきで頷いた。

「うん、わかった。そこまで言ってくれるんなら、お任せしてよろしいやろか」

「はい」

ちとせを出て梅ふくに戻り、トンボとふたりになったところで朱鷺は言った。

「さっき言ってた知り合いって、蒼次郎さんのことやろ」

「うん」

朱鷺は呆れる。

「蒼次郎さんまで巻き込んでどうするが。人がひとり死んでるんや。興味本位で関わるような話やない」

「それくらいわかっとるわ。けど、あのままじゃ染吉さんの気も済まんやろ。染吉さんのためにも何とか収めんと。蒼次郎は省吾さんと親しいんやさけ、もしかしたら納得できる話が聞けるかもしれん」

トンボは妙なところで人情味がある。

そう言われて、朱鷺は頷くしかなかった。

翌日、香月楼の厨房の隅でふたりは蒼次郎と向き合った。昼休憩の時を見計らって訪ねたのだ。朱鷺とトンボの話を聞いて、蒼次郎は表情を硬くした。

「じゃあ何か、省吾さんが金城閣のお嬢さんとの縁談に目が眩んで、富哉さんを橋から突き落としたっていうんか」

「少なくとも、染吉さんはそう思っとる」

蒼次郎が眉根をきつく寄せた。

「省吾さんのことはよく知っとるけど、そんなことをするような人やない」

「あんたがそう言う気持ちはわかる。けど、染吉さんの納得できん気持ちもわかってあげて欲しいが。とにかく富哉姐さんは亡くなって、省吾さんはお嬢さんと所帯を持って、あんな立派な店を持たせてもらったんや、腑に落ちんのも仕方ない」

朱鷺が続けた。

「あたしらも、何も省吾さんが犯人やと思ってるわけやないの。逆にそうやないことをはっきりさせて、染吉さんに納得してもらいたいって気持ちなが」

しばらく考え込んでいた蒼次郎だったが、おもむろに顔を上げた。

「わかった、そういうことならちょっと調べてみる。もう一度確認するけど、富哉姐さんが橋から落ちて死んだのは、去年の涅槃会の前夜なんやな。それは間違いないんやな」

「うん、確かかや」

「じゃあ、まずはその夜の省吾さんの行動を調べてみよう」

「一年以上も前のことやけど、わかるやろか」

「何でもない日なら難しいかもしれんけど、涅槃会の前日なら覚えているはずや。特別な日やさけな。とにかく探ってみる」

「やっぱし蒼次郎に頼んでよかった」と、トンボは安堵した。

「俺も話を聞いてはっきりさせたくなった。省吾さんはそんな人やないってことを、染吉さんに証明してやるよ。また連絡するから、しばらく待っとってくれ」


返事が来るまでに時間がかかるだろうと思っていたが、それは意外と早くやって来た。

三日後、香月楼の勝手口で三人は顔を合わせた。

「どうやった？」

ふたりは前のめりになった。とにかくいい返事が欲しかった。

「金城閣で省吾さんと一緒に働いていた板長さんと、仲間の板前たちから話を聞いて来た。もちろん余計なことは一切話しとらんから心配しんといてくれ」

それで？　と、ふたりは息を詰める。

「まず富哉さんが亡くなった涅槃会の前夜やけど、金城閣には大きな寺から何軒もお斎膳や涅槃だんごの注文が入っとって、板前たちは一晩中厨房で仕事をしとったそうや。陣頭指揮を執っていたのは省吾さんで、夕方から翌朝までずっと厨房にいたというのは、何人もの板前から聞いた」

明快な答えに朱鷺は胸を撫で下ろした。やはり染吉の誤解だったのだ。

しかし、トンボはそれだけでは納得できない様子である。

「もしかしたら、省吾さんが誰かに頼んだってことは考えられん？」

「え？」

「だから、お金を払うとかして、富哉姐さんを始末してもらうってこと」

蒼次郎は呆れ果てた。

「まだ疑うんか」

「あたしだってまさかと思う。けど、ないとは言えんやろ。やろうと思えば、自分の手を汚さずうまく事を運ぶことができる。富哉姐さんが死んでいちばん得をしたのは省吾さんや。そう簡単に疑いを晴らすことはできん」

「いい加減にしろよ」蒼次郎の声に怒りが混ざった。

「何度言えばわかるんだ、省吾さんはそんな人やない」

トンボも負けじと切り返す。

「あたしもそう思いたいから言っとるが。省吾さんじゃないなら、絶対に違うっていう確かな証拠が欲しいんや。でないと染吉さんも納得しん」

「もう付き合っとれん。そこまで言うんやったら、出るとこ出て白黒はっきりさせたらどうや。

俺は染吉さんが恥かくだけやと思うけどな」

　蒼次郎は肩を怒らせて、厨房に戻って行った。


「トンボ、もういいがんない?」梅ふくに戻って朱鷺は言った。

「これ以上はあたしらが関わることやない。とにかく蒼次郎さんから聞いたことを伝えて、納得するか訴え出るか、染吉さんに決めてもらうしかないと思う」

　トンボが得心したかはわからないが、自分たちが出来るのはここまでだということは理解しているようだった。

　染吉の件ばかりでなかった。朱鷺は琴菊のことも気になっていた。

　今日も琴菊は新聞社に行っている。あれから更に口数は少なくなり、食も進まず、ふっくらしていた頬には薄く翳りが差すようになっていた。みんなの前では普段通りに振る舞っているが、そんな琴菊を見るたび、朱鷺はやるせなくてたまらない。

　その日、新聞社から帰って来た琴菊が、朱鷺の部屋に飛び込んできた。

「あら、おかえり。お疲れさん」

　トンボがいないことを確認すると、琴菊は朱鷺の前に詰め寄るように座った。その頬はすっかり紅潮している。

「どうしたん、何かあったんか」

　琴菊は胸に手を当て、自分を落ち着かせるように言った。

「帰りの車の中で、記者さんに手を握られました」

「えっ」

朱鷺は目を見開いた。

「それだけやなくて、車から降りしな、今度ふたりだけで会えんかって言われたがです」

「ちょっと待って」

「あたし、もうどきどきして心臓が破裂するかと思いました」

琴菊は宙を眺める。すっかり夢見心地の様子である。

「どんなに好きになっても、あたしには手の届かん人やって思ってました。けど、あの人もあたしと同じ気持ちやったんです」

「とにかく、まずあたしの話を聞いて」

「え、はい、すんません」

琴菊が慌てて居ずまいを正した。

「これだけは言っとくけど、ふたりで会うのは絶対にいかんさけな」

朱鷺はきっぱり言った。とたんに琴菊が表情を曇らせた。

「何でですか。朱鷺姐さん、自分の気持ちを大切にしって言ってくれたやないですか」

琴菊が不服そうに唇を尖らせる。

「それはあくまで気持ちのことや。ふたりで会うとなれば別の話になる。あたしは絶対に見過ごせん」

正直なところ、朱鷺は記者に腹を立てていた。お座敷に出ているとはいえ、まだ年端もいかない娘である。同時に、置屋が育てる大切な芸妓の卵でもある。そんな琴菊に言い寄るなどもってのほかだ。

「けど、あたしはあの人のことが……」

朱鷺は膝を進めて、琴菊の手を取った。

「琴菊、あんたの気持ちはわからんわけやない。けど、自分が今どんな立場にいるかよく考えて欲しいが。これから衿り替えを迎える大事な時や、もし何かの拍子に妙な噂でも立ったらどうするが。傷がつくのはあんたや。この衿り替えのためにおかあさんと稲さんがどれだけ腐心してるか知っとるやろ。そんなふたりを悲しませることになったらどうするつもりや」

琴菊はいつしか首を垂れていた。

「前にも言ったけど、とにかく今は小町コンテストのことだけ考えるようにして、それ以外のことに振り回されたらいかん」

琴菊も少し冷静さを取り戻したようである。

「あたし、あの人に何て返事をすればいいんやろ……」

「そのまま言えばいい。今はそういう時やないって」

「あの人、待ってくれますやろか」

「琴菊のことが本気で好きなら、待ってくれる。待てんようなら、その程度の男やってことや。ただ、これだけは約束して。たとえその記者に何を言われようと、ふたりでこっそり会うようなことだけは絶対にせんって」

「はい……」

「信じとるさけな」

念を押す朱鷺に、無垢な瞳で琴菊が頷く。そんな様子を見つめながら、時江に相談すべきか、それとも小町コンテストが終わるまで様子を見るか、朱鷺は迷っていた。

蒼次郎から「ちょっと時間作ってくれんか」と連絡が入ったのは、春の風が通りに小さなつむじを作る頃だった。もちろん、例の件だとわかっていた。

朱鷺とトンボ、それに桃丸も加わって、三人は香月楼へと向かった。聞けば染吉も来るという。そこでいったいどんな話になるのか、それぞれ不穏な緊張を抱えていた。

「おう、来てくれたか」

香月楼の裏口に迎えに出て来た蒼次郎が、どういうわけか三人を座敷へと連れていく。

「何でお座敷ながか?」

「行けばわかる」

座敷の襖を開けて驚いた。そこには省吾の妻・満智が座っていたからだ。

「ご足労をおかけしてすんません」

大人びた口調で満智は頭を下げた。

「蒼次郎、いったいどういうことなが?」

「俺、金城閣でいろいろ聞いて回ったやろ。そのこと満智さんの耳に入って、席を設けてくれんかと頼まれたんや」

満智が頷いた。

「話は聞きました。どうやら省吾さんのことで誤解があるようやさけ、それならきちんとお話しした方がいいと思って、こうしてみなさんに来ていただいた次第です」

満智にはとても十六とは思えない落ち着きがあった。

待っていると、じきに染吉もやって来た。満智を見てさすがに驚いたようだが、気を取り直したようにしゃんと背筋を伸ばし、満智の向かいに座った。

「染吉さんも、わざわざおいでいただいてあんやとうございます」

満智の隠やかな口調に、染吉も慎み深く返した。

「あたしも、一度お嬢さんときちんと話したいと思っておりました。先日のことは、申し訳なかったと反省しております。ただ、お嬢さんがあんな男にたぶらかされているのを黙ってみておられんかったんです。何とか目を覚ましてもらいたい、その一心でしでかしたことやさけ、どうぞかんにんしてください」

染吉が頭を下げる。

「そのことですけど、染吉さんはまずそこを誤解しておいでです」

「誤解？」

染吉が首を傾げた。

「省吾さんには、あたしからお嫁さんにして欲しいと頼んだがです。決してたぶらかされたわけやありません」

染吉はもちろん、その場にいる誰もが満智を見やった。

「何でや、あんたみたいなお嬢さんやったら縁談なんて降るように来るやろうに、何でまた一介の板前なんかに」

満智は薄く笑みを浮かべた。

「省吾さんと初めて会ったのは五歳になったばかりの頃でした。うちの料亭に見習い板前として入って来たがです。あたし、ひと目で省吾さんのことが好きになりました。そんな子供がと思われるでしょうけど、あたしはその時から、いつか必ずこの人のお嫁さんになるって決めていたんです」

染吉は退かない。

「お嬢さん、失礼やけど、それがたぶらかすってことですさけ。世間知らずの幼い娘さんの恋心に付け込んだわけですやろ」

「そんなことはありません。あたしはずっとお嫁さんにしてって言ってましたけど、省吾さんはいつも笑ってはぐらかすばかりでした。けど、あたしの気持ちは変わりませんでした。十になっても十五になっても省吾さんのお嫁さんになりたかった。富哉さんとの仲を知った時は、そりゃあ悲しかったけれど、諦めきれず、いえ、むしろ前よりいっそう気持ちは強くなりました」

染吉は「なるほどな」と呟いた。

「つまり、そのうちにだんだんと省吾さんも損得勘定するようになったわけや。そりゃお嬢さんと一緒になった方が得するもんな。店は持たせてもらえるし、お金もがっぽり入るし、それで富哉姐さんが邪魔になったというわけや」

満智はさすがに声を硬くした。

「染吉さんはどうしてそんなに省吾さんを悪者にしたいんですやろ」

「したいんやない、実際に悪者なんや。お嬢さんが何と言おうと、あいつの潔白が証されることはない」

口を挟む余地もなく、朱鷺とトンボは黙ってふたりのやり取りを聞いているしかない。

そんな中、満智が言った。

「先に言わせていただきますが、省吾さんはあの夜、大橋には行っとりません。誰かに行かせたなんてこともありません」

「何でそんなことがわかるんや」

染吉が食って掛かった。

「行ったのはあたしですさけ」

一瞬、時が止まったかと思えた。

「あの、行ったっていうのは、大橋にですか」

蒼次郎が尋ねる。

「はい、そうです」

表情は硬いが、満智の声は冷静だ。

「でも、何でまた……」

「省吾さんが毎晩大橋まで富哉さんを迎えに行っているのは知っていました。けど、あの涅槃会の前の夜だけは迎えに行けんことがわかっていました。そやからあたし、富哉さんにお願いに行ったんです」

「お願いというと？」

「どうか省吾さんをあたしに譲って下さいって」

思いがけない告白だった。誰もが黙った。

今、みなの胸のうちに広がっている疑惑は同じに違いない。

「あの夜、あたしはずっと橋の下で待っていました。ようやく富哉さんの姿が見えて、橋に上がろうとしたんです。そしたら、その後ろから追い掛けて来た芸妓さんがおって、あたしまた慌てて隠れました」

「その芸妓さんて誰？」

「それは――」

「やめて！」

その時、叫んだのは染吉である。

「違うさけ、それあたしやない、絶対にあたしやないさけ」

震える声が裏返っている。満智は意に介さず続けた。

「途切れ途切れですけど、ふたりの話が聞こえました。それ聞いてわかったんです。染吉さん、あんたさんも省吾さんのことがずっと好きやったんですね」

「違う、違う、出鱈目言わんといて」

染吉は取り乱し、尋常ではない目をしている。

「ちょっと待ってくれ、染吉さん、それどういうことや。あの夜、橋の上で富哉さんと一緒におったんか。何でそのこと黙っとったんや」

蒼次郎の言葉に、染吉は唇をわなわなと震わせている。そして蒼白な顔で立ち上がったかと思うと、着物の裾を翻し座敷を飛び出して行った。

「そんな……つまり染ちゃんなんか」桃丸が泣きそうな顔で言った。

「富哉姐さんをあんな目に遭わしたんは染ちゃんってことなんか」

「お嬢さん、どうなんや」

膝を進める蒼次郎に、満智は静かに首を振った。

「いいえ、あたしは何も知りません。何やらいたたまれなくて、すぐにそこから離れましたさけ、後のことはわかりません。ただ、みなさんにわかってもらいたかったんです。省吾さんは何にもしとらんということ、それだけわかってもらえればいいんです」

もう誰も何も言えないままだった。

翌日、染吉は姿を消した。身の回りの物を手にして真夜中のうちに出て行ったという。置屋は大騒ぎとなり、あちこち探し回ったようだが行方は知れなかった。

染吉が省吾に恋慕していたとは驚きだった。

となれば、やはり染吉が富哉を突き落としたのだろうか。そうでないなら逃げる必要はないはずだ。

満智が何も見なかったというのも本当だろうか。もし、見ていたとしたら――そして、もし落ちた富哉を助けないままその場を去っていたとしたら――そうしてまでも、省吾を手に入れたかったとしたら――。

考えれば考えるほどわからなくなる。

しかし、染吉はすでに姿をくらまし、満智は決っして口を割りはしないだろう。結局、事実は闇の中となってしまった。

三人の女に恋された省吾と、ひとりの男に恋した三人の女。

朱鷺もトンボも、この苦い結末を持て余すばかりだった。


新聞社から戻った琴菊が、部屋に飛び込んで来たかと思うと、朱鷺の腕を引っ張った。

「どうしたが？」

それには答えず、琴菊は勝手口から外に出たとたん、わっと泣き出した。

「琴菊……」

しばらく落ち着くのを待った。やがて琴菊は肩を震わせしゃくり上げながら言った。

「あいつ、とんでもない奴でした」

「何かされたんか」

朱鷺の頬が強張る。

「ううん、あたしは何ともありません」

まずはほっとする。

「あいつ、いろんな妓にあたしとおんなじこと言ってたんです。こっそりふたりだけで会おうって。言うこときいてくれたらコンテストで一等賞にしてやるって言われた妓もおるそうです」

「何やて」

汚い手口である。

「それ知った置屋の女将さんが新聞社に抗議して、あいつの悪だくみが明るみに出たんです」

「で、記者はどうなったが」

「すぐに辺鄙なところに転勤させられたそうです」

「そうか」

「あたしったら、あんな男に恋したりして、ほんとにダラなことを……」

再び琴菊が涙を溢れさせる。朱鷺は琴菊を抱き寄せた。

「ううん、あれは恋やない、ちょっと気持ちが逸っただけや。恋っていうのはな、もっと……」

言ってから、朱鷺は言葉に詰まった。

「もっと何ですか」

それは朱鷺にもわからない。恋はあまりにも摑みどころがなく得体が知れない。

「いつかこれが本物やってわかる時が必ず来る。その時になればきっとこのことが笑い話になるさけ」

「はい……」

「それより、今はとにかく小町コンテストを頑張らんと」

「はい。あたし、必ず一等賞、とってみせますさけ」

琴菊の頰はまだ涙でぐしゃぐしゃだったが、その強がりはきっと力になってくれるに違いないと朱鷺は思えた。

今夜も座敷がたくさん入っている。朱鷺とトンボは支度を整えて梅ふくを出た。

浅野川大橋まで来たところで、ふたりは河原に下り、手を合わせた。

富哉に手向ける言葉は見つからない。それでも祈らずにはいられなかった。

見上げると夜空に月が浮かんでいた。形が少し歪《いびつ》の、まだ満ちる前の月である。

「人の心も満ちない月みたいやな。いつも足りない何かを探してる」

呟くと、トンボは耳ざとく聞きつけて、からかった。

「なに詩人みたいなこと言っとるが」

「そやかて……」

「どうせ満ちたってまた欠けるんや。ずっと満月なんて月やない、人も一緒や。満ちたり欠けたりの繰り返しや」

「トンボは欠けっぱなしやけどな」

「上等や」

憎まれ口をたたき合って、ふたりは再び月を見上げた。

辺りは湿った土に似た、どこか懐かしさを呼び起こさせる春の匂いが漂っている。

桜の開花までもうすぐだ。

名残りの雨

金沢の雛祭りは四月三日に行われる。旧暦が用いられているのは、藩祖の前田利家公の命日が三月三日であり、祝いを避けるためと言われている。

帳場には内裏雛が飾られ、食紅で美しく彩色された砂糖菓子や金華糖が添えられた。いつも簡素な梅ふくも、この時ばかりは華やかさに包まれ、留子と美弥は「きれいやねぇ」とうっとり眺め入っている。

四月の半ばには春の踊りの会が催された。その時、嬉しい報せと残念な報せがひとつずつ。嬉しい方は、トンボと朱鷺が昨年の秋の踊りの会に引き続き抜擢され、舞台に立って大層な評判を呼んだこと。そして残念な方は、琴菊が小町コンテストで優勝を逃し、二位になったことである。琴菊はしばらく肩を落としていたが、女紅場の師匠や置屋の女将から大層な褒め言葉をもらい、少しずつ自信を取り戻している。

いつもの朝食の場で桃丸がこんなことを言い出したのは、ひがしの花街が新緑の季節を迎えた頃だった。

「お客さんから聞いたんやけど、今、東京から有名な占い師さんが来とるんやて」

「占い師？」

トンボは味噌汁を持つ手を止めた。

「何でもたっだ当たるそうで、東京では大臣さんやら大きな会社の社長さんやらも通い詰めていたらしい。夕べのお客さんも、その占い師さんに占ってもらって、大儲けしたって言ってらしたわ」

「へえ」

「その上、開運の祈禱もしてくれるっていうんやさけ、すごいやろ。あたしもお座敷に呼んでもらえたらいいんやけどなあ」

「桃丸姐さん、何を占ってもらうんですか」

琴菊が飯を頬張りながら尋ねた。

「そんなん決まっとるやないの。どうやったらいい男さんと出会えるかってこと」

「なんや、それやったらあたしでも占えますわ」

言ったのはトンボである。

「あら、そんなら言ってみ」

「男は見た目で選ばんこと」

「はぁ？」

桃丸は目を見開いた。

「だってそうやないですか。桃丸姐さん、いっつも見た目ばっかしで男さんを選ぶから、後で面倒なことになるんです。もっと別のところに目を向けんと」

「そんなことしとらんわ。あたしはちゃんと人となりを大事にしとる」

桃丸は頬を膨らませて抗議した。

「よく言いますわ。春巡業で来た旅役者に入れ込んで、毎日のように芝居小屋に通っておひねり投げてたの誰でしたっけ。あの人、二枚目でしたよなぁ」

桃丸は言葉に詰まった。

「あれは芸がよかったからおひねり弾んだだけで、男前とは関係ない」

「その前は草履屋の、見るからに優男の職人さんにぞっこんでしたよな。あの人の気を引くために、いったい何足草履を買ったことか」

「ふん、あいつ」と桃丸は、今度は眉根を寄せた。

「買うだけ買わせといて、実は幼馴染みの許嫁がいたなんて、ほんと騙されたわ」

卓を囲む朱鷺と琴菊、ついでにたあぼの留子と美弥、賄いのフミまでが噴き出している。

ばんばの稲が湯呑に棒茶を注いで、ため息をついた。

「桃丸、あんた自分が芸妓やってこと忘れとるんか。美男子にうつつを抜かしとる場合やないやろ。そりゃ今はまだ綺麗やし、お座敷の声もよくかかってるけど、若くて綺麗な芸妓が後ろにたくさん控えとるんや。呑気に構えとったらあっという間に取って代わられる」

分が悪くなった桃丸は首を竦めている。

「まったく、ちょっとは君香を見習ったらどうや。いい旦那さん見つけて、家を持たせてもろうて、子も生《な》して、田舎から母親呼び寄せて、それこそが芸妓のいちばんの出世ってもんや」

「まあまあ、君香のことはともかくとして」と、話を引き継いだのはおかあさんの時江である。

「桃丸がこの先も芸妓で生きるつもりなら、まずは芸の道を究めんとな。それから、先行きのことを考えて、無駄遣いせんとお金もちゃんと貯めとかんと」

「はい……」

時江の言葉はさすがに身に沁みるものがあったらしく、桃丸は神妙な面持ちで頷いた。

その噂の占い師の座敷に呼ばれたのは、それからすぐのことだった。

金沢の商工会議所の理事たち十五名ばかりが集まり、占い師のために設けた席ということである。芸妓たちも人数が揃えられ、梅ふくからは君香と桃丸、トンボと朱鷺の四人に声が掛かった。当然ながら桃丸は大興奮だ。

座敷で待っていると、会頭に連れられて女占い師が登場した。芸妓たちはいっせいに畳に手をつき「おいでませ」と迎え入れた。

驚いたのはその女占い師の格好である。占い師というから気難し気な老婦を想像していたのだが、せいぜい三十そこそこで、何より衣装が目を引いた。漆黒地に金糸銀糸の刺繍が施された洋装で、幾重もの長い真珠の首飾りを着けている。目は化粧で大きく黒く縁どられ、唇は鮮やかな朱赤に彩られている。髪は顔の周りに沿うようにカールさせ、鐘型の帽子を被っている。

「あんな帽子初めて見た」

トンボはそっと朱鷺に耳打ちした。

「あれはクローシェ帽っていうが」

「朱鷺知っとるが」

「雑誌で見たことある。で、あの服はモガ」

「モガ……？」

「モダンガールの略や、東京じゃずいぶん前から流行っとるみたい。金沢じゃめったに見かけんけど」

床の間の前に占い師が座り、その両側に会頭と副会頭が腰を据えた。三人を囲むようにコの字型に理事たちが鎮座している。

その中には君香の旦那である工藤《くどう》の姿もあった。工藤は四十代後半。金沢で一、二を争う金箔工房を、職人から腕一本で築き上げた遣り手である。しかし、この顔ぶれの中での序列はまだ下の方だ。

上座には先輩芸妓衆が付き、トンボと朱鷺は君香と共に工藤の席に回った。桃丸だけはちゃっかり占い師の間近の席を確保している。

会頭の挨拶が始まった。

「今夜は飛鳥浄心《あすかじょうしん》先生をお招き出来て、大変光栄に思っております。みなさんもご存じの通り、浄心先生は占い師として大いに名を馳せておられます。このような噂に高いお方に、この場にお越しいただいたことを心よりありがたく存じます。みなさんもすぐにでも占ってもらいたいのはやまやまでしょうが」そこで小さく笑いが起こる。「それは少しお預けということで、まずは浄心先生から一言お願いいたします」

浄心は優雅な仕草で頷き、微笑みながら席をゆっくり見回した。

「みなさま、今夜はわたくしのためにこのような過分な席を用意していただき、ありがとうございます。世のため、人のためとの一念で、これまで生きて参りました。当分の間、金沢に腰を据えるつもりでおりますので、何かお役に立てることがあれば何なりとご相談くださいませ。みなさまに幸多きことを心より祈願いたしております」

盛大な拍手が沸き起こる。と同時に仲居たちが料理と酒を運び込んで来る。宴は華やかに幕開けした。

出席者は名刺を持って次々と浄心に挨拶に向かった。浄心もまた機嫌よく対応している。工藤もそのひとりだ。工藤は席に戻って来ると「さすがに独特の雰囲気を持っておられるなぁ」と、感心したように言った。

「その上、なかなかの別嬪やしな。じっと目を向けられて、何やら吸い込まれそうになったわ」

そんな工藤を君香が見やった。

「あら、旦那さまはああいうお人がお好みでしたが？」

工藤が慌てて取り繕う。

「いやいや、そんなんやない、金沢ではちょっと見掛けんお人やなぁってだけや。変な気は回さんといてくれ」

工藤の慌てぶりに、君香は笑いながら軽く工藤の脇腹を肘で突っついている。その甘やかな仕草にトンボはちょっと面映ゆくなった。普段あまり感情を表に出さない君香だからこそ、こんな時、ふたりが築き上げてきた年月の重さを思い知るのである。

その時ふと、トンボは座敷の隅に鎮座している初老の女に気づいた。客ではないし仲居でもない。この場にそぐわない地味な着物を纏い、何をするわけでもなく、無表情にただそこに座っているだけである。誰やろう、と気になっていると工藤が目ざとく気づいた。

「あれは乳母さんやそうや」

「乳母？」

「聞くところによると、浄心先生はお公家さんの血をひいたお生まれやそうや。そういうお方なら乳母がおってもおかしくないわな。いつもああして、浄心先生の行くところにぴたりと寄り添っているんやと」

「へえ……」

言われてみれば、確かに浄心にはやんごとない気配があるようにも感じる。

そんな時だった。ひとりの芸妓がやって来た。

「君香姐さん、すんません。あたしもこちらに付かせてもろてもよろしいやろか」

小寿々《こすず》という芸妓である。確か年は二十三。

「もちろんいいけど、どうしたが？」

小寿々が首を竦めた。

「お恥ずかしい話なんですけど、あたしの気が利かんさけ、お姐さん方の機嫌を損ねて追っ払われてしまいました」

あらあら、と君香は苦笑した。

「そんないけずされたんならここにおるまっし。旦那さま、よろしいやろ」

「おお、じゃまないぞ」

「あんやとうございます。よろしゅうお願いいたします」

小寿々はほっとしたように頭を下げた。

小寿々とは顔見知り程度であまり交流はないが、こうして話してみると愛想も愛嬌もある。疎まれる理由はわからないが「気に入らん」というだけで、姐さん衆に邪険にされるのは、トンボも何度も経験している。そんなこともあってトンボは小寿々に親しみを感じた。

ちょっとした揉め事が起きたのは、終盤に近づいた頃だった。

目の前にいきなり男が来て、工藤の前にどかりと座り「ずいぶんいいご身分やないか」と、ふんぞり返ったのである。工藤は慌てて居住まいを正した。

「これはこれは大田原《おおたわら》さん。まずは一献」

工藤が自ら銚子を手にして酒を注いだ。大田原はそれを一気に呷《あお》ると、口元に皮肉な笑みを浮かべた。

「芸妓を四人もはべらせるとは大したもんやな。確か金箔工房をやっとるんやったな」

「はい、そうでございます」

「金箔なんてあんなぺらっぺらなもんでも、結構儲かるもんなんやな」

と、大田原は笑い声を上げた。すでにかなり酔っているようだ。一瞬、工藤の頬が強張ったが、すぐにいつもの柔和な笑みを取り戻した。

「大田原さんのような立派な会社とは比べもんにならない小さな商いでございます。貧乏暇なし、いつも独楽鼠《こまねずみ》のように働いております」

立場もあるのだろう、工藤はずいぶん下手に出ていた。

工藤と年はさほど変わらないが、大田原は明治時代から続く金沢でもいちばん大きな繊維会社の二代目社長である。従業員を三百人ほども抱え、更に商工会議所の次期会頭候補とも噂されている人物だ。

大田原は工藤から君香に視線を移すと、嘗め回すように眺めた。

「何や君香、おまえまたその着物か。いったい何年おんなじのを着とるんや。おまえの旦那は、新しい着物一枚も拵《こしら》えてくれんのか」

もちろん、君香の旦那が工藤であることを知っていて皮肉っているのである。

君香が余裕たっぷりに笑みを返した。

「この着物、とても気に入っているがです。あたしによう似合いますやろ」

ふん、と、大田原は鼻から息を吐き出した。

「着物だけやない、帯も帯締めも簪も、いっつもおんなじやないか」

「いいもんを長く大切に使うようにと、梅ふくのおかあさんにも言われておりますさけ」

言い返されて、大田原は却って意固地になったようである。

「あの家にしたってそうや」

次は何を言い出すつもりだろう。トンボは緊張した。

「古家やし門はちゃっちいし、庭も大した広さはないんやろ。あんなしみったれた家でよく我慢しとるな。部屋はいくつあるんや、二つか三つか。寝屋の声が丸聞こえなんやないか」

大田原が下卑た笑い声を上げる。工藤は居心地悪そうに視線を膝に落としている。

しかし君香は少しも動じなかった。

「おかげさんで、造りがしっかりしておりますさけ、住み心地もよくて、何の不満もございません」

「ああ、てきないなぁ」大田原は、今度は大げさにため息をついた。

「ひがしで売れっ子のおまえが、そんな負け惜しみを言うようになったとはな。まあ、それもおまえの男を見る目のなさやから、自業自得というもんやけど」

それから大田原はトンボたちに目を向けた。

「おまえらも旦那選びは慎重にせんとな。ちゃんとした男を捕まえんと、君香みたいになっちまうぞ。肝に銘じとけ」

大田原のあけすけな侮辱に座はしんと静まり返った。

そんな中、トンボはわざと大きく頷いてみせた。

「さすが大田原さまや、いい勉強になりますわ」

「そうやろ」

大田原が得意げな顔をする。

「男のやっかみがどんなにみっともないもんか、よおくわかりました」

涼しい顔で言ってやる。一度瞬きしてから、大田原が色めき立った。

「何やと」

もちろんトンボは引き下がらない。目の前に無作法に座った時から、大田原に腹を立てていた。

「何の苦労もせんと、親から大きな会社を受け継いだだけで、よくまあそんなにふんぞり返っておられるもんですな」

慌てて割って入ったのは朱鷺である。

「さあさあ、大田原さま、お席に戻りましょう。ここで大田原さまを独占していたら、お姐さん方にヤキモチ焼かれてしまいます」

大田原は怒りで顔を真っ赤にしている。

「おまえ、自分の立場がわかっとるんか、芸妓がわしに楯突くとはどういう了見や」

「あら、すんません。あたしったら正直もんやさけ、つい」

「さ、大田原さま、参りましょう」

朱鷺に手を取られて、大田原は憤懣《ふんまん》やるかたない顔つきながらも、自席に戻って行った。

工藤は膝に目を落としたままでいる。君香がその膝にそっと手を置く。小寿々はすっかり狼《うろ》狽《た》えている。トンボは去ってゆく大田原の背を睨みつけた。


翌日になっても、トンボの腹の虫は収まらず、女紅場に向かう途中もずっと悪たれ口を続けていた。

「ほんと、何やのあいつ。昔、君香姐さんに袖にされたことまだ根に持っとるんや。男の嫉妬ほどみっともないもんはないわ」

朱鷺はため息を返した。

「そうかもしれんけど、あんなに躍起になって言い返すのはどうなんや」

「朱鷺はあいつの肩を持つんか」

トンボは口を尖らせた。

「そうやない。けど、あたしらは花代をいただいてお客様を楽しませるのが仕事なんやさけ、我慢も必要やと言っとるが。トンボはいつもそうや、何か口にする前に、少しは考えてものを言わんと」

「誰かが言わんと、あんな奴は図に乗ってますますふんぞり返るばっかしや。あたしは工藤さんの代わりに言ってやったんや」

「そう、問題はそこなが。言われた工藤さんが聞き流しておいでるのに、何であんたが言うんや。事を荒立てたら困るのは工藤さんと君香姐さんやろ、それもわからんのか」

さすがにトンボは言葉に詰まった。考えてみれば朱鷺の言う通りである。工藤にしたら、立場的にも事を荒立てたくなかったに違いない。

カッとすると後先考えずに口に出してしまう性格は、朱鷺からも稲からもしょっちゅう叱られている。もちろん自分でもわかっている。それでもつい出てしまう。

そんな時、不意に先を歩いていた桃丸が振り返った。

「あたし今日、女紅場お休みするさけ」

「え、何でですか」

朱鷺が聞き返す。

「大事な用事があるが。お師匠さんたちにはうまいこと言っといて。あと、おかあさんと稲さんにも内緒やさけ、よろしくな」

そう言うとトンボと朱鷺を残し、桃丸は弾んだ足取りで電車通りを渡って行った。

その日、稽古を終えて玄関に出ると小寿々が待っていた。

「昨夜はあんやとうございました」と頭を下げる。

「工藤さんの席に付かせてもらって助かりました。入れてもらえんかったら、ずっと隅っこに追いやられたままでした」

「そんなん気にすることありません。君香姐さん、小寿々さんのこといい妓やねって褒めておいでやったわ」

朱鷺の言葉に、小寿々は目を細めた。

「嬉しいわぁ。綺麗で優しくて芸も一流、憧れの君香姐さんにそんなこと言ってもらって光栄です。どうぞ君香姐さんにもよろしゅうお伝えください」

小寿々は丁寧に腰を折った。


お稽古をさぼってまで出掛けた大事な用とは何なのか、それを桃丸から聞かされたのは翌日のことである。

「ちょっと葛饅頭でも食べに行かん？　あたしが奢るさけ」

誘われて、三人はいつもの甘味処ちとせの奥の小部屋に入った。

こし餡を半透明の葛粉で包んだそれは、見た目も涼し気で、この季節金沢でよく食べられる。特にちとせの主・八重の手作りは評判を呼んでいた。

注文を終えてから桃丸が口を開いた。

「昨日はあんやとな。上手いこと言ってくれて助かったわ」

「それで、何やったんですか、大事な用事って」

トンボの問いに、桃丸は待ってましたとばかり話し始めた。

「実は飛鳥浄心先生にお会いして来たが」

トンボと朱鷺は目を見開いた。

「え、あの占い師さんですか」

「そうや」

さも得意げに頷く。

「何でまた」

「それがな、あの宴会の帰り際、浄心先生に声を掛けられたが。何か相談したいことがあるんやないかって。もう、びっくりしたわ。それだけ人の心を読めるお方なんやろな。そうですって答えたら、それなら逗留している宿に遊びにいらっしゃいって言ってくださったが。どうやら、あたしのこと気に入ってくれたみたい。緊張しとったんやけど、話してみたらとっても気さくで優しいお方やった」

「それで占ってもらったんですか？」

トンボの問いに桃丸は大きく頷く。

「もちろんや」

「どうでした？」

やはり興味がそそられる。

その時「葛饅頭、お待ち」と、盆を手にして顔を出したのは蒼次郎だった。

「え、あんた、ここで何しとるが？」

三人はびっくりした。

「葛饅頭の作り方を八重さんに教わっとったんや、それで例の占い師の話なら俺も聞きたい。当たるってもっぱらの評判やないか」

「立ち聞きしたんか。たち悪い」

「いいからいいから」と、蒼次郎は席に割って入った。

「で、どうやった？」

「教えたげてもいいけど、みんなには内緒にしといてや」

そして、少しもったいぶりながら桃丸は話し始めた。

「浄心先生が仰るにはな、あたしに男運がないのは、ご先祖さまに不幸な女の人がいて、その霊が嫉妬していい男を近づけんようにしとるからなんやて。肩が重かったり、背中が痛かったりせんかって聞かれて、考えてみたら確かにそんなことが続いてたわ。それもみんなそのご先祖さまの仕業なんやて」

トンボは呆れ、つい茶々を入れた。

「そんな痛み、誰にもあるんと違いますか」

窮屈な着物を着て、無理な姿勢で踊りを舞う。芸妓はみんな、身体のどこかがいつも痛い。

「普通の痛みとは違うが。重いというか痺れというか、浄心先生に言われてハッとしたが。あれは確かに悪い霊の仕業や」

「そんなわけ……」

「まあまあ、とにかく桃丸さんの話を聞こうやないか」

蒼次郎に遮られて、仕方なくトンボは黙った。

「で、浄心先生がお祓いをしてくださったわけや」

「効果はありました？」

朱鷺が尋ねる。

「もう、てきめんやった。とたんに肩の凝りも背中の痛みもすうって消えて、もう軽いのなんの。やっぱりあのお方は本物やわ」

桃丸は満面の笑みを浮かべている。

「けど、お祓いって高いんやないか」

蒼次郎が現実的な言葉を口にした。

「そう、そこなが」と、桃丸は前のめりになった。

「あたしだってそれくらいのことはわかっとる。ほやさけ最初に言ったが。芸妓ですさけそんなにお金は持っておらんのですって。そしたら、親兄弟を助けるために芸妓になったような人からお金を取る気はない、ただ人助けをしたいだけやって仰ってくださって。もうあたし感激したわ。浄心先生はまさに菩薩さまみたいな慈悲深いお方やった」

桃丸はうっとりと胸の前で手を握りしめた。

「じゃあタダで？」

「もちろん」

トンボは首を傾げる。

「タダなんて、そんなことあるやろか。坊さんだってちょっとお経上げただけでお布施をがっぽり取るやないですか」

「けど実際、お金はお取りにならんかったんやさけ、そういうことや。その上、またいらっしゃいって仰ってくださったが。悪い霊のお祓いは済んだから、今度は玉の輿に乗れる祈禱もしてあげましょうって。ああ、楽しみや」

桃丸は目を弧《こ》にして、葛饅頭をつるりと口に含んだ。


六月半ば、金沢は梅雨入りとなった。

空には鼠色の分厚い雲が垂れ込め、雨に濡れた紅殻格子も板壁も暗く沈み、いつも賑わう花街も鬱陶しさに包まれていた。

その日、ふたりが呼ばれたのは工藤の席である。

「今夜はお呼びいただきあんやとうございます」

「おう、来たか。この間はいろいろ気を遣わせてすまんかったな」

すぐに察して、トンボは頭を下げた。

「あたしこそ、いらんことを言うてしもて申し訳ありませんでした。後で朱鷺にたいそう叱られました」

「だんないだんない、歯に衣着せんところがトンボの持ち味や」

工藤が大らかに笑う。やがて小寿々もやって来た。

「こんばんは」

「おお、よう来たな。今夜はあの席の仕切り直しということやから、みんなで賑やかにやろうやないか」

工藤が陽気に言った。

「あたしまで呼んでくださってあんやとうございます」

しばらくみなでお喋りをしていると、小寿々がふと、卓に置かれた煙草入れに目をやった。

「それ見事な煙草入れでございますね」

「ああ、これか。輪島塗や」

工藤が手にする。

「特にその象嵌細工は惚れぼれする美しさです。工藤さんのところの金箔をお使いなんですか？」

工藤が顔をほころばした。

「そうや。おまえ、なかなの目利きやないか」

「工藤さんとこの金箔は日本一ですさけ」

工藤が満足そうに煙草入れから紙巻き煙草を取り出した。君香が素早く火を付ける。

「輪島塗だけやなくて、京友禅や西陣織にも使われとると聞いてます。工藤さんとこの金箔やないと、綺麗に仕上がらんって」

トンボは少なからず感心していた。前もって客の仕事についての知識を得ておくことは、芸妓のたしなみのひとつである。工藤が金箔工房の主であることは知っていても、どんな使われ方をしているのかまで心得ているとは驚きだった。

同じことを君香も感じたらしい。

「小寿々ちゃん、気が利かんなんて言っとったけど、ちっともそんなことないやないの」

小寿々は少し恥ずかしそうに肩を竦めた。

「あたしの憧れの君香姐さんの旦那さまのことですさけ、ちょっと勉強させてもらいました」

「あら、小寿々ちゃんたら可愛いこと言ってくれるなあ」

「何や、つまりわしは君香の添えもんってことか」

聞いていた工藤が豪快に笑う。酔いが回り始めただけでなく、今夜はいつもに増して上機嫌の様子だ。

「小寿々の言う通り、金箔でうちの工房の右に出るもんはない。その自負はある」と、工藤は胸を張ってから、こんなことを言った。

「だからって、それだけで満足するつもりはないんや。今だからこそもっとでかい仕事を手掛けんとと思っとる。所詮はぺらっぺらの金箔や、なんて言われん仕事をな」

「旦那さま、そのお話はまだ……」

君香がやんわりと押し留めたが、工藤は意に介さない。

「いいやないか、ここにおるのは気心の知れたもんばっかりや」

「そやけど……」

トンボが尋ねた。

「工藤さん、何か新しいお仕事を始められるんですか」

「わしももうすぐ五十やさけな。始めるなら早い方がいいと思ってな」

「まあ、いったいどんなお仕事なんですやろ」

小寿々が声を高める。

「それは近いうちにわかる、まあ楽しみにしとってくれ」

そうして工藤は君香の肩を引き寄せた。

「君香、これからもっとたくさん着物を買うてやるからな。家もあんな伏屋《ふせや》やなくて、大きくて門も立派で、庭に灯籠があるようなところに住まわせてやるさけな」

君香は困惑した表情を浮かべている。

「あたしはそんなことちっとも望んどりません。今のままで十分やと思っとります」

「相変わらず貧乏性やな。心配せんと、大船に乗ったつもりでわしに任せとけばいいんや」

工藤は自信に満ちた表情で笑い声を上げた。

小一時間ほど過ごし、君香を残して三人は座敷を出た。外は相変わらずの雨である。和傘を手に、着物の裾をつまみ、雨水が跳ねないようそろそろ歩いてゆく。

「君香姐さん、どうなさったんやろ」

小寿々が腑に落ちない様子で言った。

「何が？」

尋ねたトンボに、小寿々は半分ほど傘を上げた。

「工藤さんがせっかく新しい仕事を始められて、大きな家まで買うてやるって仰ってるがに、今ひとつ浮かない顔をしておいでやったろ。普通やったらもっと喜んで、精いっぱい旦那さんを盛り立ててあげるんやないかしら」

「あれはあたしらがおったさけ照れただけやろ。今頃、ふたりきりになってしっかり甘えとるわ」

トンボは笑い飛ばしたが、小寿々は何やら合点のいかない顔をした。

数日後、桃丸がトンボと朱鷺の部屋に意気揚々とやって来た。

ここのところ、桃丸にはお座敷の声がひっきりなしに掛かっている。今夜も五件入っているという。

「これも浄心先生のおかげや。でな、ちょっとあんたらにいいもん拝ませてあげようと思って」

と、桃丸は帯の間から小さな巾着を取り出した。

トンボと朱鷺は覗き込む。巾着から現れたのは透明の玉である。

「ビー玉？」と言ったトンボに「違うわ！」と、桃丸は憤慨したように返した。

「これはくりすたるっていうが」

「くり……」

聞いたこともない。

「く、り、す、た、る。あたしも初めて知ったんやけど、めったに手に入らん貴重な石やそうや。それだけやない、浄心先生が心を込めて祈禱してくださった尊い念が込められとる御珠《みたま》なが。どうやらこの輝き、見るからにご利益がありそうやろ」

「桃丸姐さん、まだあの占い師のところに通っとるんですか」

朱鷺が尋ねる。

「当たり前やろ。あたしは浄心先生は神様か仏様の生まれ変わりやと思とるが。実際、この御珠のおかげで最近お座敷の声もたくさんかかるようになったし。それにな、ここだけの話、最近、酒蔵の三代目と何やらいい感じになっとるが。あたし、もしかしたら本当に玉の輿に乗れるかもしれん」

トンボと朱鷺は顔を見合わせた。

「これもすべて浄心先生のおかげや。ほら、朱鷺にも触らせてあげる」

「はい、あんやとうございます」

御珠を手渡されて、朱鷺は両手で包み込んだ。

「どうや、邪念が消えて、心が洗われるような気がせんか」

「そう言われれば……」

「そうやろそうやろ、トンボも持ってみ」

「あたしは遠慮しときます」

「何でや」

「もともと邪念なんてありませんさけ」

「ふん、勝手にし。バチが当たっても知らんさけ」

桃丸は丁寧に御珠を巾着に戻すと、肩を怒らせて部屋を出て行った。

「まさか、朱鷺も信じとるんか」

トンボは言った。

「信じとるわけやないけど、やっぱり人は弱い生き物やもの、時には人の力の及ばん何かに頼りたくなる時もあるんやないの」

「自分の人生をあんなビー玉みたいなもんに委ねてどうすんや」

「そんな大げさに考えんと、招き猫とか福助さんみたいに、縁起もんのひとつやと思っとけばいいんやさけ」

「あたしは自分のことは自分で決める。この世に神も仏もあるもんか。絶対に信じんから」

トンボは意地になって言い返したが、「はいはい」と朱鷺はさらりと受け流した。


今日、トンボは尾山町《おやままち》のかけつぎ屋を訪ねていた。どこで引っ掛けたのか、着物の袖が二寸ばかり裂けてしまい、直しを頼みに来たのである。

かけつぎ屋に着物を預けた後、外に出ると雨雲が途切れ、僅かながら陽が差していた。雨も止んだことだし、せっかくここまで来たのだからと、トンボは尾山神社を参ることにした。この神社は前田利家公とその妻・お松《まつ》の方が祀られている。三層構造の神門にはギヤマンガラスが嵌め込まれ、和洋漢の様式が施された金沢でも珍しい造りとなっている。

神殿の前で財布を開くと小銭は切れていて、少し迷ったが「えーい」とばかり十銭札を奮発した。それを投げ入れてから、本坪鈴《ほんつぼすず》を鳴らして手を合わせた。

朱鷺にも言ったように神仏に頼るつもりはないが、とりあえず十銭分の元ぐらいは取れるようにと、「ま、困った時はよろしゅうに」と願っておく。

それでも、こうして手を合わせると何やらしおらしい気持ちになるのが不思議だった。

それから少し回り道をして大手堀《おおてぼり》の方に向かった。子供の頃、よく遊びに来たのを思い出す。大手堀にはザリガニがたくさんいて、朱鷺と蒼次郎と三人、タコ糸の先に煮干しを巻いて釣ったものだった。それは時に翌日の朝食のおかずになった。

懐かしさに惹かれて、つい通りから逸れて、奥へと進んで行った。トンボはしゃがんで堀を覗き込んだ。ザリガニを探してみるが、雨のせいで水が濁って何も見えない。

諦めて立ち上がり、そろそろ帰ろう、と振り返った時だった。

思わず身体が竦んだ。野犬が三匹、トンボを取り囲んでいた。

低い唸り声を上げて、野犬がトンボを威嚇し始めた。その目は凶暴さに満ち、今にも飛び掛かって来そうだ。

トンボは身構えた。走れば飛び掛かって来るのはわかっている。犬に舐められてはいけない。しかし辺りに人はいない。持っていた傘を握り締めて、いざという時には、これを武器にして追い払うしかない、と考えていた。睨み合いがしばらく続いていると、ふと、

「大丈夫だから」

との声が聞こえてトンボは目を向けた。いつの間にか、そこに女が立っていた。質素な木綿の着物姿で髪を片方に結んでいる。少女のようにも大人のようにも見えて、年はよくわからない。

「そんなことしちゃいけないの」

女はトンボではなく野犬に向かって言った。そしてためらいなく野犬に近づいていく。

トンボは慌てた。

「危ないさけ離れて」

が、女は意に介そうともせず、今度は犬に手を伸ばすではないか。

「いかん、噛まれるって！」

しかし驚いたことに、野犬は素直に女に頭を撫でられているのだった。どころか、さっきまであんなに凶暴だった目はすっかり穏やかになり、尻尾を振り、甘えたように鼻を鳴らしている。

「いい子ね。それでいいのよ。さあ、あなたたちはもうねぐらにお帰りなさい。これから人に手向かったりしちゃ駄目よ」

するとまるですべてを理解したかのように、野犬は大人しく離れて行く。

女はトンボを振り返って、口元を緩ませた。

「大丈夫？」

「あ、はい……」

「あの子たちに悪気はないの。どうか赦してあげて」

何ひとつ曇りのないような眼差しを受けて、トンボはたじろぎながら頷いた。

「あなたももう帰った方がいいわ。もうすぐまた雨が降り出すから」

呆気に取られるトンボに女は背を向けると、やがて風景の中に溶けてゆくように消えて行った。濃い雨の匂いに包まれながら、まるでキツネにつままれたように、しばらくトンボは立ち尽くしていた。


相変わらずじめじめした毎日が続いていた。もうひと月近く晴れ渡った空を見ていない。

降りしきる雨の中、背戸に早咲きのつゆ草が青い小花を付けていた。つゆ草は朝咲いた花が昼には萎む。縁起がいい花とは言えないが、その儚さが花街によく似合う。

占い師・浄心の評判は広がる一方だった。噂では、霊験あらたかと金沢の有力者たちが、こぞって浄心の逗留先に詣でているという。金持ちだけでなく、町の商売人や職人、奥さん連中、若い娘たちも熱心に通い詰めているそうだ。その中には置屋や料亭の女将や芸妓もいるとのことである。金運招福、商売繁盛、無病息災、良縁吉祥、子宝祈願。境遇は違っても人間の欲は尽きない。

妙な噂が耳に入ったのは、それからしばらくしてからのことだった。

君香と工藤が揉めているというのである。

「ほんとのところはどうなんや」

と、先輩芸妓に探りを入れられて、トンボも朱鷺もすぐさま否定した。

「そんな出鱈目、誰が言うとるんですか」

「あのふたりに限って、そんなことあるわけないやないですか」

ふたりともむきになって言い返したが、噂は広がるばかりだった。君香に直接聞けばいいのだろうが、通い芸妓の君香はここしばらく梅ふくに顔を出していない。

今日も女紅場で「君香、とうとう旦那さんと縁切りやてな」と言われ、さすがに放っておけなくなった。

ふたりは梅ふくに戻ると、すぐさま帳場に向かい、噂の件を時江と稲に話した。

「ああ、その件かいね……」

てっきり笑い飛ばすものとばかり思っていたが、時江の口調は重かった。稲も顔をしかめたままむっつりしている。

「いったい何があったんですか」

と、ふたりは膝を進めた。

「やっぱり人の口に戸は立てられんもんやな。そこまで噂が広まっとるならしょうがない。実はな、そういうことになったんや、ふたりは縁切りで話がまとまったが」

トンボと朱鷺は言葉を失った。一時の関係ではない。すでに付き合いは十年近くに及び、子まで生している。

「そろそろみんなにも話さんといかんと思っとったの。後で君香が来ることになっとるさけ、帳場に顔を出し。桃丸と琴菊も呼んどいて」

座敷支度を始める前、四人で帳場に行くと、時江と稲、そして君香が顔を揃えていた。

「みんな、心配かけてかんにんな」

少し見ない間に君香はずいぶん痩せていた。

「本人から聞くのがいちばんやと思うさけ、君香、あんたの口から話してやって」

時江に促され、君香はかすかに頷いた。

「どっから話せばいいやろな。あの人が新しい仕事を始めることは、前の座敷でトンボと朱鷺は聞いたと思うけど」

「はい、伺いました」

ふたりは頷く。

「正直なところ、あたしはずっと止めとったが。でも、どうしてもやると言ってきかんかった。あの人の言い分はこうや。これから先も金箔だけで満足しとるなんて男として不甲斐ない。もっと大きな仕事を手掛けんと商工会議所の奴らに見下されたままやって」

トンボは、大田原に揶揄された時の工藤の頰の強張りを思い出していた。顔では笑いながらも、やはりあの言葉は工藤の自尊心を深く傷つけていたのだ。

「あの、その新しい仕事って何ですか？」

尋ねたのは桃丸だ。

「金の取引やそうや。ここんところ景気が下向きになって来たやろ、こういう時こそ金が信用できるさけ、今のうちに買えるだけ買い集めとけば、後で必ず大儲けできるって言われたようや」

「けど、元々金箔工房をされてるんやさけ、そっちの方ならうまく商いなさるのと違いますか」

「あたしも最初はそう思ったが。けど、扱うのは金箔とは桁違いの金額や。そのためにご本宅と工房を抵当に入れて、資金を調達するって言うやないか。もうびっくりして、さすがに反対したが。いくら何でも危ない橋を渡り過ぎやって」

そこで君香は深く息をついた。

「そしたらあの人、わしのやることに文句を付ける気かって、ひどく腹を立てまさった。それでもあたしがしつこく止めたもんやから、我慢ならなくなったんやろな、怒鳴られた上にはたかれて、最後にそんないさどい女とは縁切りやって言わされたが」

金を儲けて自分を見下していた奴を見返したい。工藤の野心はそこに行き着いたのか。

「そやけど何も縁切りまでせんでも、ただの言葉のあやなんと違いますか」

桃丸が呟く。

「あたしも出来るならそうなりたくなかった。そやさけ何とか取りなそうとしたんやけど、もう何を言っても聞いてくれんかったわ」

　そして、君香は肩を落とした。

「今も、何でこんなことになったんかよくわからんの。呆気ないもんやな。あたしはあの人の、金箔にひたむきに打ち込む職人気質が好きやった。努力が実って、せっかく世の中に認められる金箔を作れるようになったんに、あんな辛気臭い仕事はもうまっぴらごめんや、と言われた時は、身体から力が抜けてしもたわ」

　場はしんと静まり返った。

「それを聞いて、あたしの気持ちも決まったが。あの人はもう、あたしの惚れた人とは違う人になったんやって」

　誰も言葉を発せなかった。

「ということで、もうすべて話も付いたさけ、今日はあんたらにも報告させてもらいました。しばらく周りからいろいろ言われるやろうけど、聞き流しといてな。あたしは大丈夫や。これからがっぱになってお座敷に出て、精一杯稼がせてもらいますさけ。よろしくお願いするわ」

　最後、君香は吹っ切れたように、気風のいい笑顔を見せた。


　当然ながら、花街は君香と工藤の縁切り話でもちきりとなった。

　ただ花街ではさほど珍しい話ではない。みな色恋沙汰の悶着には慣れっこだ。人の噂も七十五日。どうせ新しい噂が持ち上がれば、興味が一気にそちらに向くのはわかっている。姐さん衆から何を聞かれてもトンボも朱鷺も、「あたしらも寝耳に水でさっぱりわかりません」とはぐらかしていた。

むしろ芸妓衆よりも、厄介なのは客の方ではないかと懸念していた。人気の高い君香である。客たちの興味は尽きないはずだ。あれこれ勘繰られるのは覚悟していた。

しかし、意外にも非難めいた言葉はなかった。逆に「旦那と別れて君香の色香が増した」やら「次の旦那になりたい」などと、歓迎の声の方が多かった。お座敷も前よりいっそう声がかかるようになったのだから不思議なものである。それもこれも、君香の芸妓としての評価がどれほど高いかを改めて思い知らされることになった。

工藤はもうひがしには現れない。主計町やにしの花街に出掛けているらしい。羽振りのいい遊び方をしているとの噂も聞くが、君香は顔色ひとつ変えず「そんならよかった」と、堂々と受け取めていた。

長かった梅雨がようやく明けて、夏の日差しが降り注ぎ、朝顔や鶏頭、鳳仙花といった夏の花が色鮮やかに咲き始めた。

とんでもない話が飛び込んできたのは、そんな頃である。

昼過ぎ、梅ふくの面々は台所でみな好きに過ごしていた。たあぼの留子と美弥はおじゃみに興じ、桃丸は琴菊に例の御珠を見せびらかしていた。朱鷺とトンボは今夜の舞いの相談をし、フミは隅で繕いものをしていた。一日のうち唯一のんびりできる時間帯である。

そんな時、勝手口から蒼次郎が現れた。

「えらいことになった」

よほど急いできたのだろう。すっかり息が切れている。

みなきょとんと蒼次郎を見つめた。

「あの占い師、とんずらしたぞ」

言っていることがすぐには呑み込めなかった。蒼次郎は焦れたように繰り返した。

「だからあの浄心が消えたんや。どうやらあの女、札付きのペテン師やったらしい。今朝、警察が宿に踏み込んだんやけど、すでにもぬけの殻やったそうや」

「悪い冗談はやめてたいま」声を上げたのは桃丸だ。

「いくら蒼次郎さんでも笑えんわ」

そんな桃丸に蒼次郎は真顔で言った。

「桃丸さん、お金は払っとらんって言っとったよな。それ確かなんやな」

「うん、もちろんや」

「それならよかったけど」

蒼次郎がほっとしている。

「何かの間違いに決まっとる、あたしは近いうちにまた浄心先生のところに伺う約束してるんやし」

「だったら宿に行ってみればいい。逃げたと聞いて続々人が集まっとるそうや。みんなご先祖様の供養をすれば幸運が舞い込むと言われて、数珠やら壺やらを高値で買わされた人ばっかしや。実際はどれもバッタ屋で売ってる安もんやそうや」

桃丸はふと手にしていた御珠に目を落とした。

「でも、これは違う、だってくりすたるなんやさけ、バッタもんなんかやない」

「桃丸さん、それあの占い師からもらったんか」

「そうや」

「残念やけど、ただのビー玉やな」

「え……」

「それと同じもんに何十円も払ったって人もいるそうや。そんなおもちゃによく金を払ったもんや。けどよかったやないか、桃丸さんはタダでもらったんやろ」

「ビー玉……？」

桃丸が繰り返す。そしてだんだんと目が虚ろになっていく。思わずトンボは尋ねた。

「桃丸姐さん、本当はお金、払ったんやないですか」

桃丸の目が泳いでいる。

「どうなんですか」

「……最初のお祓いは本当にタダやったが。けどくりすたるの御珠となったらそういうわけにはいかんやろ、祈禱までしていただいたんやし……。乳母さんから、それも玉の輿に乗ればすぐに取り戻せるお金やから、貯めとることと同じやって言われて。そう言われたら、あたしも確かにそうやなって」

蒼次郎が呆れ声を上げた。

「で、払ったんか」

「そやかて……」

「ああ、完全に騙されとるやないか」

「あたし、騙されたんか」

「それで、いくら払ったんや」

「五十円……」

ええっ、と、誰もが声を上げた。

「そんなビー玉に五十円も。そんな大金、どうやって用意したんや」

「貯めとったお給金と心付けと、帯留めや簪をいくつか売って……。なぁ、ほんとなんか、ほんとにこの御珠、バッタもんなんか」

蒼次郎が気の毒そうに頷く。

「間違いないな」

桃丸はひくひくと唇の端を震わせた。そしてわっと床に伏臥《ふくが》した。留子と美弥はぽかんとし、琴菊とフミはおろおろするばかりだ。

台所の騒がしさが帳場まで届いたのだろう。時江と稲が顔を出した。

「いったい何事やの」

蒼次郎が事の経緯を説明すると、時江は呆気にとられ、稲は目を吊り上げた。

「桃丸、あんたときたら何ちゅうことを」

「そやかて、この御珠がいい男さんを呼び込んでくれるって……だからあたし……」

桃丸が泣き声混じりに言う。

「そんな騙し文句にのせられたんか、このだらぶちが」

「そやかて、そやかて……」

桃丸は子供のように泣きじゃくり始めた。時江が桃丸の肩にそっと手を置いた。

「とにかくちょっと帳場においで。これからのことを相談しよ」

桃丸はしゃくり上げながら、とぼとぼとふたりの後ろに付いて行った。


この事件は『女占い師詐欺事件』として、新聞に大きく載った。

桃丸だけでなく、かなりの人が「先祖供養」を名目に物品を売りつけられていたことが判明した。乳母と思われていた老婆は実の母親であり、その母親は周旋業まがいのこともやっていて、投資や融資を促して、金を巻き上げていたのである。そちらの被害は桁違いの金額だという。商工会議所の中にも被害を被った者が何人もいたとのことだった。しかし実際には、名乗り出る者は少なかった。世間に知られれば体裁や信用に関わると懸念して、口を噤《つぐ》んでしまったのである。

花街中がその話題一色となっている中、トンボだけは別のことに気を取られていた。新聞に載った浄心の写真である。それは宴席で見た濃い化粧のない素のままの顔だった。大手堀で野犬から助けてくれたあの不思議な女に間違いなかった。


梅雨が明けたというのに、夕刻になって雨が降り出した。戻り梅雨のようである。

その日、トンボと朱鷺は君香と共に香月楼の座敷を終え、帰り支度のために小部屋に向かった。部屋に入ると小寿々が待っていた。

「君香姐さん、お話があります」

硬い口調で小寿々が言う。

「あら、改まってどうしたが。帰り支度しながらでいい？」

「あたしは構いませんけど……」

言葉尻を濁して、小寿々はトンボと朱鷺にちらりと目をやった。ここは席を外すべきなのかとも思ったが、君香は気にする様子はない。

「構わんさけ、ふたりともおって」

「けど、他の人に聞かれるのは、君香姐さんの方が困るんやないですか」

「あたしはちっとも構わんわ。それで話って？」

君香は三味線を長袋にしまい始めた。トンボと朱鷺も、舞いに使った和傘を胴袋《どうぶくろ》に収めてゆく。

「ほんなら遠慮のう言わせてもらいます。君香姐さん、いつになったらあの家を出て行ってくれまさるんやろ」

「家？」

君香が手を止めた。

「もう工藤さんとは縁が切れたんやし、お返しするのが筋と違いますか」

「何であんたにそんなこと言われないかんのやろ」

「それは……」

小寿々は言葉に詰まっている。君香はそんな小寿々を諭すように言った。

「もう隠さんでいいが、何もかもわかっとるさけ」

トンボと朱鷺はわからない。しかし只事ではないことだけはわかる。

「あんた、工藤さんといい仲になったんやてな」

ふたりは呆気にとられ、小寿々を見やった。

「言っておきますけど、それは君香姐さんと縁切りした後のことですさけ、文句を言われる筋合いはありません」

驚くばかりである。まったく気づかなかった。いや考えもしなかった。

「文句なんていうつもりはないわ。後でも先でもどうでもいい、もうケリがついたことやさけ」

小寿々はしばらく逡巡していたが、やがて顔を上げた。その表情はすでにふてぶてしさを備えていた。

「そこまでご存じなら話は早いです。それであの家のことですけど」

「出て行けって、あの人が言っとるが？」

「工藤さんは情が深い人やさけ、なかなか言い出せんのです。君香姐さんには娘さんとお母さんもいらっしゃることやし、あたしもしばらくは大目に見ようと思っとったんです。けど、もう縁切りしてからずいぶん日が過ぎたやないですか、こっちにも都合ってものがありますさけ、そろそろ出て行ってもらわんと」

「都合って何やの？」

「それは……」と、小寿々は口籠る。

「君香姐さんには関係ないことですさけ」

「あんたが住むつもりなんか」

「違います」

「じゃあ、詐欺に引っ掛かった穴埋めに売るってことやろか」

小寿々の頬が強張った。

「やっぱりそうなんやな。あの人もあの占い師にまんまと騙された口やったんやろ。だからあんなにやめときって止めたんに。ほんとにダラなお人や」

ため息混じりの君香の言葉に、小寿々は開き直ったようにキッと眉を上げた。

「それがわかっておいでなら、尚更早く出て行ってもらわんと困ります。あの家を担保にすれば何とか丸く収まるんですさけ」

「ご本宅はどうしたが？」

小寿々は答えない。

「もう差し押さえられたんか？」

「あたしは知りません。そんなことより、今はあの家の話をしとるがです」

「あんたの期待に添えんで申し訳ないけど、あたしは出て行かんさけ」

「何でです、そんな権利ありませんやろ」

「残念やけど、あの家は工藤さんのものやない。名義はあたしになっとるさけ」

「え……」

小寿々は息を呑んだ。

「工藤さんによく確かめてみまっし」

「けど……」

「縁切りの時、しっかり話し合って、間違いなく名義をあたしに変更していただきました」

小寿々はしばらく目を泳がせた。どうすればいいのか、頭を巡らせているようだった。

「それなら名義を工藤さんに戻してください」

「はぁ？」

「長年、世話になった旦那さんがこんな大変なことになっとるがです。今まで随分いい思いをさせてもらって来たやないですか。お返ししても罰は当たらんのと違いますか。何も家財や着物まで返せって言ってるわけやないがです、家だけ返してくれたらいいんです」

「だから返さんって」

小寿々はぎりぎりと歯を嚙み締め「あんたは鬼ですか」と叫んだ。

「そんな人でなしのすることやないですか」

激昂する小寿々に、君香はゆったりと笑みを返した。

「何とでも言えばいい。あたしには守らんといかん娘とおっかさんがおるんや。そのためなら鬼にだって人でなしにだってなれる」

小寿々は、今度はすがるような目を向けた。

「ほんならあたしは、あたしはどうなるんですか、せっかく工藤さんを手に入れたんに、これから先いったいどうすれば……」

君香に動じる様子はない。

「みんな自分で蒔いた種やろ。あんたもひがしの芸妓なら、もう腹括らんとな」

最後の凄味ある声に、小寿々は言葉を失った。

案の定、工藤は浄心母娘に乗せられ、金売買の詐欺に引っ掛かっていた。母娘から仲買人を紹介され、金を払い契約が済んだところで、現物が届かないまま売り手が行方をくらましたのである。詐欺だとわかった工藤はあちこち金策に走ったようだが、万策尽き、やがて目つきの悪い男たちが現れたかと思うと、瞬く間に本宅と金箔工房を差し押さえていった。

何もかも失った工藤はしばらくして姿をくらました。残された妻子もひっそりと田舎に帰って行った。それはあまりにも後味の悪い結末だった。

女紅場の帰り、トンボと朱鷺はちとせに入った。

いきなり暑くなり、暑気払いにところてんでも食べようという話になったのだ。もちろんそれもあるが、ふたりとも滅入った気持ちを引き摺っていて、少しでも払拭できればという思いもあった。

いつもの小部屋でふたりは向き合った。

朱鷺がところてんを吸い上げる。

「ほんとに、なんでこんなことになってしまったんやろ……」

トンボも口にする。つい酢にむせて小さく咳払いした。

「まったくやな」

「けど、君香姐さんは見事やった。小寿々姐さんの話を聞いた時はどうなることかと思ったけど、堂々と立ち向かったし」

「うん、さすがに君香姐さんや」

「それにしても、まさか小寿々姐さんが工藤さんとそういう仲になっとったなんてびっくりやった。もしかしたら最初から、工藤さんのこと狙って君香姐さんに近づいたんやろか」

「そう思われても仕方ないやろな」

「それだけやない、その小寿々姐さんが、今も何もなかったような顔でお座敷に出とるのにも仰天したわ。普通やったらいたたまれんやろうに。大した度胸や」

そうなのだ、小寿々は君香が何も言わないのをいいことに、今もしゃあしゃあと芸妓を続けている。そして、こんなことを言っているという。

「君香姐さんはさすがやな。ぎりぎりのところで工藤さんの道連れにならずにすんだんやさけ、抜け目のないお人や」

と、褒めているのか貶《けな》しているのか、判断しがたいことを言い回っているらしい。トンボとしてはやりこめたい気持ちもあるが、君香が「放っておき」というので仕方なく我慢している。

考えてみれば、小寿々も借金のかたに花街に売られた身である。何とか金持ちの旦那を手に入れて、身を立てたいと思うのは当然のことだった。

「桃丸姐さんも立ち直ったみたいやしよかったわ」

桃丸は例の御珠を粉々に割って浅野川に捨てたという。それでも、その後もお座敷の声がよく掛かり、今では「誰のおかげでもない、結局これがあたしの実力ってことや。それがわかっただけでもよかったわ」と、妙な納得の仕方をしていた。

「あの占い師、捕まるやろか」

「どうやろな」

「どうしたが、あんまり気が乗らんようやけど」

「そんなことない、とっとと捕まればいいんや、あんな悪党」

と、投げつけるようにトンボは返した。

大手堀で出会ったことは、朱鷺に言っていない。話して、浄心の肩を持つような流れになりたくなかった。たとえ主犯は母親であり、浄心がその命に従っただけだったとしても、詐欺の片棒を担いだことには違いない。実際、お金を巻き上げられた人たちがいて、そのほとんどが泣き寝入りしている。何がどうあろうと、とんでもない詐欺師には変わりない。

しかしトンボは、野犬から救ってくれた浄心の、あの無垢な眼差しが忘れられずにいた。不思議な力も目の当たりにした。芯から悪党ではないのかもしれないと思う。と同時に、ただ、そう思いたいだけなのかもしれないとも考える。それでも、少しだけ、ほんの少しだけだが、救われたような気持ちになるのだ。

「さあ、今夜も頑張らんと」

朱鷺が箸を置く。

「うん、ところてん食べたら、何やら元気が出て来たわ」

トンボは自分を景気づけるように笑顔を作った。

ちとせから出て、日差しの眩しさに手をかざした。どこもかしこもまごうかたなき夏である。それに紛れるように、かすかな匂いを感じてトンボは足を止めた。まるで雨の名残りのような、哀し気な匂いである。しかし、それは夏の風に瞬く間にかき消されていった。

陽の道

ひがしの花街からほど近い観音町《かんのんまち》通りは、老若男女が行き交っていた。

緩い坂道を登った先には、観音菩薩をご本尊とする長谷山観音院《はせざんかんのんいん》がある。朱鷺とトンボは人の流れに沿いながら、本堂に向かって行った。

やたらと参拝人が多いのは、今日が功徳日だからだ。この日に詣でると、四万六千日詣でたと同じご利益があると言われていて、こうして人が押し寄せるのである。

「何か納得できんなぁ」

トンボの呟きに朱鷺は聞き返した。

「何が？」

「だって、たった一日来ただけで、毎日まじめに詣でた人より何万倍も得するなんてぐっすくない？」

また始まった、と朱鷺は呆れる。自分の腑に落ちないことがあると、あれこれ口を挟まずにいられないのがトンボの性分である。

「あのな、世の中には来たくても来られん人もおるやろ、お年寄りやったり病気の人やったり。そういう人たちのために功徳日があるんやから、それでいいが。そんなことより、はよとうきび買って帰ろ」

参拝を済ませて、ふたりは参道を戻り始めた。

自分がひねくれた性格であることは、トンボ自身もよくわかっている。お座敷でもちょっとしたことに突っかかって、眉を顰められたり口争いになるのはしょっちゅうだ。その上意地っ張りで、自分が悪いとわかっても、なかなか素直に非を認められない。

八月も終わりというのに、蒸し暑さは相変わらずだった。日差しがじりじりと頬や首筋に照りつけて、汗が背中を伝っていく。

屋台を覗き込みながら「どれにしよう」と、朱鷺は吟味した。

功徳日はこうして通りにとうきび売りの屋台が並ぶ。そのとうきびを家の軒先に吊るしておくと、魔除けの門守《かどまもり》になると言われている。

「稲さんが、尻尾の毛がふさふさしたのを選ぶんやぞって言ってたわ。毛が多いと豆もたくさん付いて縁起がいいんやて」

「どれもおんなじや、大した違いはないって」

朱鷺はようやく一本を手にして、トンボを振り返った。

「これなんかどうやろ。尻尾もふさふさやし、きっと稲さんも満足してくれるんやないかな」

「ところで稲さん、最近やたら小言が多くなったと思わん？」

「口うるさいのはいつものことやろ」

言いながら、朱鷺は「これください」と、とうきびを包んでもらう。

「そうやけど、特に最近あれこれ言うようになった気がする。それもあたしにばっかし。お客さんへの口の利き方をもっと考えろとか、色気ってもん身に付けろとか。今朝なんて、お茶を飲んでたら音をたてたらだちゃかんって叱られたわ。そんなんわかっとるって。けどお座敷じゃないんやし、家で茶ぐらい好きに飲ませてって話やないか。自分はいつもズーズーいわせて飲んどるくせに」

そんな話をしていると声を掛けられた。

「あら、朱鷺ちゃんトンボちゃん。時江さんの具合どうかいね」

香月楼の女将である。

「はい、ここのところ調子がよさそうです。おかげさんで顔色もずいぶんよくなりました」

「ほんならよかった」

「お見舞いの岩牡蠣もあんやとうございました。おかあさん、とても喜んでました」

つい先日、蒼次郎が届けてくれたのである。

「ちょうど七尾《ななお》から新鮮なのが手に入ったさけ、時江さんに食べてもらおうと思ったが。やっぱり牡蠣は精がつくさけな」

能登半島七尾湾の岩牡蠣は、水深の深い冷たい海中で生息していて夏に旬を迎える。味が濃く栄養も豊富だが、何より高価なのでめったに口に入らない。

二週間ほど前から時江は体調を崩していた。今日の功徳日も、例年は時江と稲が詣でるのだが、こうして朱鷺とトンボに任されたのである。

「そうや、琴菊ちゃんの旦那さんが決まったんやて？」

「おかげさんでうまくまとまったようです」

「きっと時江さんもほっとして一気に疲れが出たんやろな。よろしゅう伝えといてな。また何か見繕って蒼次郎に届けさせるさけ。ほんならお大事に」

「あんやとうございます」

境内へと向かって行く女将に、朱鷺とトンボは揃って頭を下げた。

琴菊の旦那となったのは、金沢で手広く呉服商を営んでいる主・嵩原《かさはら》である。春の小町コンテストで優勝は逃したものの、芸の確かさと愛らしい容貌が大層評判を呼んだことで、後ろ盾になりたいという申し出はかなりあった。その中で、琴菊が望んだのは嵩原だった。もちろん選ぶ権利など芸妓にはないのだが「嵩原さんにお願いできたら」と、琴菊自ら申し出たのである。

嵩原はかねてから琴菊を可愛がっている贔屓筋だった。旦那としては申し分のない相手だが、時江は少なからず驚いたようだ。というのも嵩原はもう六十も半ばを過ぎていて、時江としてはもう少し若い、せめて五十代初めくらいの男の方がよいのではないかと思っていたようなのだ。嵩原の方も、時江から話をされて驚いたらしい。しかし、もちろん悪い気はせず「そんなら任せてもらおうやないか」と、話はすぐにまとまった。

それについて、朱鷺とトンボは琴菊に尋ねたことがある。

「何で嵩原さんやったが？」

問われた琴菊は、困ったようにふたりを見やった。

「嵩原さんじゃ、だちゃかんですか」

「そうやない、嵩原さんは立派なお方で申し分ないと思う。ただな、少し年が離れ過ぎとるんやないかって思ったが」

「おかあさんも、もう少し若い人を勧めたやろ」

「けど、あたしにしたら五十も六十も大した違いはありませんさけ」

言われてみれば確かにそうだ。琴菊にしたら同じにしか見えないだろう。

「嵩原さんが東京の百貨店にも出店なさってるのご存じですか」

逆に問われた。

「もちろん知っとる。日本橋の大きな百貨店に、加賀友禅のお店を出しておいでになるんやろ」

「繁盛なさっとるってもっぱらの評判やわ」

「そうなんです。春と秋の頒布会には展示会もしていると聞きました。以前、お座敷に呼ばれた時、嵩原さんから、金沢の芸妓に加賀友禅を着せて百貨店で披露したいって話を聞きました。それだけやなくて『婦人世界』や『婦人之友』にも載せるつもりやって仰ってました」

それらの本は巷に広く知れ渡っている婦人誌である。

「あたし、それに載りたいなって。もしそれに載ったら芸妓としての箔も付くし、お客さんにも一目置かれますやろ。そしたらあの妓に勝てるんやないかって」

「あの妓って？」

「誰のこと？」

ふたりは尋ねる。

「小町コンテストで一等賞を取った、あの妓です」

「ああ……」

あの時、琴菊がどんなに悔しがっていたか、よく覚えている。

「あたし、あの妓にだけは負けたくないがです。あれから、いつも二等賞のくせにって言われて、悔しい思いをして来たんです。ひがしで芸妓をやるなら、やっぱり頭に立たんとなった甲斐がありません。それには嵩原さんに力添えしてもらうのがいちばんやないかって思ったがです」

朱鷺とトンボは思わず琴菊を見つめ直した。

「見とってください。あたし、必ず婦人誌に載りますさけ。それで、あたしを二等賞と笑うあの妓の鼻をあかしてやりますさけ」

いつの間に、琴菊はこんな逞しさを身に付けたのだろう。ろくでなしの記者の仕打ちに涙した姿などもうどこにもない。想像以上に琴菊は知恵者の芸妓になりそうだ。

九月に入って、琴菊が振袖芸者から芸妓になる「衿り替え」のお披露目が行われた。

その頃には時江も元気を取り戻して、盃事から、置屋や料亭への挨拶回り等、しきたりをつつがなくこなした。振袖芸者の時は愛らしさが際立っていた琴菊だが、着物が振袖から留袖に、髪は桃割れから島田に、化粧もすっかり変わった姿は、すでにほのかな大人の色気を醸しだしている。その姿に、つい朱鷺は胸が熱くなった。嬉しいというのとは少し違う。哀しさというわけでもない。ただ、これから先琴菊が少しでも辛い思いをせんようにと、祈るばかりだった。

一連の行事が終わると、緊張の糸が切れたように、時江はまた臥すことが多くなった。近所の町医者に診てもらったが、取り立てて悪いところはないという診断である。背中や腰も痛むようで、按摩を呼んだり、灸も試したが、その時は少し良くなるものの、しばらくするとまた同じ症状に戻ってしまう。

「あたしもようわからんのやけど、どうにも身体がものくてならんが。みんなには迷惑かけて申し訳ないんやけど、よろしく頼むな」

朝食の席で、時江はめずらしくそんな弱気な言葉を口にした。

「あたしらのことは心配いらんさけ、ゆっくり養生してください」

「おかあさん、今まで働き過ぎたんや。好きなだけ寝とってください」

みな口々に言った。

それから数日後、朝食で稲が明るい声で報告した。

「実はな、昨日、評判の漢方師さんの所に行って来たが。それでようやく原因がわかったわ」

誰もが稲の顔を見た。

「何やったんですか？」

真っ先に声を上げたのは桃丸である。

「血の道症やろうってことやった」

その意味がわからず、みなきょとんと稲を見返した。

「それって、どんな病気ですか」

琴菊に尋ねられて、稲は「ああ、あんたらにはまだわからんやろな」と苦笑した。

「病気というのとはちょっと違ごうて、何て言えばいいんやろ、まあ女独特の患いやな。女が年をとったら月のものが上がるぐらいのことは知っとるやろ。ちょうどその前後に、身体がどうにもしんどくなるが。暑くもないがに汗がだらだら流れたり、顔だけぽっぽ火照《ほて》ったり、頭が痛かったり眩暈《めまい》がしたり、症状は人それぞれで、軽く済む人もおるし、重くて寝込んでしまう人もおる。女ならいずれ大なり小なり経験することや」

「稲さんもあったんですか」

「そりゃああったわ。あたしん時は動悸がひどくて、いつ倒れるか毎日心配したもんや」

「じゃあおかあさんも治るんですね」

「もちろんや、時薬《ときぐすり》ってことやな。あたしもそれ聞いてほっとしたわ。よく効くっていう煎じ薬をもらって来たさけ、それ呑んで、ゆっくり休めばじきに元気になるわいね」

稲の言葉に、みんな胸のつかえがとれたようだった。

「そやからみんなももう何も心配せんと、お稽古に身を入れてお座敷務めて、花代たっぷり稼いで来てや」

いつものように、最後は稲のはっぱで締めくくられた。

それからすぐのことだった。

「トンボ、今夜も昨日のお客さんに呼ばれたんやて」

と、朱鷺から声をかけられた。

「そうなが、有難いこっちゃ」

鏡の前で髪を高く結びながら、トンボは頷いた。

「気に入ってもらえてよかったやないか」

「心付けも弾んでくれたし、今夜もがっぽり稼いで来るわ」

昨夜、大店の隠居の紹介で、東京から来たという数人の客を接待した。年の頃は四十半ば。垢ぬけた背広を着て会話も洒脱ないかにも都会の男たちである。遊び方もよく心得ていて、朱鷺とトンボを田舎芸妓扱いするようなこともなく、会話も弾んだ。ふたりは舞いも披露した。

「朱鷺は商工会議所なんやろ」

「うん、青年部の宴会や」

「そっちも頑張ってな」

梅ふくを出て、浅野川大橋に差し掛かったところでふたりは分かれた。朱鷺は香月楼へ、トンボは森下町の料亭へと向かって行く。

川面を撫でる風にはほんのりと香ばしい匂いがあった。卯辰山はまだ濃い緑に包まれているが、浅野川の源流となる順尾山《ずんおやま》辺りでは、そろそろ木々が色づき始めてる頃だろう。

朱鷺が向かう商工会議所青年部は、いわゆる商家の跡継ぎたちで構成されている。年齢は二十代から三十代半ばで、年長でも四十前の若旦那たちだ。いずれは親の跡を継いで経営者になってゆく。花街にとっては次代に続く大切な客であり、それなりに気を遣わなければならない。

今夜は十人ばかりの宴と聞いていて、芸妓も五人くらい呼ばれているという。朱鷺は座敷に入ると、いつものように畳に手を突いた。

「今夜はよろしゅうお願い申し上げます」

そして、笑みを作って客の顔を見回した時だった。思わず心臓が止まりそうになった。そこに浩介の姿があったからだ。

混乱が朱鷺を包んでゆく。なんで、と狼狽えそうになる。

すぐに青年部部長の挨拶が始まった。

「みなさん、お疲れさんです。今夜は初参加の方がおいでです。門倉木材の後継者である門倉浩介さんです。修業先の名古屋から帰っていらしたということで、特別に参加していただきました」

拍手が起こる。浩介は落ち着いた様子で「新参者ですが、どうぞよろしくお願いします」と頭を下げた。

今夜は取引先や厄介な長老がいるわけではないので、客は伸び伸びしていた。あちこちから賑やかな声が上がり、すぐに盛り上がりを見せた。

しかし、朱鷺の混乱はまだ収まらない。浩介とは離れた席に着き、客に酌をしたり冗談を言い合ったりしたが、つい視線が浩介へと向いてしまう。浩介は平然とした様子で隣の席の客とにこやかに談笑していた。付いた芸妓たちとも気軽に言葉を交わしている。

そんなこともできるようになったんやな……。

以前の浩介は人と話すのが苦手で、いつもどこかおどおどしていた。名古屋に行って一年半ほど。その間に浩介は門倉木材の後継者としての自信をつけたようだった。

朱鷺に気づかないはずがないのに、浩介は決してこちらを見ようとはしなかった。それが浩介の答えなのだとわかっていた。自分を手酷く裏切った女など顔も見たくない。もしそこに何か感情があるとしたら嫌悪しかない。それだけのことを自分はしてしまったのだ。

朱鷺はそつなく客の相手を務めながら、ひたすら時が過ぎるのを待った。早くこの場から去りたかった。

だから締めとなった時はどんなにほっとしただろう。客たちが上機嫌で座敷を出て行き、芸妓たちが玄関まで見送りに向かう。これから馴染みの置屋に向かう客、香林坊《こうりんぼう》辺りの女給カフェーに流れる客もいるようだ。廊下はちょうど他の宴席の帰りと重なって混みあっていた。

その時、不意に手に何かを握らされた。

え……。

顔を上げると朱鷺を追い越して行く浩介の背が見えた。

手の中には小さく畳まれた紙片がひとつ。朱鷺は慌ててそれを胸元に押し込んだ。

そして玄関先で客を見送った後、人目につかぬ廊下の奥に行き、そっと広げてみた。

(明朝八時。あの場所で)

見慣れた文字が目に飛び込んで来た。

一方、トンボは座敷に入って戸惑っていた。

客がひとりだったからだ。そして呼ばれた芸妓もトンボだけである。

「昨夜に引き続きお声を掛けていただいて、あんやとうございます」

トンボは挨拶をし、客の隣りに進んだ。

「ああ、ゆうべはとても楽しかったよ」

客は穏やかな笑みを浮かべている。「どうぞ」と、まずは徳利を手にした。

「二日続けて呼んでくださるお客さんなんてめったにおられませんさけ、びっくりしました。何がお気に召したんですやろ」

「君ともっと話がしたくてね、それで来てもらったんだ」

「あらあら、身に余る光栄でございます」

少し茶化して答えた。こういう場合、色事めいたことを切り出されることもあるが、そんな客には慣れっこだ。かわし方も身についている。慌てたりしない。

「昨夜は伺えませんでしたけど、五條《ごじょう》さまはどんなお仕事をなさってるんですか」

昨夜すでに、名は聞いている。

「映画関係をね」

五條が盃を口にした。

「あら、もしかしたら俳優さんなんやろか。なかなかの男前さんやし」

五條が苦笑する。

「いや、出る方じゃなくて作る方」

「作る方?」

「そう。君は最近何か映画を観たかい」

尋ねられてトンボは首を竦めた。

「すんません、興味がないわけやないんですけど、こんな仕事をしとるさけ、観に行く機会もなかなかなくて」

「ぜひ観て欲しいな」

「はい、これからそうさせてもらいます」

返杯があり、トンボは形だけ口にする。

「金沢だけじゃなく、日本中に映画館が足りてないからね。だからまだまだ観てくれる人が少ないというのが課題なんだが、これから映画は大きく成長するよ。日本の映画ばかりじゃなく、外国映画もどんどん輸入されて、人々がこぞって出掛けるような一大産業になる」

「へえ、そうなんですか」

「日本映画も、今までは新劇や歌舞伎の流れを汲んだ作品が多かったが、これからは時代に沿った映画、つまり現代劇が作られるようになる。私もそういう映画を作りたいと思っているんだ」

五條の言葉にトンボは大きく頷いてみせたが、実のところはよくわからない。

「女優も今までとは一線を画すようになる。これまではほら、大和撫子らしい女性が中心だったろう。いわば待つ女、耐える女、尽くす女だ。けれどもこれからは自分の意思を持った強い女の時代になる」

「それは楽しみですなぁ」

「見た目も変わる」

「見た目というと？」

「外国映画の影響もあるからね、切れ長の目におちょぼ口の楚々とした風貌から、目鼻立ちのはっきりした意志の強そうな女優の出番となる」

そして五條はトンボを真っ直ぐに見た。

「つまり君のような人だね」

「あたし？」

トンボは目をしばたたいた。

「バタ臭さって言えばいいのかな。日本の女性のイメージを覆すタイプだ」

「あらまあ、あたし、女優さんになれるんかしら」

トンボは笑い声を上げた。

「うん、なれる」

五條は真顔で頷いた。

「昨夜、君と会ってピンと来たんだ。突然だけど、どうだろう、女優をやってみる気はないかい？」

トンボは思わず噴き出した。

「何を仰るかと思えば、冗談もほどほどにしてください。見てお分かりでしょうけど、あたしは混血なんです。髪も目も違うし、たっぱもあり過ぎて、芸妓といっても花街ではみだしもんです。そんなあたしが女優だなんて、そんなやくちゃもないこと言って、からかわんといてください」

「確かにここでは、その容姿が君を生きづらくしているかもしれない。けれど違う世界ではそれが個性になり魅力にもなるんだ。女優ならそういう君を生かせられると思うんだ」

虚言ばかりではなさそうだが、もちろん信じる気にもなれない。こんな浮世離れの話に乗せられて、後で痛い目に遭うなんてまっぴらだ。

しかし五條の眼差しは真っ直ぐだ。

「急にこんな話をされて面食らうのは当然だと思う。けれど、ちょっと考えてみてくれないか。今のまま芸妓を続けていくのが、君にとって本当にいい選択なのかな。人生にはいろんな生き方がある。望みさえすればそれを手にすることだってできるんだ」

「あたしは、そんなつもりありませんさけ……」

戸惑いながらも、トンボは口にした。

「返事を急がすつもりはないんだ。時間がかかってもいいから、とにかく考えてみて欲しい。この町から抜け出して、新しい人生を始めてみるのも悪くはないと、私は思うよ」

そして五條は名刺を取り出した。

「いい返事を待っている」


朱鷺が梅ふくに戻ったのは、午前一時過ぎ。着替えて化粧を落とし、床についた頃には二時になろうとしていた。トンボはすでに寝息をたてていた。

しかし目が冴えて眠れない。途方に暮れたように朱鷺は暗闇に目を凝らした。

浩介の真意が測りかねた。今更会ってどうしようというのだろう。

最後に会ったのは、浩介の門倉木材の後継者としてのお披露目の席だった。あの時、朱鷺に向けた冷ややかな目を、今もはっきりと思い出すことができる。

浩介は恨みを晴らそうとしているのかもしれない。

その思いに行き着いて、胸の中に冷たいしずくのようなものが落ちて行った。

久しぶりに朱鷺を見て、悪言のひとつも言わなければ気が済まない、そんな気持ちになっても不思議ではなかった。それだけのことを自分はしたのである。

朱鷺は固く目を閉じる。

行くのが怖かった。しかし行くことが、もしかしたら自分にできる浩介に対してのたったひとつの罪滅ぼしのようにも思えるのだった。

ほとんど眠れぬまま、翌朝、朱鷺は布団から抜け出した。トンボがまだ寝入っているのが助かった。帳場にも台所にもまだ人の姿はない。

下駄をひっかけ、梅ふくを出て通りを小走りに抜けてゆく。浅野川大橋を渡り、主計町に入って暗がり坂を登ってゆく。かつて浩介に会うために何度もこの坂を登った。会える嬉しさに心が逸って、時折段差に躓きそうになった。あの時の自分を思い出し、遣る瀬無い思いが広がってゆく。

拝殿の裏はまだうっすらと朝靄に包まれていた。浩介の姿はない。朱鷺はその場に佇んだ。十五分ほども待っただろうか。ようやく浩介が姿を現して、朱鷺はぎこちなく頭を下げた。

「お久しゅうございます」

浩介は硬い表情をしている。

「僕が来んとは思わんかったか」

唐突に言われて朱鷺は戸惑った。

「僕はそうやった。待っている間、いつもいつも、もう朱鷺は来んかもしれんと思って不安でたまらんかった。けれど朱鷺はそんなこと考えてもおらんかったんやろうな、今ならようわかる」

何を言われても、たとえそれが誤解であっても、言い返すつもりはなかった。

「浩介さんには本当に申し訳ないことをしたと思っております。どうかかんにんしてくださ
い」

「旦那とはうまくいっとるんか」

朱鷺は黙る。それを肯定と受け止められても仕方ない。

「あの時、僕は真剣やった。朱鷺と所帯を持ちたいって本気で思とった」

朱鷺だって同じである。心の底からそれを望んでいた。しかしその言葉も呑み込むしかない。

「教えてくれ、僕はいったい朱鷺の何やったんや。あの時、一緒になるって約束したのは嘘やったんか。初めから僕をめとにしとったんか」

浩介の口調が荒くなる。

別れを告げたあの時、朱鷺は逃げるように浩介に背を向けた。浩介の顔を見るのが怖かった。見たら戻れなくなってしまいそうな気がした。それが却って浩介を深く傷つけることになったとしたら、逃げた自分が悪いのだ。こうして罵られるのは当然の報いだった。

「すんませんでした……」

朱鷺は謝るしか手立てがない。

「言っておくけど、僕は今、とてもいい生活を送っている。何せ門倉木材の跡取り息子になったんやからな。お金に困ることはないし、将来も安泰そのものや。いいとこのお嬢さんとの縁談もまとまりかけている」

「そうですか、それはおめでとさんでございます。浩介さんなら立派に跡を継がれるやろうし、良いご縁を得られて当然です。どうぞお幸せにお過ごしください」

朱鷺は言葉をひとつひとつ嚙み締めるようにして言った。

「言われんでもそうする。僕はこれからいい仕事をして、たくさんお金を手にして、所帯を持って、何不自由なく暮らしていくんや」

しかしそこまで言ってから、浩介は不意に言葉を途切らせた。

「それなんに何でや、何でこんなに虚しいんや……」

朱鷺が顔を上げると、浩介の思い詰めた眼差しとぶつかった。

「昨日、朱鷺を見た時、訳がわからんようになった。いったい僕は何のために門倉の家に入ったんや。あの時、跡継ぎになれば朱鷺と一緒になれる、朱鷺の家族も助けられる、すべてが上手くいくと思って決めたはずなんに、気が付いたら肝心の朱鷺はいないやないか。だったら何のために、僕はなりたくもない材木屋の跡継ぎになんてなったんや」

浩介が近づいて来たと思ったら、いきなり抱きしめられた。驚いたことに浩介は泣いているのだった。

「昨夜、思い知らされた。僕は朱鷺がいないとダメや。出来るならあの頃に戻りたい。建具職人に戻って、約束通り朱鷺と所帯を持ちたい。貧乏でもいい、ふたりで生きていけるんなら他に何もいらん。朱鷺、僕のそばにいてくれ。僕を捨てんとってくれ」

浩介は子供みたいに泣きじゃくっている。思いもよらない言葉に、朱鷺は突っ立ったまま受け止めるしかない。

「朱鷺、教えてくれ。あの時、僕はどうしたらよかったんや。これから朱鷺と一緒になるにはどうしたらいいんや……」

朱鷺は唇を噛む。

できるものなら朱鷺も戻りたい。一緒になろうと固く約束したあの時に。旦那だった門倉が浩介の父であったと知る前に。

それでも朱鷺は何ひとつ返す言葉を見つけられなかった。

その日以来、朱鷺は落ち着かない日々を過ごしていた。

浩介の告白に心が揺れている。何よりも、朱鷺もまた断ち切れぬ思いをずっと胸の隅に抱えていた。叶わぬ願いとわかっていながら、もしそれが叶うのなら、という相反する思いが胸の中でせめぎ合っている。

名古屋に帰った浩介から届いた手紙が、いっそう朱鷺を惑わせた。「いつまでも待っている」の文言が頭から離れない。こんなことなら、いっそ浩介に憎まれた方がよかったとさえ思えてしまう。

縁側に座って背戸を眺めると、いつの間にか南天が小さな赤い実を付けていた。もうすぐ、鳥たちが実を啄《ついば》みにやって来るだろう。白い花をたくさん咲かせていたのはついこの間のような気がするが、秋は着実に近づいている。

「おかあさん、また具合悪そうやな」

トンボに言われて、我に返った。

「そうやな、稲さんの話では一年も二年もすっきりしん人がおるそうや」

気懸りなのは浩介のことばかりではなかった。時江の体調もある。寝込む日々がまたぶり返していた。

「血の道症って本当に厄介なもんやな。煎じ薬、ほんとに効いてるんやろか」

「ちゃんと名前の付いた病気じゃない方が却って手に負えんのかもしれん。これといった治療法もないわけやし」

「ほんと女って損や、こんな面倒な目に遭わなならんなんて」

トンボは憤慨したように息を吐いた。

時江の体調には波があり、調子のいい時は帳場に座って仕事をしたり、みなと笑い合ったりも出来るのだが、悪くなると布団から起き上がるのもしんどそうである。なるべく留子や美弥を不安がらせないよう、朱鷺もトンボも明るく振る舞ってはいるが、時江の痛々し気な姿を見るのはやはり辛かった。

「いい鯨肉が手に入ったから、女将さんに食べてもらおうと思って」

と、蒼次郎が梅ふくに顔を出したのはそれからしばらくしてからだ。

出迎えたのは朱鷺である。美弥と留子はフミと一緒に買い物に出ていて、稲は漢方を貰いに行き、桃丸は奥で昼寝を決め込み、トンボは時江の代理で置屋の寄り合いに行っていた。梅ふくはめずらしくひっそりとしていた。

「女将さん、どうや」

蒼次郎は台所ですぐに料理にとりかかった。

「よかったり悪かったり」

まずは鯨の赤身を薄切りにし、生姜の千切りを入れた出汁と醬油で煮込んでゆく。

「女の人特有の病やって聞いたけど、結構長引くもんなんやな。女の人は大変や、俺、男に生まれてよかったわ」

その言い方に、朱鷺はいろんな思いがまぜこぜになった。

「ほんとにそう、何で女ばっかりしんどい目に遭わんといかんのやろ、はがいしくてならんわ」

そんな言い方が朱鷺らしくないと思ったのか、蒼次郎は手を止めた。

「どうした。何かあったんか」

「え、別に何も……」

次に蒼次郎は鯨肉を角切りにし、片栗粉をまぶしてゆく。これは油で揚げるようである。

「あとはハリハリ鍋や。京都で初めて食べた時あんまり旨くてびっくりした。栄養もつくし身体も温まる。出汁は用意してあるさけ、鯨肉と水菜でさっと煮てくれ。あ、決して煮過ぎんようにな」

朱鷺は自分の胸の中のもやもやを持て余していた。そのせいか、ついこんなことを口にした。

「蒼次郎さん、聞いていい？」

「ん？」

「トンボとどうするつもりなが？」そして、言った自分に慌てた。

「あ、かんにん、あたしったらダラなこと聞いて」

「まあ、どうにもならんやろな」

蒼次郎は気にするふうでもなく答えて、後片付けを始めた。そのあっさりした答えに、むしろもっと聞いてみたくなった。

「でもトンボのこと好きなんやろ」

「ああ、好きや」

明快な答えである。

「朱鷺はいつから知っとった？」

「そんなん、子供の頃に路地裏で一緒に遊んだ時から知っとったわ」

蒼次郎はからからと笑った。

「そうか、まいったな」

「その頃からお似合いやと思っとった。ふたりで喋っとるとこなんかまるで夫婦漫才みたいなんやもん、そんな気の合う相手ってなかなかおらんやろ」

「けど、肝心のトンボが俺のことなんか何とも思っとらん」

「そんなこと……」と言いかけたが言葉にならなかった。

蒼次郎が鼻の付け根にくしゃりとシワを寄せた。

「気遣わんでいいって。トンボは元々男ってもんをまったく信用しとらんさけな、そこは諦めとる」

「それはトンボだけやない、芸妓をやってる女はみんなそうや。けど蒼次郎さんは違う。トンボは心から蒼次郎さんを信用しとる」

「つまりそれが問題なんや。トンボは俺を男と思っとらんから信用しとるってわけや」

朱鷺は返せない。確かにそうかもしれない。

「けど俺はそれでいいと思っとる」

「え、何で？」

「俺は、そのまんまのトンボが好きなんや。トンボらしく生きていく姿を、ずっと傍で見ていたいんや」

「見てるだけなんて、不安にならん？」

「不安って？」

「だって、もしかしたらいつかトンボに旦那さんが付くことがあるかもしれん。他に好きな男さんができることだってないとは言えんやろ」

「それをトンボが選ぶなら、それでいい」

すぐには納得できない。

「そんなん強がりや。好きになったら一緒になりたい、それが当たり前やないの」

「だとしたら、俺は変わりもんなんやろな。トンボのそばにおれるだけで、俺は十分やと思っとる」

朱鷺は黙った。そんな愛し方もあるのかと思う。同時に、その愛し方はあまりにも切ないのではないかとも思えてしまう。

その時、勝手口で賑やかな声が上がった。

「あれ、蒼次郎来とったんか」

トンボだ。

「いい匂いしとるなあ」

「寄り合いどうやった」

朱鷺が言うとトンボは大仰に肩を竦めた。

「もうくたくたや。頭の固い女将さん方に囲まれてうんざりやった」

言いながら料理を覗き込む。

「蒼次郎、これ何？」

「鯨の大和煮と竜田揚げ、それにハリハリ鍋もある。女将さんに精を付けてもらわんとな」

「いただき」

トンボは竜田揚げを一個摘み、口の中に放り込んだ。

「相変わらずわらびしいやっちゃな」

蒼次郎が呆れている。

「うん美味しい、さすが蒼次郎や。もう一個」

トンボがまたもや手にする。

「何すんや」

蒼次郎はしかめ面で文句を言ったが、気持ちを知った今、朱鷺にはそれさえ愛しげに映った。

いつも通りに振る舞ってはいるが、トンボもまた揺れていた。

自分の見た目に好奇の目を向けられるのも、蔑《ないがし》ろに扱われるのも、もう慣れっこだ。今更傷ついたりしない。傷つくのは逆に負けを認めることになると、頑なに強気な態度で押し通して来た。

しかし、ここでは差別の対象になるこの容姿が、生きる場所が変われば強みになる可能性がある。そのことに初めて気づかされて、驚いてしまう。

もしかしたら、こんな自分でも新しい人生を始めることができるのかもしれない。

それを想像すると、わずかながらも胸は躍るのだった。


翌朝、しばらくぶりに時江が朝食に顔を出した。

昨日の鯨料理の効果か顔色はいい。通い芸妓の君香も加わって、全員揃っての朝食は本当に久しぶりのことだった。

「ずっと怠けとったら肥えたみたいやわ。何やお腹が出てしもて」

時江は腹をさすりながらおどけて言った。

いつも行儀にうるさい稲も、今朝はすこぶる機嫌がいい。しばらくおとなしくしていた桃丸とトンボの掛け合いも復活して、みなを笑わせた。昨日の残りの大和煮と竜田揚げを、留子と美弥が目を輝かせながら頬張っている。女中のフミも弾んだ面持ちで給仕に精を出している。

梅ふくにとって時江の存在がどんなに大きいものか、誰もが改めて気づかされていた。


その夜は大きな宴会が入っていた。

金沢で屈指の繊維工場が新社屋を完成し、その落成祝賀会が香月楼の舞台付き大広間で催されるのである。金沢の名士の他、県知事や市長までもが顔を揃え、それこそ年に一度あるかないかの、総勢百人を超える大宴会である。

芸妓たちも多数駆り出された。芸妓たちはとびきりの着物を着て、凝った小間物を身につけ、化粧も念入りに施して現れた。

梅ふくも全員に声が掛かっていた。その上、朱鷺とトンボはトリのひとつ前に、ふたり舞いを披露することになっている。

幹事役からは前もって「賑やかで笑える舞いを」との注文を受けていた。三味線は君香、笛は桃丸、琴菊は鼓を受け持つ。朱鷺とトンボが選んだのは、縁起のいい『鶴亀づくし』である。朱鷺が鶴でトンボが亀。道具にも凝り、朱鷺は鶴の羽根に見立てて薄絹の布を持ち、トンボは尻にススキで作った亀の尾っぽを付ける。振付けには要望通りに茶目っ気たっぷりの所作も加え、稽古を重ねて準備した。

宴会場で待っていると、続々と客が入って来た。芸妓たちが座敷に並び「おいでませ」と、にこやかに出迎える。客が席に着くや否や、仲居たちが料理や酒を運び込んでくる。芸妓たちは予め指定された席に着き、宴会場は瞬く間に華やかさに包まれた。

まずは上座に座る知事の挨拶があり、次に市長の乾杯の音頭と続く。

上座の客には、『萬芳《まんよし》』の芸妓衆が付いていた。萬芳はひがしの置屋の中でもっとも多くの芸妓を抱え、検番や組合にも顔が利く、いわば主のような存在で、上客も多く抱えている。

そんな中に、いつも通りちゃっかり桃丸も混ざっていて、その要領の良さには感心するばかりだ。君香は贔屓筋の接待に回り、朱鷺とトンボは馴染みの客に付いた。琴菊は傍で愛らしい笑みを振り撒いている。初々しさの中にもほんのりと色香を漂わせ、客たちの評判も上々だった。

宴席は盛大だった。あちこちで盃が酌み交わされ、客たちの談笑に混じって、芸妓たちが座を盛り上げる。今日は知事や市長という特別な客がいるせいか、さすがに客同士も気を遣い、酔っ払って芸妓に絡んだり、いざこざを起こすようなこともない。

やがて宴も終盤になり、朱鷺とトンボの舞いの番がやって来た。君香と桃丸と琴菊が先に舞台に出て位置に付く。囃子が始まると、朱鷺とトンボは摺り足で舞台の中央へと進んだ。

なんば歩きで賑やかに舞い出すトンボに、朱鷺は落ち着いた足どりで応えていく。朱鷺がしとやかにくぐり廻りをすれば、トンボは大胆な似せ宙で盛り上げる。鶴は千年、亀は万年。ふたりは近づいたり離れたりと、自在に舞っていく。

稽古を重ねた成果もあって、息もぴたりと合っていた。朱鷺の薄絹がふわりと宙に舞い、トンボの付けたスキの尾っぽが笑いを誘う。舞いが楽しい、と心から思えるのはこんな時だ。最後は手拍子も湧き起こるほどで、ふたりは大満足で舞いを終えることができた。

トリで舞うのは瑞穂《みずほ》という芸妓である。瑞穂は萬芳の看板芸妓で、優雅で情緒豊かに踊り上げる技量は誰もが認めるところだ。そんな瑞穂にしても、このような華やかな場でトリを務めるのは晴れ舞台に違いなかった。

演目は格式高い『松竹梅』。祝宴には欠かせない舞いであり、同時に実力が試される難易度の高さもある。さすが名手の誉れ高い瑞穂の舞いに、朱鷺とトンボも見入った。

盛会のまま宴が終了したのは、九時に近い頃だった。

芸妓たちが座敷の出口両脇に並んで客を見送ってゆく。あまりの客の多さに、それだけで二十分近くかかるほどだった。

客がすべて帰り切ったところでようやく一息ついた。仲居たちが後片付けを始め、芸妓たちも帰り支度を整えていく。朱鷺とトンボも舞いで使った小物をまとめていた。

そんな時、瑞穂が声を掛けて来た。

「ちょっと、あんたら」

「あ、瑞穂姐さん、どうもお疲れさんでした」

「今夜はあんやとうございました」

朱鷺とトンボは頭を下げた。

「あんたら、いったいどういう了見や。よくもあたしに恥をかかせてくれたな」

いきなり言われて、ふたりはきょとんとした。よく見れば、瑞穂は頬を強張らせ、目を吊り上げている。

「あの、あたしら何かしましたやろか……」

剣幕に圧《お》されながら朱鷺は尋ねた。

「今夜がどんなに大事な舞台か、あんたらわかっとって、あんなあだけた踊りをやったんか」

「あたしらの舞い、いけませんでしたか」

トンボが問う。

「あたりまえやろ」

瑞穂の怒鳴り声に、芸妓や仲居たちが目を向けた。

「あんたらがあんなあだけた踊りをするさけ、お客さんたちはみんなだらけてしもて、場が台無しになったやないか。トリを務めるあたしがどんなに迷惑したか、そんなこともわからんのか」

「ちょっと待ってください」トンボは返した。

「あれは幹事さんから所望されて選んだ舞いです。実際、お客さんは喜んでくださいましたし、あたしらも舞えてよかったと思っとります。そんな悪意に取らんとってください」

それを口答えと取ったのか、瑞穂はますます怒りを増幅させた。

「その生意気な言いぐさはなんや」

「瑞穂姐さん、本当にすんませんでした」

朱鷺は間に入った。ここで事を荒立てては後々面倒なことになりかねない。とにかく穏やかに収めたい。

「あたしらの気配りが足らず、申し訳ないことをしてしまいました。どうかかんにんしてください。この通りでございます」

朱鷺が頭を下げる。

「ふん、あんたらの謝罪っていうのはそんな程度か。本気で申し訳ないと思っとるなら土下座し」

さすがにトンボは腹に据えかねた。

「何でそんなことまでせんといかんのですか。あたしらは芸妓としてやるべきことをやっただけです。お客さんから文句を言われるならまだしも、同じ芸妓からいちゃもんつけられる筋合いはないと思いますけど」

瑞穂が唇の端を震わせた。

「同じ芸妓やて、あんたと一緒にせんといてくれるか。そんな男仕立ての着物に髪も結わんで、それがまともな芸妓のすることとか」

当然ながらトンボも負けてはいない。

「言っておきますけど、着物と髪については検番さんにも許可を取ってあります。それに、この姿でお座敷からたくさんお呼びがかかってますし、お客さんたちにも可愛がってもらってます。これがあたしの商売道具やと思っとります」

瑞穂は唇の端に奇妙な笑みを浮かべた。

「ああ、そうやったな、忘れとったわ。元々あんたはまともな芸妓やないんやった。何せ橋の下から拾われて、その上毛唐の血が混ざっとるんやさけな、そりゃあまともな芸妓になんかなれるはずないわ。あんたはな、芸妓というより見せもんや」

瑞穂は居丈高な笑い声を上げた。さすがに取り巻きの芸妓たちの顔も曇っている。

トンボは黙ってその言葉を聞いていた。心はしんと覚めていた。

いったいいつまで、こんな罵りを受けなければならないのだろう。面と向かって罵倒されたことは数え切れない。今までは、そんな相手をやり込めることで自分を奮い立たせて来たが、いったいいつまで続ければいいのか。一生逃れられないのか。

もう、うんざりや、と思った。

こんなところは、もううんざりや。

その時だ、朱鷺が前に出たかと思うと、大きく手を振りかざし瑞穂の頬をはたいた。瑞穂が畳に倒れ込み、目を見開いて朱鷺を見上げた。

「何すんが！」

「許さんさけ！　トンボを侮辱するのは、このあたしが絶対に許さんさけ」

朱鷺の手がぶるぶると震えている。

トンボは目を丸くして朱鷺を見つめた。こんな朱鷺を見るのは初めてだった。

後輩芸妓たちの手で身体を起こされた瑞穂は、朱鷺を睨みつけた。

「こんなことしてどうなるかわかっとるんやろうな。必ず後悔させてやるさけ、覚悟しとき」

瑞穂は肩を怒らせ、芸妓たちを従えて座敷を出て行った。成り行きを眺めていた周りの芸妓や仲居たちも、気まずそうに眼を逸らした。

ようやく平静さが戻って、朱鷺の身体から力が抜けていった。

トンボが感心したように言う。

「朱鷺もやる時はやるんやな」

「だって我慢できんかったんや」

「あんやとな、朱鷺。さあ、あたしらも帰ろ」

気楽な口調で言ったものの、このままで済むはずがないことは、ふたりともわかっていた。


その夜、梅ふくに戻ってから、ふたりは時江と稲が寝る部屋に向かった。

「こんな遅くにすんません。おかあさん、ちょっとよろしいやろか」

朱鷺は閉まった襖から声を掛けた。

「どうしたが」

ふたりを起こすのは心苦しかったが、黙っているわけにもいかない。

「実は、萬芳さんの瑞穂姐さんとちょっといざこざがありまして……」

時江は何かを察したようである。

「わかった、すぐ帳場に行くさけ」

待っていると、茶羽織を肩掛けした時江と稲がやって来た。

「それで、何があったんや」

襟元を掻き合わせて、時江が帳場机の前に座る。

「あたしがしょまなことしてしもて」

先に言ったのはトンボだ。

「またトンボか、あんたの気短かはいったいいつになったら直るんや」

呆れたようにため息をつく稲に、朱鷺は首を振った。

「そうやないがです。あたしがやらかしたんです。ついカッとして、瑞穂姐さんをひっぱたいてしまいました」

「何やて」

稲が声をひっくり返した。

「とにかく事情を聞こうやないの」

時江に言われて、朱鷺は気を落ちつかせながら、宴会の後に瑞穂との間に起こったこと、何を言われ、どう言い返し、どんな展開になったのかを話した。

「そんなことがあったんか……」

「本当にすんません」

朱鷺はうなだれるばかりだ。

「事情はわかった。が、事情がどうであれ、先輩芸妓に手を出すのは筋違いや。早速明日、萬芳さんとこに詫びに行こ。こういうことは間を置かん方がいい。周りに芸妓や仲居もおったんなら、尾鰭のついた妙な噂が立てられる前にきちんと話を通しておかんとな」

「はい」

「あんたら明日の朝、森九《もりきゅう》さん行って羊羹を買ってきて。五棹入りのいちばん上等のやつやぞ。熨斗《のし》と水引も忘れんと」

時江は帳場机の中から二十円を取り出し、朱鷺に手渡した。

「それはあたしが……」

「いいから言う通りにし。さ、もう遅いからあんたらも寝まっし」

そう言われたものの、気持ちが昂っていてとても眠れそうになかった。

翌日、板間に樺茶色の縮緬《ちりめん》に更紗模様の帯を締めた時江が現れた。ここしばらく臥せていたとは思えない凜とした姿である。

「さあ、行こかいね」

時江に促されて、朱鷺とトンボは羊羹を携えて梅ふくを出た。

「先に言っておくけど」向かう途中、時江が言った。

「何を言われても、あんたらはすんませんって頭を垂れとるだけでいいさけな。みんなあたしに任せとくんやぞ」

置屋・萬芳は五分ほどの距離にある。梅ふくの倍はある立派な造りで、女将の絹子《きぬこ》は時江の先輩芸妓であり、置屋の中でも幅を利かせている存在である。

勝手口で「絹子姐さんに梅ふくの時江が来たとお伝えください」と告げると、女中は奥に飛んで行った。座敷に案内され座布団を勧められたが、もちろんそれは辞する。

二十分ほども待たされただろうか。ようやく女将の絹子が現れた。絹子も着替えたのだろう。紺鼠《こんねず》の加賀小紋を纏っている。表情は穏やかだが、姿から強い気構えが発せられていた。

向かいに腰を下ろした絹子に、時江は素早く手を突いた。

「絹子姐さん、お久しぶりでございます」

「ほんとやな、近くにいるがに、なかなか顔を合わせんもんや。そういえば具合が悪いと聞いとったけど、お加減いかが」

「おかげさんで快方に向かっております」

「そりゃあ、よござんした」

そして、時江は切り出した。

「昨夜、うちの朱鷺とトンボが、こちらの瑞穂さんに大変な不始末をしたと聞きました。それでこうしてお詫びに上がった次第でございます。大変申し訳ないことでございました」

また時江が頭を下げる。

「ああ、そのことなら聞いとるわ。そこの朱鷺にはたかれたんやてな。ほっぺたがすっかり腫れて、今夜はお座敷に出られれんって、奥で泣いとるわ」

口調は穏やかだが、怒りがひしひしと伝わって来る。

「すべてあたしの不行届きでございます」

「芸妓の売りもんの顔をはたくなんて、開いた口がふさがらんとはこのことや」

朱鷺は項垂れる。

「瑞穂さんには謝っても謝り切れんことでございます。朱鷺は厳しく叱っておきました。本人たちも大変反省しておりますさけ、どうぞ勘弁してやってください」

そして素早く羊羹の包みを差し出した。

「せめてものお詫びの気持ちでございます。どうぞお納めください」

包みの上にはいつの間にか袱紗《ふくさ》が載っている。たぶん時江は見通していたのだろう。座敷に出られなくなれば、その花代くらいは弁償しなければならない。ますます朱鷺は身を縮めた。

「ご丁寧にどうも。それじゃとりあえず受け取らせてもらっときますかいね」

これで話はついたように思えたが、そうはいかなかった。

「あのな時江さん」と、絹子が言い始めた。

「前々から気になっとったんやけど、自分とこの芸妓の教育ぐらい、しっかりしてもらわんとな」

そんな説教が始まった。

「芸妓の行いは女将の行いでもあるんや。そこをよく自覚してたいま」そして「あんたらも」と、今度は朱鷺とトンボに目を向けた。

「先輩芸妓は時に厳しいことも言うもんや。そやけど、それもあんたらのためを思ってのこと、素直に受け止めるのが筋ってもんやないか。ましてや逆に腹立てて手を出すなんてもってのほかや」

「まったく返す言葉もありません」時江は振り返り「あんたらも、よおく絹子姐さんの話を聞いておくんやぞ」と、念を押した。

「はい……」

ふたりが頷いたのを確かめてから、時江は絹子に向かって「生意気申し上げるようでございますが」と、やおら背筋を伸ばした。

「絹子姐さんの仰る先輩芸妓の厳しいこと、とは、どういうことでございましょう」

思いがけなかったのか、絹子は軽く瞬きした。

「どうって、そりゃあ芸のことやら行儀のことやら、先輩芸妓への礼儀やら、いろいろあるやろが」

「では、トンボが橋の下から拾われて来た子で、毛唐との子やからまともな芸妓にはなれん、芸妓やなくて見せもんや、と言うのも、後輩芸妓を思ってのことなんでございましょうか」

「え……」

絹子が戸惑っている。

「さっき、絹子姐さんは芸妓の行いは女将の行いだと仰いました。つまり絹子姐さんも、うちのトンボに対して瑞穂さんと同じ気持ちでいらっしゃると受け取ってよろしいでしょうか」

絹子が言葉に詰まっている。

「それは……」

「あたしは至らない女将でございますが、うちの妓たちにはいつも言うとるんです。花街で生きる者はみんな辛い事情を背負っとる、それは自分ではどうしようもないことなんやさけ、出自で人を貶めるようなことは決して言ってはならんと。それ間違っておりますでしょうか」

「瑞穂がほんとにそんなことを言ったんか」

「朱鷺が瑞穂さんにしでかしたことは心から謝ります。何があっても決してしてはいけないことでございます。そやけど、トンボが侮辱された件に関してはあたしも承服できません。あたしにとって梅ふくの芸妓はみな娘でございます。女将としてだけでなく、親としても見過ごすわけにはいきません」

絹子は慌て始めた。

「時江さん、何か誤解があるんやないか。瑞穂がそんなこと言うなんてありえん」

「その場に他の芸妓もおりました。座敷の片付けをしていた仲居さんたちもいたと聞いとります。何なら、誰か呼んで来ましょうか」

「ちょっと待っとって」

絹子は慌てて座敷を出て行った。どうやら瑞穂に確認を取りに行ったようである。しばらくして戻って来た時には、絹子の後ろに身を小さくした瑞穂がいた。

「話は瑞穂から聞きました。ついカッとして、言わんでもいいことまで言ったそうや。先輩芸妓として見本にならんといかん立場なんに、そんなダラなことを口走ってしもて、叱りつけたところです。トンボちゃん、かんにんな。どうか今回は勘弁してやってくれんか」

そして、絹子は瑞穂を振り返った。

「さあ、あんたもちゃんと謝りや」

「申し訳ないことをいたしました。どうぞかんにんしてください……」

瑞穂がしぶしぶながら頭を下げる。

時江はようやく笑顔を作った。

「絹子姐さん、瑞穂さん、あんやとうございます。話せばきっとあたしらの気持ちを受け止めてくださると思っておりました。これで胸のつかえが下りました。さ、トンボと朱鷺も改めて謝り」

申し訳ありませんでした、と、ふたりは再び頭を下げる。

絹子がさりげない動作で時江に袱紗を返してから、明るい声を上げた。

「さあ、これで喧嘩両成敗、恨みっこなしや」

萬芳からの帰り「ちょっと小腹が空いたな」と時江が言い出し、いつものちとせに寄ることになった。時江の姿を見た店主の八重が小走りにやって来た。

「時江ちゃん、元気そうでよかった。寝込んどるって聞いて心配しとったが」

「気遣わせてすんません。あたしもいい加減そういう厄介な年代になったたってことですわ」

「厄介な年代って？」

「だから、ほら」

「あ、ああ、そういうことかいね」

八重はようやく気づいたようである。

「あたしの時も大変やったわ。めまいは酷いし身体はものいし、夏でも足先が冷とうなって冬けど、それも少しの辛抱や、これさえ乗り越えたらこっちのもんで、前より元気になるし、何より月のもんのこと気にせんでいいから楽ちんや」

時江と八重は顔を見合わせてくすくす笑いあった。

蜜豆を頼んで、三人は奥の小部屋に入った。

「おかあさん、聞いてもいいですか」

座るなりトンボは言った。

「何や」

「なんで萬芳の女将さん、あんな急に態度を変えまさったんやろ。わざわざ瑞穂姐さんを連れて謝らせるなんて、びっくりしやった」

その疑問は朱鷺も同じである。

「ああ、あれかいね」と、時江は頷いた。

「実はな、絹子姐さんもトンボと似たような辛い生まれを背負っておいでるが。昔そのことで笑いもんにされたことがあって、悔しい思いをたくさんなさったんや。だからこそ人の五倍も十倍も努力して、ひがしでいちばんの置屋の女将になられたが。そこはあたしも心から尊敬しとる。そんな絹子姐さんが、瑞穂さんのトンボへの物言いを許すはずがないってわかっとったが」

花街に売られて来る子供らが抱える事情はさまざまだ。口にすることさえ憚られるような状況から、這いずるようにしてここに辿り着いた子も多い。

蜜豆が運ばれて来た。「大盛りにしといたさけ」と、八重が笑う。

寒天を口に運んで「おいしいなぁ」と時江は目を細めた。苦い話の後での、口に広がる蜜の甘やかさが気持ちを和らげた。

「そう言えばトンボ」と、時江が箸を置いて尋ねた。

「あんた最近、稲さんとうまくいっとらんの？」

トンボは蜜豆を頬張りながら返した。

「そやかて稲さん、何や知らんけど急にあれこれ口うるさくなったんやもん。おかあさんを手本にして、もっと礼儀正しくしろとか、帳簿の付け方も勉強しろとか、いじっかしいぐらい」

「稲さん、あたしが寝込んでしもたさけ少し弱気になったんかもしれんな。けど、もう大丈夫。あたしは後三十年は梅ふくで女将を張るつもりやさけ。だいたいトンボがあたしの替わりやなんて百年早いわ」

朱鷺は噴き出してしまう。

「それに、あんたらに言うとくけど」と、時江は口調を改めた。「これからのことは、それぞれ自分で好きに選べばいいさけ」

すぐに意味がわからなかった。

「もう時代は変わったんや。花街も変わって当たり前やし、変わらんといかん」

それから時江は朱鷺に視線を移した。

「朱鷺は年季も明けた。まだ仕送りせんといかんのはわかっとるけど、芸妓に縛られることはないが。別の仕事がしたいなら力を貸すつもりやし、もし好きな男さんがおるんなら、所帯を持ったって構わんのやさけ」

朱鷺はドキッとする。まさかと思うが、時江は何か気づいているのだろうか。

「トンボもそうや。縁あってあたしの養女になったけど、あたしが好きでしたことや、恩なんて感じることない。自分のしたいように生きればいいんや」

トンボは黙って頷く。

ふたりを交互に見やって、時江は少し口調を変えた。

「ただ、何をするにしても、その時は覚悟を決めんとな。覚悟がないと道に迷ってしまうさけ」

「覚悟ですか……」朱鷺が呟く。

「それって、どんな時に決められるもんやろ」とトンボも考え込む。

時江は頬を緩めた。

「今はわからんかもしれんけど、その時が来たらわかる。ああ、これが覚悟を決めることやって。そういう時が必ず来るさけ、その時はしっかり肚をくくるんやぞ」

そして、時江は残りの蜜豆をするすると口にして、「ごちそうさん。おいしかった。また一緒に食べに来ような」と、少女のように顔をくしゃくしゃにした。


時江が倒れたのはそれから半月ほど経った頃である。

真夜中、激しいさしこみに襲われて意識を失い、大学病院に担ぎ込まれたのだ。

医者からの宣告はあまりにも残酷な現実だった。

「膵臓に悪性腫瘍があり、もう手遅れの状態である」

稲は呆然とし、ただただ泣き崩れた。そして血の道症と思い込んでいた自分をひどく責め、医者から「自覚症状が出た時点ですでに手遅れだった」と言われても耳に届かないように項垂れるばかりだった。今となると時江が「肥えた」と笑ってお腹をさすっていたのも腹水だったとわかる。「我慢強い人やったんやな」と言った医者の言葉がまた辛さを深めた。

結局、痛みを抑えるために強い薬を使い、時江は朦朧としたままベッドに横たわるだけとなった。それでも回復に一縷の望みをかけて、稲は寝ずの看病をし、朱鷺とトンボも毎日見舞ったが、半月後、時江は一度も目覚めることなく、静かに息を引き取ったのである。

あまりに突然な死に、誰もが悪い夢を見ているようだった。

報せを聞いて、真っ先に病院に駆け付けたのは蒼次郎である。蒼次郎は横たわる時江に手を合わせて、放心したままの朱鷺とトンボと稲に向かって「何も心配いらん。後は任せといてくれ」と緊張した面持ちで言った。

実際、遺体を梅ふくに帰す手配から、通夜、葬儀まで細やかな気配りを見せてくれた。それでいて決して前には出ず、常に一歩下がって黙々とやるべきことをやってくれ、その働きにどれだけ助けられただろう。

葬儀は淡々と執り行われた。喪主はトンボである。弔問にはたくさんの人たちが訪れてくれた。香月楼をはじめとする料亭や置屋の女将たち、芸妓衆、贔屓筋の客、呉服屋や髪結い、着付師たち、近所の商店のおじさんおばさん、ちとせの八重の姿もあった。誰もが驚き、嘆き、声を詰まらせていた。

入れ替わり立ち代わり線香を上げに来る弔問客に、トンボは気丈に対応していた。

それでも、崩れ落ちてしまいそうな心をトンボがどれだけ必死に律しているか。朱鷺はよくわかっていた。

朱鷺だって同じだ。七歳の時に梅ふくに売られてから十四年。時江は実の母同然、いやそれ以上だった。踊りの師としても芸妓としても、ひとりの女性としても、常に手本となる存在だった。その時江はもういない。その現実は容易に受けとめられるものではなかった。

桃丸は子供のように泣きじゃくるばかりで、琴菊は目を真っ赤に腫らして縮こまっている。留子と美弥は怯えたようにくっつき合い、そんなふたりにフミが寄り添っている。君香も唇を嚙み締めるばかりだった。

喪失感に包まれながらも、日々は容赦なく過ぎて行った。

何より実際問題として、あまり梅ふくを長く閉めておくわけにはいかない。初七日を終えて、まずは君香が座敷に出るようになり、桃丸と琴菊もそれに続いた。稲はまだ気落ちしたままで何も手に付かず奥に引っ込んだままである。代わりに朱鷺とトンボが交替で帳場を受け持つようになった。しかし帳簿の付け方や料亭とのやりとり、検番との連絡など慣れない仕事に翻弄されるばかりだった。

時には行き違いがあって、座敷の場所を間違えたり、時間に遅れたりした。そろそろふたりも座敷に出なければ花代が入らない。そうなれば支払いも滞って、置屋そのものが回らなくなってしまう。右往左往の日々が続いた。

芸妓組合の組合長からトンボに呼び出しがかかったのは、四十九日の法要を終えてしばらくした頃だった。

いつになくトンボは不安げな顔をしていた。時江が亡くなり、稲もこんな状態のままで、さすがに心許なくなったのだろう。

「あたしも一緒に行くさけ」

朱鷺の言葉に、トンボはほっとしたようだ。

「助かる」

その日、揃って検番に向かった。ふたりとも何を言われるのかと緊張していた。

検番で待っていたのは組合長だけではなかった。ひがしで名だたる置屋の女将が五人、参集していた。

緊張しながらトンボは女将たちと向き合った。朱鷺はその少し後ろに控える。

「その節は、葬儀においでいただきましてあんやとうございました」

トンボが礼を言った。

「この度はご愁傷様でした」「本当に大変やったな」「力を落とさんように」と、女将たちは弔いの言葉を口にした。その口調は優しく、まずは安堵する。

「それでな、今日来てもらったんは、梅ふくさんのこれからのことなんやけど」

やがて組合長が話を切り出した。何を言われるか、トンボは身構えた。

「まだ落ち着かん時にこんな話をするのも何やけど、このままじゃ梅ふくが成り立たたんようになるんやないかと心配しとるんや。今はあんたらふたりで回しとるみたいやけど、置屋経営の経験もないし、検番や料亭との付き合い方もわからんやろ。お座敷に穴が空いたなんて話が耳に入っとるんやけど、実際のところはどうなんや」

トンボは慎重に答えた。

「すんません。確かに何度か行き違いがあって、料亭さんや検番さんにご迷惑をおかけしたことがあります」

「やっぱりそうかいね」組合長がため息をつく。

「それでや、ここにおいでる女将さんたちとも相談したんやけど、あんたにひとつ提案しようと思ってな」

「提案というと」

「梅ふくはいったん閉めて、芸妓たちは他の置屋に移ったらどうやろ」

トンボは息を呑んだ。

「今なら引き取り手はいくらでもある。君香は芸も一流やし客の人気も高い。桃丸はちょっこし危なっかしいけど、横笛を吹かせれば右に出る者はない。琴菊も衿り替えを済ませて立派な後ろ盾もついたし、むしろ歓迎されるやろう。あんたらもまだ若いし、ふたり舞いも評判や、手を挙げる置屋はたくさんあるはずや。あたしらの口利きで、それなりの落ち着き先を決めようと思うとるがやけど、どうや」

トンボはしばらく黙った。

「悪い話やないと思うんやけど」

ようやくトンボが顔を上げた。

「うちにはまだたあぼの留子と美弥、それに通い女中のフミさん、ばんばの稲さんもおりますさけ」

組合長は言葉を濁らせた。

「まあ、そこはちょっと難しいところやから、親御さんや仲買人に話を付けんといかんやろうけど」

留子と美弥は、座敷に出るまでにまだ時間がかかる。これから稽古をし、いずれ振袖芸者になるにしても費用がかかる。ふたりの抱えた借金はどうなるのだろう。元を取れるかと考えれば、尻込みする置屋がほとんどではないか。親御さんたちはどう思うだろう。何より胡散臭い仲買人に付け込まれて、女郎に転売されるようなことになったら取り返しがつかない。フミは仕事を失うし、老いた稲の引き取り先などあるとは思えない。

トンボの頭の中はぐるぐる回っていた。

瑞穂の件があってから、ここで一生を過ごす自分を想像するだけで憂鬱になった。そんな時、五條に言われたことが思い出された。ここでは蔑みの対象になる自分を、逆に生かすことができるかもしれない。ならば試してみたいという願望もないわけではなかった。ちとせで時江から貰った「自分のしたいように生きればいいんや」との言葉にも、背中を押されたような気がしていた。

それでも――。

トンボは深く息を吸い込んだ。

あたしには守らなければならない人がいる。時江があたしたちを守ってくれたように。そこに行き着いた瞬間、迷うことなど何もないことに気づいた。胸に広がっていた重苦しさは、雲が晴れるように拭い去られていた。

トンボは背筋を伸ばした。

「女将さん方にはいろいろとお気遣いいただき感謝しております。他の置屋に移る件についてはそれぞれの気持ちを聞かんとわかりませんが、あたしは梅ふくを継ぐつもりでおります」

「本気なんか」

組合長が尋ねる。

「はい、覚悟がつきました」

「そやけどなぁ」

組合長が渋い顔をする。

「あんたの気持ちはわからんでもないけど、まだ何の経験もないし、継ぐにしてもあと十年ぐらいはまじめに修業せんとできんやろ。悪いことは言わんさけ、今は他の置屋を頼って、いったん梅ふくを閉めた方がいいんやないか」

組合長の意見に、他の女将たちも同調した。

しかしトンボは怯まなかった。

「女将さんたちの仰ることはよくわかります。自分が未熟もんだということも、じゅうじゅう承知しております。そやけど、みんなで力を合わせれば、何とか乗り越えられるんやないかと思うんです」

端に座っていた女将が口調を強めた。

「何とかなるなんて、そんな甘い考えで置屋の女将は務まらん」

他の女将たちも呆れている。

そんな女将たちに向かって、トンボは畳に額を擦りつけた。

「だからこそお願いがあります。梅ふくが存続できるよう力を貸していただけませんでしょうか。今までのあたしは本当に生意気で、ばっかいならん芸妓でした。何もわかっとりませんでした。けれどこれからは生まれ変わったつもりで精進します。厚かましいお願いではありますが、梅ふくを継ぐためには女将さん方の知恵がどうしても必要なんです。それだけが頼みの綱なんです。どうかどうか力を貸してください、よろしゅうお頼み申し上げます」

朱鷺もまた、共に深く頭を下げた。

「よろしゅうお頼み申し上げます」

トンボの一語一句が胸に染み入っていた。それは朱鷺の思いそのままだった。

女将たちは困惑の表情を隠せないでいる。そんな中、口を開いたのは組合長だった。

「トンボ、あんた、本気なんやな」

「はい」

「正直なところ、まだ信用できんところはある。何しろあんたは変わり種の芸妓やし、ちょくちょく問題を起こしとることも耳に入っとる。そやけど、あんたの覚悟はわかった。そこは信じたいと思う」

組合長は他の女将を見渡した。

「どうやろう、あたしは梅ふくをしばらくトンボに任せてみようと思う。時江さんとは知った仲や、あたしも出来る限りの協力はするつもりやし、みなさんも賛同してもらえんやろか」

それまで眉を顰めていた女将たちだったが、やがて「組合長さんがそこまで言うなら」と、しぶしぶながらも、最終的には合意の言葉を口にしてくれた。

「じゃあ決まりやな。トンボ、覚悟を決めたんなら、死ぬ気で梅ふくを立て直すんやぞ。そのためにあたしも厳しいことをたくさん言うし、何より、あんた自身がしっかり勉強しんとな」

トンボは弾んだ声を上げた。

「あんやとうございます。期待に応えられるよう一生懸命頑張ります」

それで決まりだった。


帰り、ふたりは浅野川の川べりに腰を下ろした。よく澄んだ空に白い筋雲が走っている。川面を渡る風が着物の裾をさやさやと揺らした。

トンボが息を吐いた。

「あたし、覚悟って考えて考えた末に決まるもんやって思っとったけど、意外とあっさりしとるんやな。自分でもびっくりやった」

朱鷺は少し呆れたように言う。

「あたしはそんなに驚かんかった」

「何で」

「トンボは挑まれたら後には退かんたちやさけ、きっとそうするやろって思ったわ」

「お見通しってわけや」

トンボは肩を竦める。

「けど、あたしは継ぐって決めたけど、朱鷺まで巻き込むつもりはないんや」

朱鷺は首を振った。

「巻き込まれたんやない。トンボが覚悟を決めた時、あたしも決まったが。言っておくけど、それはトンボのためやない、あたしが決めたあたしの覚悟やさけ」

「けど、浩介さんのことはどうするんや」

「え……」

トンボには何も言ってないし、聞かれてもいない。

「浩介さんが宴会に現れたことは聞いとった。朱鷺がそのこと何も話さんから、きっといろいろあるんやないかって思っとったが」

お見通しなのはトンボも同じである。

「浩介さんにはありのままに伝えるつもり」

浩介に返事を書こう。また傷つけることになると思うと、棘のような痛みが広がるが、それでも朱鷺は自分の覚悟を大事にしたいと思った。

かんにん、と朱鷺は胸の中で呟く。

浩介さん、かんにん。今度こそ本当のさいならや。

「なぁ、トンボも何かあったんやろ？」

「え」

「何かはわからんけど、いつもと違うのだけはわかってた」

「朱鷺にはかなわんな。ちょっとや、ほんとにちょっとだけ迷ったことがあったんや。でも大したことやない」

トンボもまた、五條に断りの連絡を入れなければと考えていた。

「あたしな、さっきは女将さんたちにあんなこと言ったけど、何でもかんでも言うこと聞くつもりはないが」

トンボの言葉に、朱鷺は頷く。

「そうや、トンボらしい梅ふくにしていったらいい。トンボならできるし、あたしも一緒に頑張るさけ」

「これから大変や」

やらなければならないことが山のようにある。まずは稲を部屋の奥から引っ張り出すことから始めなければ。

「それにしても」と、トンボは空を見上げた。

「おかあさんはどんな時に覚悟が決まったんやろ。あの時、聞いとけばよかったなぁ」

「そんなん、決まっとる」

朱鷺が呆れている。

「え？」

「赤ん坊のトンボを抱き上げた時や」

「あ……」

トンボはみるみる涙を膨らませた。時江の葬儀の時でさえ泣かなかったトンボが、初めて見せる涙だった。やがて手の甲で涙を拭うと、トンボが空に向かって大声を上げた。

「おかあさん、成仏なんてせんと、お化けでいいさけそばにいとってな」

朱鷺が続ける。

「それで、あたしらのことずっと守ってってください」

川面に陽の光が差し込み、きらきらと波先を照らしながら真っ直ぐこちらに向かって伸びている。その輝きは、まるでふたりを導く陽の道のように見える。

朱鷺とトンボは眩しさに目を細めながら、束の間、眺め入るのだった。

初出「オール讀物」
「おとこ川をんな川」二〇二〇年一月号
（掲載時「梅ふくへおいでませ」を改題）
「かそけき夢の音」二〇二〇年九・十月号
「荻の風吹く」二〇二一年三・四月号
「雪夜の狼」二〇二一年六月号
「満ちぬ月」二〇二二年二月号
（掲載時「まだ満ちぬ月」を改題）
「名残りの雨」二〇二二年十二月号
「陽の道」二〇二四年三・四月号

本書の記述の中には、差別的ととらえられかねない箇所が含まれていますが、差別を助長する意図はなく、時代背景を踏まえての表現です。

参考文献

「廓のおんな」井上雪　新潮社
「金沢の風習」井上雪　北國新聞社
「金沢・町物語」高室信一（著）、屋敷道明（補筆）　能登印刷出版部
「おとこ川おんな川」北國新聞社編集局編　時鐘舎
「金沢の方言――金沢弁のいろいろ――」志受俊孝　北國出版社
「日本舞踊ハンドブック」藤田洋　三省堂
「日本舞踊の基礎」花柳千代　東京書籍

唯川 恵（ゆいかわ・けい）

一九五五年、金沢市生れ。銀行勤務などを経て、八四年「海色の午後」でコバルト・ノベル大賞を受賞し、作家デビュー。さまざまな女性たちの心に寄り添う恋愛小説、エッセイで多くの読者の共感を得ている。二〇〇二年『肩ごしの恋人』で直木賞、〇八年『愛に似たもの』で柴田錬三郎賞を受賞。その他の著書に『夜明け前に会いたい』『息がとまるほど』『100万回の言い訳』『一瞬でいい』『とける、とろける』『天に堕ちる』『雨心中』『セシルのもくろみ』『手のひらの砂漠』『逢魔』『啼かない鳥は空に溺れる』『淳子のてっぺん』『みちづれの猫』など多数。

おとこ川《がわ》をんな川《がわ》

二〇二四年一〇月三〇日　第一刷発行

著　者　唯川《ゆいかわ》 恵《けい》
発行者　花田朋子
発行所　株式会社 文藝春秋
〒一〇二-八〇〇八
東京都千代田区紀尾井町三-二三
☎〇三-三二六五-一二一一
印　刷　TOPPANクロレ
製　本　大口製本
組　版　萩原印刷

ISBN978-4-16-391906-5